VIVIAN CONTRA O APOCALIPSE

KATIE COYLE

VIVIAN CONTRA O APOCALIPSE

Tradução de Flora Pinheiro

AGIR NOW

EDITORA NOVA FRONTEIRA S.A.
Rua Nova Jerusalém, 345 – Bonsucesso – 21042-235
Rio de Janeiro – RJ – Brasil
Tel.: (21) 3882-8200 – Fax: (21)3882-8212/8313

CIP-Brasil. Catalogação na fonte
Sindicato Nacional dos Editores de Livros, RJ

C917v Coyle, Katie.
Vivian contra o apocalipse/ Katie Coyle; tradução de Flora Pinheiro - 1. ed. - Rio de Janeiro: Agir, 2015.
288 p. ; 23 cm.

Tradução de: Vivian versus the Apocalypse
ISBN 978.85.220.3111-5

1. Ficção americana. I. Pinheiro, Flora. II. Título.

CDD 813
CDU 821.111(73)-3

Para Kevin, que tem os olhos mais
azuis e o coração mais gentil

PRÓLOGO

O Livro de Frick: 5-13

CHEGOU O DIA EM QUE o povo americano começou a se esquecer de Deus. Deu as costas às igrejas e se tornou arrogante e estúpido. Deus precisava de um profeta e escolheu um homem chamado Beaton Frick, que tinha um coração puro e muitas posses, e vivia em um reino chamado Flórida. Os anjos se revelaram a Frick e disseram:

— Construa uma igreja em seu nome e espalhe a boa nova pela América: Deus prefere os americanos e os receberá no Reino dos Céus quando chegar a hora.

Frick seguiu as instruções dos anjos, mas o povo americano não lhe deu ouvidos. Pelo contrário: eles fornicavam e ouviam rap. Isso provocou a ira de Deus, e Ele próprio apareceu diante de Frick, dizendo:

— Você agiu de acordo com a minha vontade e será recompensado, assim como aqueles que o seguem. Os americanos viraram as costas para mim, então farei o mesmo com eles. Que os Abençoados entrem no Reino dos Céus, e os demais sofram em agonia até que o mundo por fim termine.

Então Deus desistiu da América. A temperatura subiu, e tornados varreram os centros urbanos. Terroristas jogaram aviões em prédios, e jovens entraram em escolas e atiraram em crianças. O país foi arrastado para guerras intermináveis. As pessoas perderam os empregos e as casas, e viram seus filhos passarem fome. Sabiam que aquele era o fim. Sabiam que não havia salvação para a América.

E Frick disse:

— Sigam-me e entrem no Reino dos Céus.

E o povo americano começou a ouvir.

PARTE 1

CAPÍTULO 1

POUCO ANTES DA MEIA-NOITE, ESTOU parada na grama, descalça, em um vestido emprestado, bebendo champanhe em um copo de plástico e observando as estrelas. Há uma festa acontecendo na mansão abandonada atrás de mim, organizada pela minha melhor amiga, a incansável Harp, a mesma que me emprestou o vestido e descolou o champanhe. É fim de março e está um pouco frio. Ouço Harp gritando mais alto que a música lá dentro, tentando fazer todo mundo iniciar a contagem regressiva, como se amanhã começasse um novo ano. *Dez, nove, oito*. Sei que eu também deveria estar comemorando, mas não gosto da contagem regressiva. *Sete, seis, cinco*. Penso nos meus pais. Me pergunto se eles também estão fazendo a contagem. Imagino os dois de mãos dadas no meio da rua, esperando. *Quatro, três, dois*. Neste momento, que acreditam ser o último deles na Terra, será que sequer estão pensando em mim?

Um.

Ouço vivas e gargalhadas lá dentro.

— Cadê a Viv? — Escuto Harp gritar.

Faço menção de me virar para voltar à festa, beber e dançar com a minha melhor amiga agora que provamos estar certas, ainda vivas. Mas então uma silhueta preta passa rapidamente diante da lua. A semelhança com um corpo humano é suficiente para me paralisar. *É agora*, penso. Nos três anos desde que o Pastor Beaton Frick previu que o Arrebatamento estava próximo, jamais pensei que ele tivesse razão. Mas neste instante, de olhos arregalados, meu corpo tenso de preocupação, acontece o que pensei que nunca aconteceria: eu acredito.

Então vejo a silhueta outra vez e percebo que é um morcego veloz, entrando e saindo do meu campo de visão. E de repente Harp está parada na porta.

— Que isso, Vivian Apple? Está tentando ascender ao Reino dos Céus? No meio da minha festa?

Corro na direção dela, derramando champanhe nas minhas pernas, rindo mais do que a piada de Harp merece, porque estou tentando ignorar a crença que persiste em meu íntimo, como uma nova e inescapável parte de mim.

Fui vizinha de Harp a vida toda, mas ela sempre pareceu um pouco louca — a garota que, aos doze anos, sacava um maço de cigarros em pleno ponto de ônibus e fumava quatro deles sem qualquer razão aparente enquanto o restante de nós olhava embasbacado. E, de qualquer forma, eu já tinha amigas, todas boas meninas como eu. Entretanto, no início do ensino médio, a Vigília do Arrebatamento, que já atingira nível nacional, começou a chegar ao ápice. O Pastor Frick já fizera sua previsão, dizendo que em três anos os membros mais devotos da Igreja Americana ascenderiam ao Reino dos Céus, e então se seguiriam seis meses de inferno na Terra para os que permanecessem, culminando no fim do mundo. Foi só depois de uma série de catástrofes antes do meu primeiro ano — um terremoto em Chicago que matou centenas de pessoas, a explosão devastadora de uma bomba no meio de um jogo do Yankees, a morte súbita e perturbadora de todas as abelhas dos Estados Unidos — que a população se convenceu. Minhas antigas amigas viraram Crentes e se recolheram em abrigos antibombas com suas famílias. Enquanto eu me preparava para as provas e esperava esse climão estranho passar, minhas antigas amigas se casavam e tinham filhos, povoando a Terra com mais soldados para o Exército de Cristo. Então, ano passado, a loucura de Harp de repente começou a parecer mais sã do que qualquer outra coisa, e ficamos inseparáveis: duas Descrentes ferrenhas. Há três meses, quando os pais dela finalmente se converteram, Harp fez as malas e andou três quilômetros até Lawerenceville, onde o irmão, Raj, divide um apartamento com o namorado, Dylan. Ela nem tentou esconder que queria que eu também me mudasse para lá. Seria como uma festa do pijama, Harp vive dizendo, na qual teríamos que juntar cada centavo dos nossos salários mínimos para pagar o aluguel que parece aumentar todo mês, de acordo com os caprichos do proprietário.

No apartamento de Harp, nossa principal fonte de lazer é ler em voz alta os artigos da insípida revista teen da Igreja Americana, que agora é vendida em todas as farmácias. (*Este macacão vai te levar AOS CÉUS! Apenas 145 dólares no site da Igreja Americana!*) Era isso que estávamos fazendo há duas semanas, quando Harp teve uma ideia.

— Devíamos dar uma festa na Véspera do Arrebatamento — sugeriu ela.

— Jura? — perguntei, sarcástica.

Eu já sabia que isso ia acontecer havia semanas. Em vários sentidos, ainda estou conhecendo Harp — somos amigas há menos de um ano —, mas, se tem algo que sei a respeito dessa garota é que ela adora uma festa.

— Uma coisa de alto nível — continuou Harp. — Com vinho e música. Tipo um bacanal.

Eu ri.

— É, super alto nível mesmo.

Ela pegou um bloco de anotações na mesa de cabeceira e começou a listar algumas ideias.

— Podemos pedir pro Raj comprar a cerveja, e aí... E aí... Vamos invadir uma daquelas mansões abandonadas na Quinta Avenida, em Shadyside! Você vai precisar ficar de olho na área por uns dias, para descobrir qual delas está vazia.

— Só para o caso de você não ter reparado, seu plano já requer infringir pelo menos três leis — comentei. — E, aliás, por que Shadyside? Por que não fazemos a festa aqui?

— Seria mais fácil para você. — Harp deu de ombros. — Dá para ir a pé da sua casa.

— Se meus pais me deixarem ir.

— Vivian. — Ela franziu a testa. — Nós duas sabemos que o mundo não vai acabar em seis meses. Mas vamos fingir, por um momento, que vai. E então, partindo desse princípio, responda a seguinte pergunta: vamos pedir permissão aos nossos pais fundamentalistas para ir a uma reunião de pagãos regada a álcool?

— Você sabe que não gosto de mentir para eles. Não gosto de sair escondida. Só quero que as próximas duas semanas passem logo. Que tudo volte ao normal.

— Não existe mais "normal" — argumentou Harp. — Nunca mais vai existir. Então agora pode ser uma boa hora para você começar a agir como se fosse a heroína da própria história.

— Está bem, está bem. — Suspirei.

Harp sempre dizia isso. Quando começamos a andar juntas no ano passado, ela falou que só se dignaria a se tornar minha amiga caso eu parasse de ser a certinha que ela espiava da janela do quarto, a garota que se esforçava para tirar notas altas, passava fio dental diariamente e arrumava a mesa do jantar. O que Harp não entende é que eu *gosto* dos meus pais, apesar da atual dificuldade deles de manter a sanidade mental. Gosto de saber que eles gostam de mim. É por isso que sempre fui uma filha de quem podiam se orgulhar. É por isso que, mesmo agora, não consigo me obrigar a sair de casa. Porque não quero deixá-los infelizes. Porque sei que, se for embora, vou sentir saudades.

— Eles sofreram lavagem cerebral — argumentou Harp, como se sentisse muito pela notícia que acabava de me dar. — Não há nada que você possa fazer pelos dois.

— Eles são meus *pais* — respondi, como se a palavra fosse uma espécie de talismã.

Agora, na porta da mansão, minha melhor amiga me puxa mais para perto. Ela é um palmo mais baixa do que eu e tem os cabelos bagunçados de um jeito sexy que já tentei imitar mas não consegui. Às vezes me sinto grande demais perto dela, como se não fosse exatamente humana. Mas a própria Harp também não é exatamente humana — é uma elfa levada, minúscula e boca suja.

— Minha boa e velha Viv — diz ela —, acho que minha modesta festinha acabou sendo do balacobaco!

— Sim, foi supimpa, minha chapa! Arrebentou a boca do balão, hein!

— Chega, não precisa forçar — interrompe Harp. — Só tem um problema, até onde sei, mas é grave.

— O quê? — Dou uma olhada na sala de estar. À tarde, Harp e eu penduramos pisca-piscas natalinos pelo teto, e todo mundo, tanto nossos amigos quanto estranhos, parece feliz e tranquilo sob aquele brilho.

— É a minha amiga, Vivian — responde ela, muito séria. — Está fugindo da diversão como se fosse um novo tipo de gripe aviária. Mesmo parecendo pronta para pecar, fica lá fora no jardim enquanto aqui dentro tem garotos bem bonitinhos com quem ela poderia conversar.

— Não quero correr o risco de sofrer a Madalena, muito obrigada — retruco. Embora reconheça alguns de nossos colegas de escola Descrentes na festa, há muitos estranhos, e Harp sabe tão bem quanto eu que nunca se deve falar com garotos desconhecidos. Corre o boato de que a Igreja Americana envia regularmente os rapazes mais bonitos para seduzir as meninas a se entregar ao pecado, então as confronta até que elas se arrependam e desatem a chorar, e depois as levam para uma conversão completa.

Mas Harp não vai aceitar essa desculpa.

— Você se lembra daquela hipótese de umas duas semanas atrás? Vamos fingir que esta é a última noite normal do resto do mundo. Os quatro cavaleiros já estão a caminho. Não tem nenhum garoto na sala que você gostaria de pegar antes que as pragas de gafanhotos comecem?

Já que ela faz tanta questão, dou uma olhada na sala, sem me deter nos garotos que sei que são comprometidos, babacas ou gays. Mas então a multidão se abre, e eu o vejo. Está sentado nos degraus do vestíbulo. Não o conheço, mas tenho certeza de que não é um espião. Tem mais ou menos a nossa idade e é bonito, mas não do jeito típico dos garotos da Igreja, com cabelos loiros e queixos quadrados. O desconhecido tem dedos longos e cabelos castanhos, sedosos e despenteados. Ele usa óculos de armação preta e utiliza o mesmo truque que eu para se misturar à multidão: mantém o copo vermelho de plástico perto da boca, para ficar bebendo em vez de ter que falar, e encontrou algo para ler na casa abandonada.

— Quem é aquele? — pergunto.

Não tenho certeza se Harp sequer sabe direito de quem estou falando antes de agarrar meu cotovelo e me arrastar até o vestíbulo. Ficamos paradas na frente do menino até ele levantar a cabeça, e, quando isso acontece, sinto uma fagulha de algo que parece animação ou medo. Talvez eu só esteja um pouco bêbada. Mas os olhos dele são os mais azuis que já vi.

— Meu nome é Harp — apresenta-se minha melhor amiga, indo direto ao ponto. — Esta aqui é a Viv. Acho que vocês dois teriam filhos muito bonitinhos.

Ela some antes de eu conseguir reclamar. O garoto parece um pouco atordoado, mas abre espaço para mim no degrau.

— Sou Peter — diz ele enquanto eu me sento.

Por um tempo, olhamos cada um para um lado. Peter parece observar o pessoal dançando, e tento pensar em alguma coisa para dizer. Algo que revele todo o meu enorme charme e inteligência. Mas nada me vem à cabeça. Mais de um minuto se passa antes que eu consiga perguntar:

— Você mora em Pittsburgh?

— Não — responde ele.

Não diz onde mora. Não diz nada. Na revista da Igreja, vivem tentando nos convencer de que os garotos que não puxam assunto são apenas tímidos. Que a timidez é uma virtude, para os meninos. *"Sinais de que ele é O CARA IDEAL: 1. Ele não responde as suas mensagens. Um garoto que não responde as suas mensagens está tentando resistir à tentação! Está destinado ao paraíso! Una-se a ele em sagrado matrimônio!"*

— Então você está morto — concluo.

— Oi?

Peter se vira para mim, nervoso, como se tivesse acabado de perceber que sou doida. Os olhos dele são tão azuis. Será que se eu beber champanhe demais vou começar a tagarelar sobre seus olhos e sobre como são azuis?

— Você disse que não mora em Pittsburgh, mas aqui está você. A única explicação racional é que é um fantasma. Ou melhor! — Peter abre um sorriso. — Ou melhor, é um cadáver reanimado. Isso faz parte da profecia do Arrebatamento, não faz? Os mortos se levantarão para entrar de penetra nas nossas festas?

Ele ri.

— Você acha mesmo que isso seria uma prioridade para os cadáveres reanimados?

— Com certeza — respondo. — Não servem batatinhas com molho de cebola e salsa lá no purgatório.

Tem alguma coisa no jeito que ele ri, uma expressão de surpresa feliz em seu rosto, como se fosse a última coisa que esperasse fazer. Fazê-lo rir parece uma conquista. Abaixo a cabeça e dou uma olhada no que ele estava lendo — é uma página de jornal amarelada nas margens. No meio há uma foto do rosto do Pastor Beaton Frick. A foto é preta e branca, então não dá para ver o verde brilhante dos olhos nem a pele bronzeada após tantos anos morando na Flórida. Mas é possível notar as mechas distintas de cabelo grisalho nas têmporas, a covinha de astro de cinema no queixo e o sorriso branco e alinhado. Às vezes eu me pergunto se a Igreja teria feito sucesso com a mesma velocidade se Frick fosse um velho excêntrico com pelos nas orelhas.

— Por que você está com isso? — pergunto.

Peter me entrega o jornal. É de três anos e meio atrás, e, debaixo da foto, há uma legenda debochada (*Ops, o Arrebatamento está chegando!*), o tipo de piada que todos costumavam fazer no começo, antes de a Igreja ficar poderosa e a congregação começar a boicotar a imprensa "midirosa", alegando perseguição religiosa.

— Estava emoldurado lá em cima, em um dos quartos — explica ele. — Não sei o que isso diz sobre as pessoas que moravam aqui.

Dou uma olhada no artigo. Tem as descrições habituais sobre o aperto de mão firme de Frick, o sorriso cheio de dentes e a ruga que surge em sua testa sempre que ele demonstra convicção. Vejo todas as palavras que Frick usa quando explica exatamente quem não será salvo e por que estão despertando a ira divina ("gay", "laico", "feminismo"). Normalmente, olho para Frick e vejo um louco. Mas esta noite, sob os efeitos do champanhe, enxergo um homem que quer tirar meus pais de mim.

— Mal posso esperar para isso acabar — digo.

— Como assim? — pergunta Peter depois de alguns instantes.

— Você sabe... — Dou de ombros. — Depois que nada acontecer. Depois que todo mundo cair na real.

— Isso é meio... — começa a dizer ele, com cuidado, como se quisesse ter certeza de que está escolhendo as palavras certas. — Quer dizer, as pessoas realmente acreditam nessas coisas.

— Mas elas acreditam em algo tão absurdo. — Dou uma risada. Espero que Peter ria também, mas ele continua sério. Está franzindo a testa para mim.

— No que você acredita? — pergunta ele.

Abro a boca, então a fecho outra vez. Não tenho uma resposta pronta para isso. Sinto que levaria tempo, muito tempo, para articular qualquer que seja minha resposta.

Peter parece perceber minha confusão.

— Ou melhor, me deixa colocar de outra forma: nesses três anos você nunca considerou a possibilidade de que o mundo como conhecemos esteja prestes a acabar?

Quero dizer a ele que sim — que, não faz nem meia hora, por uma fração de segundo, eu acreditei. Quero confiar esse segredo a ele. Quero contar como havia uma espécie de alívio naquilo, uma sensação de segurança secreta. Era, sim, como se eu estivesse caindo, mas em direção a alguma espécie de rede. Será que soaria idiota? Será que essas contradições me fazem parecer um borrão, menos definida? Tenho medo de que, se não conseguir me ver com clareza, ele se esquecerá de mim com facilidade. E, de qualquer forma, admitir isso parece algo próximo de desafiar a sorte, como quebrar um espelho de propósito.

— Não — respondo.

— Por que não?

Porque não. Porque, se meus pais estiverem certos, o mundo vai acabar antes que eu tenha feito qualquer coisa que valha a pena. Antes de eu me tornar uma pessoa que valha a pena conhecer. Se o mundo acabar, eu acabo. E parece que mal comecei. Isso é idiota? Peter me encara com uma fagulha indefinida nos olhos. Ele está interessado nesta conversa de uma forma que não entendo direito. Quero confiar nele, dizer o que realmente sinto, mas de repente ouço outra vez a voz daquela revista na cabeça. Está dizendo: "*Seu amor já tem preocupações DE SOBRA! Uma mulher de Deus sorri com a força de mil sóis do paraíso. Alegre o dia do seu garoto com esta linda bata verde-limão!*" Então consigo abrir um sorriso brilhante e despreocupado, como se estivesse prestes a contar outra piada — uma muito, muito boa.

— Porque é meio deprimente — digo.

Depois de um instante, Peter ri. Mas não é a mesma risada de antes. Essa é educada e breve. Quando acaba, ele se levanta.

— Vou pegar alguma coisa para beber. A cozinha é por aqui, né?

Faço que sim com a cabeça. Por um segundo, acho que ele vai perguntar o que quero ou sugerir que eu vá junto, mas apenas diz:

— Foi legal conversar com você.

Não é a primeira nem a pior das minhas interações desconfortáveis com o sexo oposto, mas tenho a sensação de que não vou conseguir me recuperar dessa tão cedo. Fico de pé no degrau e procuro a cabeleira castanho-escura de Harp na multidão — como sempre, está bem no meio do povo. Avanço na direção da minha amiga, tentando acalmar a sensação desagradável em meu peito. Sei que posso ser melhor do que isso. Sei que posso fazer mais, ser uma pessoa melhor. Já que hoje na verdade não é o começo do fim do mundo, posso muito bem interpretar este dia como o começo de algo bom. Como se fosse ano-novo, afinal, tempo de fazer resoluções. Enquanto atravesso a festa, torcendo para absorver um pouco da energia ilimitada e da coragem infinita de Harp, digo a mim mesma: *Deus*. Então me corrijo, por motivos óbvios. *Universo*, penso. *Faça com que eu seja menos dócil, menos medrosa. Universo, me transforme na heroína da minha própria história.*

Na manhã seguinte, balanço Harp para acordá-la antes de ir embora, querendo saber se ela quer ir para casa comigo, mas minha melhor amiga apenas cobre o rosto com um travesseiro e murmura um tchau. Ando os dois quarteirões sozinha. Nenhum carro passa, ninguém passeia com os cachorros ou rega o jardim. A rua onde moro com meus pais está calma sob o sol do fim da manhã. Na minha casa, o jornal está no gramado da frente, embrulhado em plástico azul. Eu o pego e entro sem fazer barulho.

Esperava encontrá-los prontos para me dar um sermão sobre os pecados que sem dúvida andei cometendo. Mas eles não estão na sala de estar, na de jantar nem na cozinha. Suspiro, aliviada. Talvez nem tenham notado que saí. Sento no sofá e abro o jornal, esperando encontrar manchetes sobre o Arrebatamento, mas não há menção disso na primeira página, apenas histórias sobre os desastres de sempre: tsunamis, tornados, ataques terroristas, vírus se espalhando depressa. Não consigo me forçar a prestar atenção nas palavras. Sou capaz apenas de pensar em como a casa parece vazia. Isso me deixa levemente enjoada.

Fico em pé.

— Mãe? — grito. — Pai?

Não há resposta.

Eles devem ter saído para dar uma caminhada. Para tomar café. Ainda não aconteceu, então estão em algum lugar, à espera.

Eu me sento no chão. Depois deito. Estou tonta. Bebi demais ontem à noite. Deveria ir para o quarto, onde posso dormir até me sentir melhor. Vou acordar no fim da tarde e encontrar meus pais olhando para mim, no escuro. A fé fria em seus olhos já terá começado a se esvair. Eles vão me olhar com ternura.

— Mãe? — grito, para o teto. — Pai?

O silêncio é como um peso me puxando para baixo. Se ao menos eu conseguisse me levantar e subir as escadas...

Eu deveria ligar para eles. Meus pais nem sempre estão com os celulares ligados — a salvação iminente fez os dois ficarem estranhamente esquecidos —, mas pelo menos posso deixar uma mensagem qualquer.

— Oi, mãe — digo em voz alta, para praticar. — Só queria saber quais são os planos para hoje. Que tal pedirmos pizza mais tarde? — Fico quieta, como se esperasse resposta, mas só ouço os sons da casa.

Pego o telefone no bolso e disco o número da minha mãe. Levo o celular à orelha. Depois de um momento, ouço-o chamar, e então, cedo demais, outro toque. Um toque soa bem na minha orelha direita, emitido pelo aparelho, e o outro vem de algum lugar acima de mim na casa. O quarto dos meus pais. É o local mais óbvio para eles estarem, e eu ainda não tinha pensado em olhar lá. Entrei em casa e pensei que podia sentir o vazio. Mas não é impossível que ainda estejam na cama, como fazem em algumas manhãs do fim de semana, debruçados sobre os dois Livros de Frick idênticos ou imersos em uma das conversas infinitas, as duas vozes ecoando, separadas, depois se juntando e repercutindo outra vez.

Eu me levanto e ando até as escadas, o toque duplo reverberando em meus ouvidos. Atravesso o corredor e paro em frente à porta fechada, ainda sem me preocupar com o fato de que ninguém atende. Estou pensando em Harp, adormecida no chão de uma mansão — queria que ela estivesse aqui comigo. Harp vai rir quando eu ligar para ela hoje à noite e contar o que pensei a princípio, quando a casa parecia tão grande e vazia. Vai morrer de rir. Estou imaginando a risada dela, então não me pergunto por que ninguém responde às batidas na porta do quarto, e, ao abri-la, não me assusto com a imagem da cama vazia e arrumada. Juro que não senti nada até olhar por acaso para o teto rebaixado e ver dois buracos idênticos, com bordas ásperas, grandes o suficiente para seus corpos magros passarem, como portais perfeitos para a vastidão do céu nublado. Vejo o sol jorrando como lanternas ao lado da cama, iluminando dois cones de poeira dourada, e é aí que sinto algo se partir dentro de mim. Algo importante.

CAPÍTULO 2

EU ME PERGUNTO SE NÃO deveria ter previsto isso. Se não deveria ter sido mais observadora, mais esperta, mais sensível às sutis mudanças de humor. Assim, talvez tivesse percebido que meus pais sentiam falta de algo. De alguma coisa que encontrariam em Deus. Mas a verdade é que não me lembro de nada sobre nossas vidas antes de Frick que pudesse indicar que eles se voltariam para Deus de tão bom grado. A verdade, tive que admitir quando comecei a me fazer essas perguntas nas semanas seguintes à conversão dos meus pais, era que eu não os conhecia muito bem. E, quando eles passaram a Crer, eu nunca mais teria essa chance, a não ser nos raros momentos em que as máscaras de devoção, usadas com muito cuidado, acidentalmente deixassem transparecer um vislumbre das pessoas por trás delas.

Sei a data exata em que eles aderiram oficialmente à Igreja Americana porque foi no domingo seguinte ao meu aniversário de dezesseis anos. Era início de março, e faltavam pouco mais de três meses para o fim do meu primeiro ano do ensino médio. Eu tinha convidado algumas amigas para ir lá em casa — Lara Cochran, minha melhor amiga nos anos pré-Harp, Corinne Brocklehurst e uma garota quieta da aula de artes chamada Avery Tooher. Comemos pizza e bolo e compartilhamos as fofocas habituais, pequenos rumores entreouvidos sobre festas para as quais não havíamos sido convidadas. Elas foram embora prontamente às 21 horas, depois de me darem pequenas cestas de presentes contendo brilho labial e desodorante, todas da mesma loja do shopping. Éramos amigas por causa da proximidade alfabética dos nossos sobrenomes, das notas altas e da falta de habilidade para chamar atenção. Se fiquei entediada naquela festa, não percebi.

Quando acordei, na manhã seguinte, meus pais estavam sentados à mesa no primeiro andar. Não era muito tarde, mas dava para perceber que eles já tinham saído e voltado — estavam bem-vestidos, e no centro da mesa havia uma travessa de bagels, em maior quantidade do que nós três conseguiríamos consumir de manhã. Estavam sentados bem próximos, absortos em uma conversa que interromperam de repente quando entrei. Na mesma hora, pude sentir a inquietação que eles às vezes exibiam antes de me dar más notícias. Quando me sentei e peguei um bagel, me ocorreu que talvez alguém tivesse morrido.

— Conta como foi a festa — pediu minha mãe.

Eles estavam em casa na noite anterior, mas ficaram no quarto para dar a mim e às meninas um pouco de "privacidade". Era o tipo de privilégio concedido aos pais dos filhos bem-comportados, que não tinham a menor preocupação de que faríamos qualquer coisa remotamente errada. O relato da festa levou cerca de vinte segundos. Passei o tempo todo distraída com a sensação de que eles tinham algo a dizer. Quando mencionei a Avery, os dois se entreolharam por uma fração de segundo.

— Encontramos a mãe dela hoje de manhã — comentou meu pai.

— Na Bagel Factory?

— Não — respondeu minha mãe bem devagar. Olhou outra vez para o meu pai. Os olhos dele responderam a pergunta silenciosa dela, que se virou para mim novamente. —

Na verdade, nós a vimos na igreja. Seu pai e eu, bem, nós decidimos nos converter.

Até onde eu sabia, meus pais nunca tinham colocado os pés em uma igreja até aquela manhã. Não éramos "praticantes", como minha mãe se referia aos amigos e vizinhos que se arrumavam um pouco mais nas manhãs de domingo. Eu lembrava que Lara havia feito primeira comunhão no segundo ano, e eu tinha sido convidada. Fiquei sentada no banco da igreja, atrás de alguns tios dela, assistindo à minha amiga caminhar até o altar vestida como uma mininoiva. Ela estava tão etérea, tão mais bonita do que eu, que voltei para casa chorando, pedindo à minha mãe para fazer primeira comunhão também. Ela me fez sentar e explicou, com toda a paciência, que apenas as crianças católicas recebiam a comunhão, e, como não éramos católicos, como não éramos nada, essa seria uma celebração que eu não teria.

— Por que não somos nada? — perguntei, na época.

Minha mãe me olhou por um tempo, então, mordiscando o lábio, respondeu:

— Simplesmente porque não somos esse tipo de gente. Algumas pessoas são assim, mas nós... não.

Então acho que eu deveria ter encarado com um pouco menos de naturalidade a notícia de onde eles tinham passado aquela manhã de domingo. Mas, no dia, fiquei envergonhada. O fato de os dois terem ido à igreja depois de tanto tempo me pareceu uma coisa estranha e pessoal, como sexo, que só recentemente eu havia percebido que em algum momento eles já tinham feito. Então fiquei sentada em silêncio, consciente dos olhares deles, espalhando cream cheese no bagel, sem emoção.

— Significaria muito para nós — começou meu pai — se você fosse conosco na semana que vem. Não precisa ir com tanta frequência quanto a gente, mas pode ser que aprenda algo com a experiência. De qualquer forma, não faria mal ir.

Dei de ombros.

— Tudo bem.

Não me ocorreu perguntar para que igreja eles tinham entrado. Eu mal entendia as diferenças entre elas. Se tivessem me dito que se tratava da igreja fundada pelo Pastor Frick, o cara de dentes brancos cujo nome eu lera na internet e cujo rosto já vira de relance nas chamadas do noticiário do Canal 11, talvez minha reação tivesse sido um pouquinho diferente. Talvez eu tivesse entendido um pouco melhor como minha vida estava prestes a mudar drasticamente.

Deve ser um pouco mais tarde, já que a luz do sol que antes entrava pelos buracos no teto do quarto dos meus pais sumiu, e o cômodo está frio e escuro. Estou sentada no chão, ao pé da cama, com os pés embaixo do corpo e as mãos espalmadas no colo. Minhas costas doem. Estou nesta posição há horas. Não me lembro do tempo passando, só do que pensei quando me sentei: se eu ficasse bem parada e me comportasse direitinho, se esperasse pacientemente, minha mãe e meu pai voltariam de onde quer que tivessem ido.

Não é bem como se eu tivesse adormecido, mas agora me sinto desperta. Eu me lembro das coisas que aconteceram nas horas que passei sentada, dos sons entrando pela janela aberta. Gritos, choro, sirenes. Da campainha tocando loucamente. Do celular vibrando no chão, a cerca de um metro. Mas fiquei imóvel. Se me mexesse, quebraria o encanto. Se me movesse, seria como se quisesse que eles fossem embora, como se quisesse que nunca voltassem.

Ouço a porta da frente se abrir.

Ouço as tábuas do piso rangendo, o som de passos. Um vulto aparece no final do corredor, e, quando a vejo, suspiro e me inclino para trás, com as costas na cama, porque, de alguma forma, sei que acabou. Harp dispara pelo corredor na minha direção.

— Viv. — Ela se agacha e segura meu pulso, como se tentasse checar meus batimentos cardíacos. — Está tudo bem? Eu liguei, mas... — Harp olha para cima, para trás de mim, na direção do teto.

— Eles sumiram — digo a ela.

— Eu sei — responde minha amiga, baixinho. — Os meus também.

Harp reagiu de forma bem indiferente à conversão dos pais, nos últimos meses. Ela os deixou com tanta facilidade que acho que me permiti acreditar que aquilo não a incomodava tanto. Mas parece tão pequena agora, agachada diante de mim na escuridão crescente, o rosto suave e sério. Sei que ela deve estar sofrendo. Como foi cruel da minha parte não atender o celular. Como foi ridículo pensar que eu era a única que estava esperando. Eu me inclino para a frente e jogo os braços ao redor dela, fazendo-a perder o equilíbrio. Harp costuma fugir de demonstrações físicas de afeto, mas desta vez me abraça bem apertado. Quando nos afastamos, ela precisa me ajudar a levantar, porque minhas pernas estão dormentes.

Harp me segura pelo cotovelo enquanto descemos as escadas. Chegamos na sala de estar, que está azul sob a luz do crepúsculo, e fico surpresa ao notar três figuras paradas na porta, em um aglomerado pouco à vontade.

— Viv — diz um deles com um suspiro, e Raj, o irmão mais velho, alto, magro e desajeitado de Harp vem até mim e me abraça.

Atrás dele, vejo Dylan, o namorado de rosto angelical de Raj, e uma menina com cara de assustada que imagino que seja Molly, a irmãzinha de sete anos dele. Então Raj me solta.

— Não vou mentir — começa Dylan. — Pensei que sua salvação estivesse garantida, Apple. Você é mais santinha do que a maioria das Crentes.

— Você está brincando, né? — pergunta Harp. Ela se senta no sofá e dá tapinhas no lugar ao lado. Molly, que tem cachos longos e castanhos, vai correndo até ela. — Acha que eu ia deixar que Deus levasse minha protegida pra Enterprise dele? Não enquanto *eu* estiver por aqui, Deus. Só por cima do meu cadáver.

Os dois dão risadinhas, em parte por causa do nervosismo, imagino, mas também para manter Molly tranquila. Vou até o interruptor ao lado da porta, só que quando estico o braço para acendê-lo, todos os meus amigos sibilam, chamando minha atenção.

— O que foi?

— Está um pouco... esquisito, lá fora — explica Raj. — As pessoas piraram um tiquinho nas últimas doze horas.

Eu me lembro dos avisos dos meus pais. "Bem, isso deve durar pelos seis meses entre o Arrebatamento e o Apocalipse", dissera minha mãe, estocando os armários com latas de sopa e de atum em conserva. "Só que o mais difícil vai ser manter os saqueadores longe. E os cães do inferno!"

— As pessoas estão violentas? — pergunto, me agachando para me sentar aos pés de Harp.

Raj assente uma vez, bruscamente.

— É melhor não chamarmos muita atenção. Também seria uma boa se você tivesse... algo pra gente se defender.

— Deve ter alguma coisa guardada no porão. — Dou de ombros. — Sei que meu pai escondia um taco de beisebol lá embaixo.

Faço menção de me levantar, mas Raj ergue a mão para impedir.

— Ei, Molls, que tal fazermos uma caça ao tesouro? — Sua voz adquire um tom suave e doce que nunca tinha escutado ele usar.

Vejo Dylan se virar para Raj com os olhos iluminados de amor. Molly assente, tímida, e se levanta para segui-lo. Raj tira uma lanterna da mochila, pega a mão da menina e a leva até a porta do porão.

Ouvimos as vozes ecoando escada abaixo, e Dylan se joga no chão e esparrama o corpo magro pela sala. Ele deve ser o cara mais bonito que conheço, e cada movimento que faz demonstra que ele sabe disso. Está sempre tentando ser o centro das atenções, o que pode explicar por que nem sempre se dá bem com Harp.

— Viemos a pé, Harp comentou? Andamos de Lawrenceville até o Highland Park para buscar Molly na casa dos meus pais. Eles sumiram, mas tem um complexo gigante de Crentes no terreno ao lado. Derrubaram algumas casas para construí-lo, ano passado. É um prédio enorme e feio, feito de pedra, com uma cerca elétrica ao redor. Sempre tinha uns Crentes andando pelo jardim, gritando umas ofensas idiotas. Mas hoje o lugar estava...

— Vazio — completo.

Mas Dylan balança a cabeça.

— Não estava vazio. Estava silencioso, mas não vazio. Não havia ninguém no jardim, mas dava para ouvir vozes lá dentro. Tinha uma criança chorando. — Ele para e encontra meu olhar no escuro. — Quando estávamos indo embora, paramos ao lado da cerca por um tempo, tentando descobrir o que diziam. Então ouvimos um tiro.

— O quê?

— Isso mesmo. — Dylan tamborila na mesa de centro. — Vivian, você se importa se eu fumar?

Meus pais proíbem cigarros dentro de casa — nas poucas ocasiões em que meus avós maternos vieram nos visitar, minha mãe sempre os fazia ir fumar na varanda. Estou prestes a dizer que sim, em tom de desculpas, então me lembro dos buracos no teto, e minha garganta fica seca. Balanço a cabeça. Dylan tira um maço do bolso e o bate de leve na mesa de centro. Pega um cigarro e o acende, e, por um momento, seu rosto é a única coisa iluminada na sala — dourado, a barba por fazer e os olhos fundos. A expressão tensa desaparece logo na primeira tragada.

— Bem — continua ele —, parece que nem todos os Crentes foram salvos. Pelo menos, não de acordo com o que Harp contou.

Eu me viro para observar a minha melhor amiga, que está virada de cabeça para baixo. Então ela estende a mão para Dylan e começa a falar apenas depois que ele lhe entrega um cigarro.

— Só acordei umas duas da tarde — explica. — Tinha umas mil ligações perdidas do Raj. Eu não sabia o que ele queria, mas imaginei que fosse me encher o saco de algum jeito, então não retornei. Fiz uma faxina na mansão e, quando cansei, liguei a tevê. Todos os canais estavam passando a mesma notícia: "Misterioso desaparecimento em massa." Todos tentavam evitar a palavra "Arrebatamento". Acontece que sumiram muito menos pessoas do que Frick falou. Quantos Crentes tinham por aí? Centenas de milhares, não é? E eles acham que não foram nem cinco mil. Ninguém sabe onde está o Pastor Frick nem Adam Taggart, o representante oficial da Igreja. Mas já foi confirmado que as celebridades Crentes ainda estão aqui. Incluindo — continua Harp, antecipando-se à minha próxima pergunta — o Presidente.

— As pessoas estão pirando — completa Dylan. — Só passamos por cinco carros no caminho até aqui, e quem estava dentro deles tinha espingardas no colo. Vimos um ônibus abandonado na Liberty Avenue. No meio da rua, parado. E, quando chegamos a Shadyside, *quase* fomos assaltados. Uns garotos vieram pra cima da gente, e um deles tinha uma faca. Mas viram Molly e desistiram. — Dylan soltou uma espiral de fumaça. — Nunca na vida pensei que usaria minha irmãzinha como escudo humano.

Nós três ficamos em silêncio até Raj e Molly voltarem, fazendo barulho ao subir a escada. Ele acabou transformando nossa defesa em um jogo, uma missão, e Molly, obediente, carrega um monte de objetos na barra erguida da saia: fita isolante, um novelo de barbante, um martelo, uma raquete de tênis. Raj está com o taco de beisebol e outro martelo. Ele me entrega uma marreta, ainda com os resquícios grudentos da etiqueta de preço no cabo, e, quando passo os dedos pela cabeça pesada e preta da ferramenta, eles ficam cobertos de poeira. Mesmo na sala escura, cercada por meus amigos quietos e apavorados, dá para ver o pó.

À noite, montamos acampamento na sala. Acendemos velas e arrastamos uma estante de livros bem pesada para bloquear a porta, por segurança. Não posso culpar Raj ou Dylan pelo medo — afinal, eles tinham saído pelo mundo pós-Arrebatamento —, mas, do chão da minha sala de estar, é difícil imaginar qualquer perigo à espreita naquela rua do subúrbio. Durante as horas desde a chegada dos meus amigos, não ouvi nenhum cachorro latindo nem alguma porta de carro batendo. Até onde sei, todos os meus vizinhos Deixados Para Trás estavam fazendo o mesmo que nós: se escondendo. Mas é um alívio não ter que passar a noite sozinha. Estou encarando isso como uma festa do pijama. Ajudo Molly a construir uma cabaninha com os travesseiros e as almofadas do sofá. Escancaro as portas dos armários da cozinha e rio diante da perplexidade dos meus amigos. Toda a comida é da marca da Igreja Americana. Além de fundar a Igreja, Frick era presidente da corporação multimilionária por trás dela. Eles publicam revistas, administram os canais de tevê da Igreja e produzem provisões para o fim do mundo como garrafas de água benta e latas de sopa de macarrão argolinha com molho de tomate chamadas Aureolinhas de Cristo. Por muito tempo meus princípios me impediram de consumi-los, mas agora o Arrebatamento chegou, e estou morrendo de fome. Tomamos as sopas frias, direto da lata, embora a eletricidade ainda funcione — por enquanto. Quando Molly pega no sono, Dylan e Raj conversam aos sussurros sobre o que fazer em seguida. Dylan planeja levar a menina para a casa de uma tia em Nova Jersey. Raj pretende ir junto, embora a tia não fale com Dylan desde que ele saiu do armário. É estranho lembrar como as famílias costumavam se afastar, nos velhos tempos. Os dois estudam um mapa que encontraram no carro dos pais de Dylan, tentando descobrir quais estradas estariam menos movimentadas.

— O meu medo — começa Raj — é a gente não conseguir fazer essa viagem em seis meses.

— Do que você está falando? — pergunta Dylan. — É claro que vamos conseguir. Nova Jersey não fica tão longe assim.

— É mais longe do que você pensa — retruca o irmão da Harp. — E a pé? Com recursos que ainda não temos? Uma barraca? Comida? Estou me perguntando se vale a pena ir, se não seria melhor ficarmos aqui com Molly e esperar.

— Talvez você esteja certo. — Dylan suspira e dobra o mapa. — E, de qualquer forma, em seis meses provavelmente vamos querer estar no interior.

Estou prestes a perguntar por quê — o que vai acontecer em seis meses? — quando lembro.

— Vocês não estão falando sério — digo. Os dois me encaram. Ao meu lado, Harp dá uma risada forçada mas alegre. — Acham mesmo que o apocalipse vai acontecer em seis meses?

— Veja bem, ser um Descrente era ótimo enquanto não havia nada em que acreditar — responde Dylan, um pouco irritado. — Mas aconteceu. Nossos pais saíram voando pelo teto e foram aceitos no Reino dos Céus, então não vou agir como se o mundo *não* estivesse prestes a acabar. Tenho uma criança para cuidar, não posso me dar o luxo de continuar sendo cético.

Raj se inclina e segura meu antebraço, o que me faz lembrar que tive uma paixonite por ele quando era mais nova, na época em que era o garoto alto e de maçãs do rosto pronunciadas no ponto de ônibus. Ele sempre pareceu tão mais legal do que os garotos da minha turma, tão mais calmo. Raj aperta meu braço com gentileza.

— Tudo bem, Viv. É assustador, mas está tudo bem. Só temos que admitir que estávamos errados.

Não respondo. Harp se levanta de repente, e a lata vazia de macarrão cai no piso de madeira com um tinido fraco.

— Está abafado aqui — diz ela. — Vou tomar um ar.

— Você não pode sair — sibila Dylan.

— Vou para o quintal — retruca minha amiga, irritada. — Prometo não fazer barulho. E vou levar isso. — Ela pega a marreta que está no meu colo. — Viv?

Não estou com muita vontade de deixar a segurança da casa, mas sigo Harp até a varanda dos fundos, partindo do princípio de que nada de ruim pode acontecer comigo enquanto estivermos juntas. Mas, assim que ela abre a porta que leva à varanda de madeira, todos os outros pensamentos deixam minha mente. Está um calor infernal. E estamos no fim do inverno. No caminho para casa, hoje de manhã, tive que vestir um cardigã, mas agora, no meio da noite, parece que estamos em pleno verão. O ar está denso e úmido, é quase impossível respirar.

Harp percebe minha surpresa.

— Ah, me esqueci de mencionar essa parte. O clima está louco. É melhor a gente se acostumar ao calor, porque a danação e o fogo do inferno estão chegando.

Ela vai até a beirada da varanda dos meus pais, apoiando a marreta no ombro. Fico ao lado dela. Harp olha para a escuridão, na direção da casa vazia dos seus pais. Sei que deveria dizer alguma coisa. Mas ainda é difícil falar a sério com Harp. É difícil perguntar "como você está?" daquela maneira gentil que indica que o interlocutor espera uma resposta triste. Sei que ela vai sacudir o cabelo e contar uma piada — sei que, se isso não acontecer, não terei a menor ideia de como reagir.

— Meus pais não atravessaram o teto — comenta ela.

Não sei o que dizer diante disso.

— Ah.

— Não tem buraco no teto nem galhos quebrados no quintal. — Harp olha fixo para a frente, a voz insensível, quase sarcástica. — Tem comida na geladeira. Eles são a única coisa que está faltando.

Estou tão cansada. Eu me sento e apoio o queixo nos joelhos.

— Mas tem buracos no teto da sua casa — continua ela. — Isso é difícil de ignorar. Difícil fingir que é qualquer outra coisa. — Ela se senta ao meu lado. Sinto como se seu olhar pudesse me atravessar. — O que você acha que aconteceu? O que acha que está havendo?

Dá para notar que essas perguntas não são questionamentos desesperados direcionados ao universo. Harp não está tentando entender as coisas. Como sempre, ela tem tudo muito bem definido em sua cabeça — sabe exatamente em que acredita. Há um tom de suspeita em sua voz. Ela está me testando, testando meu eu pós-Arrebatamento para ver se virei Crente no último minuto.

— Não sei — respondo. — Não consigo me convencer de que o mundo está realmente acabando, sabe? Mas não sei onde estão meus pais. E, se eles realmente foram para — estremeço só de pensar nas palavras; parece tão ridículo — o *Reino dos Céus*, por que isso não aconteceu com todos os Crentes? Gostaria que houvesse alguém para explicar isso.

— Bem, é melhor esperar sentada.

— Verdade. — Ficamos um momento em silêncio, ouvindo o cricrilar dos grilos. — Acho que o que eu mais gostaria de saber é o que a gente deveria fazer agora.

Quando Harp começa a falar, consigo ouvir o tremor em sua voz. Não sei se ela está evitando chorar, rir ou gritar, mas nunca a ouvi falando tão baixo.

— Raj e Dylan bolaram aquele plano sem me contar nada. Deviam estar se planejando para o fim do mundo há meses. E me deixaram de fora.

Sei exatamente como ela se sente. É como me sinto há um ano, vendo meus pais rezarem, pregarem e armazenarem enlatados nos armários. Mas Harp... só consigo imaginá-la no meio da multidão. Deve ser uma sensação tão nova e ruim, estar sozinha. Estendo a mão no escuro e seguro a dela. Harp não se afasta. Minha melhor amiga segura minha mão com força, e, juntas, absorvemos o novo mundo.

CAPÍTULO 3

De manhã, vejo os raios de sol no teto da sala e percebo que não estou na cama. Escuto quatro outras respirações perto de mim e me lembro de por que estamos ali, do que aconteceu. Meus pais sumiram. Na mesma hora, sei que isso sempre vai ser doloroso — me dou conta de que, se eu deixar, vou constantemente me esquecer e então me lembrar de novo da ausência deles. Sempre com uma nova pontada de dor, como se estivesse apertando um hematoma. Eu me levanto sem fazer barulho e subo as escadas até o quarto dos meus pais. Está do mesmo jeito de quando entrei ontem, a não ser por uma folhinha verde que caiu por um dos buracos no teto. Abro as gavetas dos criados-mudos, agora vazias, exceto pelos exemplares do Livro de Frick que eles guardavam lá. Examino a cômoda do meu pai. Também está quase vazia, só encontro um pente, um desodorante e uma foto minha no jardim de infância, na qual estou com a boca fechada e cabelo com corte chanel e franja. Ele ama essa foto. *Amava*. Está na hora de pensar neles dois no passado. Se sinto qualquer ressentimento com o fato de que a versão de mim na qual meu pai pensava toda manhã era uma de onze anos atrás, é fácil deixar isso de lado ao examinar o espelho da penteadeira da minha mãe. Está tão coberto de fotos que mal consigo ver meu reflexo. E todas são dos dois. Não estou em lugar nenhum.

— Eles se foram — digo para mim mesma. Minha voz sai um pouco trêmula, porque não quero que meus amigos lá embaixo me ouçam. Mas então repito mais alto, com mais firmeza: — Eles se foram.

Vou ao meu quarto procurar meu diário. Na verdade, é mais uma bagunça do que um diário. Mantenho registros dos últimos anos em folhas de papel soltas enfiadas em diversos esconderijos — entre o colchão e a cama, no forro dos casacos de inverno, entre as páginas do Livro de Frick que meus pais me deram sem nunca esperar que eu lesse. Pego todas e as grampeio juntas. Então, em uma página em branco, começo a escrever.

Meus pais, coloco no topo. Depois crio um subtítulo:

Mãe.

- Mara Apple. Sobrenome de solteira: Pederson. Nascimento: 28 de julho de 1968.
- Cabelo loiro-acobreado, comprido.
- Comida favorita: lasanha.
- Uma vez, no segundo ano do ensino fundamental, contei a ela que estava apaixonada por um garoto e queria mandar um bilhete de admirador secreto. Ela me ajudou a escrever, até fez um desenho de nós dois para eu colocar junto, mas depois, no fim da noite, confiscou o bilhete dizendo que queria conferir se havia erros de ortografia, e nunca devolveu. O que possivelmente evitou que eu morresse de vergonha.
- Passamos um verão na praia. Eu devia ter uns onze anos. Ela estava deitada ao sol, protegendo os olhos com o braço, enquanto meu pai e eu líamos, sentados debaixo do guarda-sol. Meu pai tirou os olhos do livro e me cutucou. Ela estava com um maiô roxo e branco. Parecia uma adolescente.

"Sua mãe é a mulher mais linda do mundo", disse meu pai. Vi minha mãe sorrir, então sei que ela também foi capaz de escutar.

Pai.

- Edward "Ned" Apple. Nascimento: 14 de fevereiro de 1969.
- Cabelo castanho-escuro, curto, começando a ficar careca. Olhos castanhos. Uma vez, ele olhou para mim e disse:

  "Que pena. Acho que você herdou o corpo dos Apple." Mas eu não sabia o que aquilo significava.
- Observava estrelas com seu telescópio. Tentava ver meteoritos e cometas.
- Me inscreveu na aula de futebol no jardim de infância e, no primeiro dia, torceu por mim mais alto do que todos os outros pais enquanto eu disputava a posse de bola no início da partida. Mais tarde, no carro, chorei e disse que tinha odiado, e ele nunca mais me fez voltar.
- Ano passado, ele falou:

  "Filha minha não vai para o inferno." E respondi: "Não seja idiota."

  Ele ergueu a mão como se fosse me bater, mas se segurou e saiu da sala. Minha mãe então disse: "Nunca mais fale assim com o meu marido."
- Uma vez, no carro (quantos anos eu tinha?), minha mãe me perguntou:

  "Você sabe que seu pai salvou minha vida, não sabe?" E respondi que sim. Mas ela não se aprofundou no assunto, e eu não fiz perguntas.

Olhei para as anotações. Qual a conclusão? Quem eram aquelas pessoas que eu descrevia? Meus pais se amavam. Me protegiam. Mas eram como bonecos de palito nas minhas lembranças, insubstanciais. Quem eram eles, de verdade? Agora que sou órfã, acho que nunca saberei.

Eu preciso de um adulto, alguém que se importe com meu bem-estar. Ainda tenho parentes vivos — e, até onde sei, Descrentes — por aí. Há meus avós em Nova York, pais da minha mãe, que eu mal conhecia e não vejo desde que tinha nove anos. Tem a tia Leah, irmã do meu pai, que nunca conheci e vive em Salt Lake City. Penso em ligar para um deles, embora meus pais tenham se afastado de todos há muito tempo. Mas aí meu olhar encontra minha mochila e penso em Wambaugh — minha antiga professora de história, uma das pessoas de quem mais gosto no mundo todo. Se alguém pode me dizer o que fazer hoje, é ela.

Calço os sapatos e desço as escadas. Raj e Dylan dormem de conchinha em uma zona de almofadas do sofá. Molly está acordada, sentada com as costas eretas em uma poltrona, folheando um livro que trouxe. Aceno para ela e chacoalho Harp de leve. Minha amiga acorda, entreabrindo os olhos cansados.

— Viv? — murmura ela. — São os gafanhotos?

— O quê? Não. Vou para a escola, quer vir junto?

— Escola? Você tá de sacanagem? — Harp enfia o travesseiro na cara, e sua voz fica abafada. — Não, sua doida, obrigada. Vou ficar aqui, cochilando.

— Tudo bem. Mas vou levar a marreta.

Pego a ferramenta, que estava entre o meu saco de dormir e o de Harp, e saio. Continua quente lá fora, mas o calor de agora é agradável e seco, o que me faz lembrar de alguns lindos dias de junho do ano passado, quando o fim do mundo ainda parecia bastante hipotético. Lara tinha acabado de se converter, a última das minhas amigas a fazê-lo, um mês antes de Harp e eu começarmos a andar juntas. Naqueles fins de manhã luminosos eu pegava uns livros e algo para almoçar e então ia para Schenley Plaza, onde deitava na grama e considerava minhas opções. Pensava em fugir, até mesmo em me converter, mas por pouco tempo e nunca muito a sério. Então, em julho, Harp me chamou de seu jardim. Ela estava tomando sol de biquíni, para choque e consternação da família Harris recém-convertida, que morava do outro lado da rua.

— Por favor, Vivian, diga que ainda está com os miolos no lugar — disse ela.

Havia algo inocente naqueles dias preguiçosos, quando nos sentávamos ao sol até minha pele ficar vermelha. Eu sentia que tinha escolhas, na época. Agora, sinto como se estivesse cercada de espaço em branco. Como se pudesse ir em qualquer direção, mas nenhuma delas fosse me levar a lugar algum.

Demoro meia hora para percorrer a pé o quilômetro e meio até a escola. O peso da marreta em meu ombro me atrasa, mas não vejo nenhum assaltante. Na verdade, Pittsburgh parece relativamente normal, bem diferente da paisagem infernal que eu esperava encontrar depois das histórias de Raj e Dylan. Alguns carros passam na rua enquanto caminho, e os motoristas acenam com sorrisos maníacos estampados no rosto. Sei que estamos todos meio que tentando manter as aparências uns para os outros. Tentando dizer algo tipo: "Nossa comunidade ficará mais forte após essa perda" ou "a vida continua depois da tragédia". Isso não convence ninguém. De certa forma, só piora as coisas.

Abro as portas. Durante meus dois primeiros anos no ensino médio, sempre havia um segurança ineficiente sentado diante de uma mesa dobrável no saguão de entrada, mas, quando o número de alunos diminuiu drasticamente no último outono, o cara desapareceu, assim como muitos professores. Quero gritar, ouvir minha voz ecoando pelos corredores. Quero ouvir alguém gritar em resposta. Era exatamente essa sensação que eu tinha, no fim. Fui uma das poucas a aparecer para o começo do segundo ano. Entre tornados, ameaças de bomba e a desconfiança que manchava a visão de mundo de todas as pessoas, além da conhecida postura da Igreja Americana em relação às escolas públicas (Adam Taggart as chamou de "arautos do terrorismo laico"), todo mundo acabou perdendo o hábito de aparecer. A vida assumiu o ar etéreo e desestruturado de um eterno dia de neve. Quando parei de me dar o trabalho de ir à escola, logo depois do Natal, senti saudades — do sinal anunciando as aulas, das fofocas, dos palitos de queijo da lanchonete. Sentia saudades da sensação de que todos estávamos trabalhando, embora de forma ineficiente, para atingir algum objetivo comum. E, acima de tudo, sentia saudades de Wambaugh.

Ela foi minha professora de história geral no primeiro ano, a mulher que encontrei parada diante do quadro-negro na primeira sala de aula do ensino médio em que pisei. Todo o nervosismo sobre como seria a nova etapa da escola só tinha sido agravado por causa das calamidades recentes — naquele primeiro mês, vi muitos alunos caírem em um choro histérico no meio do corredor ou arrancarem os cabelos por causa do estresse. Wambaugh fez tudo o que pôde para nos acalmar. Ensinou exercícios de respiração, colocou música alta para tocar e nos fez levantar e dançar para expulsar o medo, traçou uma linha do tempo com todas as predições de fim do mundo da história da humanidade e nos assegurou de que nosso mundo continuaria girando. Em algum momento, paramos de usar o "Sra" antes do sobrenome dela. Wambaugh era mais do que aquilo, mais do que uma professora comum. Ela é a adulta que eu gostaria de ter a coragem de me tornar.

Agora, andando pelos corredores desertos, me pergunto se vir até aqui não foi perda de tempo. As escolas estão vazias desde o outono, e com certeza Wambaugh encontrou um lugar melhor onde contribuir. Eu a imagino em um dos hospitais, ajeitando o cobertor de uma vítima de choque, servindo-lhe suco. Mas, quando estou a um metro da sala de aula dela, a porta se abre, e sua cabeleira loira familiar aparece.

— Vivian Apple — cumprimenta Wambaugh, dando um sorriso ao me ver. Ela abre bem os braços, e, sem nem pensar, corro para um abraço. — Nunca achei que você estaria entre os condenados. Suas notas são tão boas.

Dou uma risada fraca. Estou tentando não chorar. Wambaugh me solta e me leva para dentro da sala de aula, que surpreendentemente está cheia. Há alunos de todos os anos do ensino médio, e até, espalhadas pela sala, parecendo um pouco constrangidas, algumas pessoas que sei que se formaram na primavera passada. Muitos estão sentados em duplas, dividindo a cadeira, e outros se enfileiram diante da estante perto da janela. Alguns trouxeram travesseiros, sacos de dormir e os irmãos mais novos, outros carregam pães, biscoitos e embalagens com duas dúzias de garrafas d'água. Todos conversam, nervosos, e ninguém parece surpreso em me ver. Noto um ou dois acenos de cabeça me dando as boas-vindas.

Líderes de torcida conversam com integrantes do clube de xadrez, que conversam com os jogadores de lacrosse, que conversam com os viciados... O Arrebatamento desfez nossas panelinhas e nos reuniu aqui, desamparados, com o único adulto sensato que conhecemos.

— Muito bem — começa Wambaugh. Ela bate palmas uma vez e a conversa para, todos endireitando a postura. Não há lugares vagos, então me sento aos pés de Melodie Hopkirk, uma garota que nunca tinha notado minha existência neste plano, mas que agora me dá um sorriso caloroso. É uma colega sobrevivente. — Do que estávamos falando antes da Viv entrar?

— Desarmamento nuclear? — sugere B. J. Winters.

— Isso mesmo. — Wambaugh franze a testa. — Essa conversa não estava indo nada bem. Do que mais?

Ela pega um pedaço de giz, e começo a me inteirar da discussão que se desenvolveu ao longo da manhã. No topo do quadro, está escrito a giz: EU ACREDITO QUE OS JOVENS SEJAM O FUTURO. Espalhando-se ao redor dessa frase, está se formando o que parece ser uma lista de maneiras que podemos salvar o mundo. É como um curso rápido de fazer o bem: reciclar, economizar água, caridade etc. Talvez eu não esteja entendendo algum ponto-chave da discussão — mais especificamente: o que isso tem a ver? Wambaugh aponta para alguém que ergueu a mão atrás de mim.

— Acho que uma coisa importante seria, tipo, não tirar conclusões precipitadas sobre as pessoas com base na aparência ou nas companhias delas — sugere Melodie, insegura.

Wambaugh assente.

— Acabar com o preconceito.

— Isso mesmo — completa a menina. — O que também serve para coisas tipo racismo.

Wambaugh encontra um minúsculo espaço em branco entre "Apoiar os sindicatos" e "Caronas solidárias" para escrever o novo tópico. Quando ela se vira de volta para a turma, nossos olhos se encontram.

— Viv? Algo a acrescentar?

— O que é isso? — pergunto. Percebo que pareço irritada. Se Wambaugh fica surpresa, não demonstra. Sei que *eu* estou: questionar o plano de aula de um professor, mesmo sem estar matriculada naquela matéria, mesmo que a escola não esteja tecnicamente funcionando, é uma anarquia total, pelo menos para mim. Wambaugh apenas se recosta na mesa, de braços cruzados, e espera que eu continue. — O que estou querendo saber é o que isso tem a ver com o que está acontecendo. Como é que nós... — Abro os braços para abarcar o mundo em que vivemos, enorme e impenetrável. — Como é que nós vamos...?

— Falamos sobre isso antes de você chegar — explica Wambaugh. — Alguém quer dizer a Viv sobre o que estamos conversando? Por que estamos fazendo essa lista?

Ela aponta para uma das mãos erguidas no meio da multidão, atrás de mim. Grayson Wagner, o garoto da turma que provavelmente teria sido orador caso houvesse tido essa chance na vida, se levanta.

— A Sra. Wambaugh argumentou que seria fútil passar os próximos meses esperando uma catástrofe — explica ele. — Em vez disso, deveríamos considerar este momento como uma oportunidade para reformar o mundo, recriá-lo a nossa própria imagem.

— Exatamente — concorda a professora. — E quero deixar bem claro que não estou dizendo que isso é fácil; acabamos de passar por um evento traumático. Todos sofremos perdas, alguns perderam praticamente todos que conheciam. — Ela olha para mim, tentando descobrir, e assinto para responder a pergunta que não foi feita: eles se foram. Ela me lança um olhar rápido e triste. — Só estou dizendo que precisamos seguir em frente, com o propósito de reconstruir. Porque este mundo não vai acabar. Sem chances. Não tão cedo.

— Mas é isso que não entendo — diz Melodie. Ela soa tão frustrada quanto eu me sinto. Por mais que ame Wambaugh, estou cética quanto à certeza em seu sorriso, ao jeito animado que ela caminha em seus saltos. — Antes a gente meio que pensava: "Que prova existe de que o mundo *vai mesmo* acabar?" E agora está mais para: "Que prova temos de que ele *não vai*?" Minha avó... — A voz dela falha um pouco, e me lembro de que a avó de Melody era uma Crente fervorosa, conhecida por andar a Murray Avenue inteira, fizesse chuva ou sol, para bater às portas e entregar textos que ela mesma datilografava em uma máquina de escrever pré-histórica. — Minha avó se foi. Ela nos disse que isso aconteceria, e aconteceu mesmo. Então ela estava certa, não? Ela é quem estava certa.

Todos assentem e murmuram, concordando de má vontade.

— Além disso — grita um dos alunos — está o maior calor lá fora!

Tenho a impressão de que alguém começou a chorar no fundo da sala.

— E ainda estamos em *março*! — acrescenta outro, como se isso encerrasse o assunto, e um bocado de gente começa a conversar sobre a perda dos amigos, os tornados do mês passado e as novas bactérias devoradoras de carne e resistentes a antibióticos que assolam a América do Sul.

Wambaugh ergue a mão.

— Já fez calor em março antes.

Todos começam a gritar com ela ao mesmo tempo, e ouço minha própria voz entre a deles.

— Qual é, Wambaugh! — grito. Só quero que alguém me diga a verdade.

A professora ergue a mão, pedindo silêncio.

— Escutem, o mundo não está acabando. Não vai acabar durante a vida de vocês, ou da dos seus filhos, ou da dos seus netos... Mas *talvez* acabe durante a vida dos seus bisnetos, pra ser sincera. E é culpa nossa. Não levamos a vida de forma sustentável. Não estou falando apenas de reciclar e de fechar a torneira enquanto escovamos os dentes. Estou falando de como tratamos uns aos outros. Como decidimos que somente algumas vidas são importantes, que apenas poucos merecem ser tratados como humanos. Não há vida sem valor na Terra. E isso inclui aqueles de nós que foram Deixados Para Trás. Não sei aonde foi toda aquela gente. Talvez tenha mesmo ido para alguma espécie de paraíso cristão. O que estou dizendo é que nós também somos boas pessoas. Nossa vida tem valor. Eu acredito em cada um de vocês. E o que não quero é que fiquem deitados esperando o fim chegar. Não quero que vocês deixem o resto de suas vidas de lado só porque o Deus de outra pessoa não tentou salvar vocês. Porque, querem saber? Se ele não tentou salvar vocês, não era um bom Deus para começo de conversa.

A voz dela falha na última parte, mas Wambaugh olha para nós, um pilar de fúria loira, certa de suas convicções. Talvez estivesse esperando alguém questioná-la, mas ninguém se manifesta. Ouço Melodie fungar atrás de mim. Estendo o braço para trás, sem me virar, e seguro a mão dela. Wambaugh pega o pedaço de giz e encontra um pequeno espaço vazio no quadro-negro. Depois se vira para nos encarar.

— O que mais?

Estou tentando manter um pensamento positivo. Tentando me inspirar nas covinhas de ela. *Eu acredito que os jovens sejam o futuro*, canto, sozinha, a caminho de casa. Acho que é encorajador como ela leva a ideia a sério. Como apareceu na escola na segunda após o Arrebatamento pronta para dar aula a todos aqueles órfãos, com sua energia destemida. Mas eu não sou assim. Nunca fui. No final do quarteirão, posso ver minha casa reluzindo no calor e penso nos meus melhores amigos lá dentro. Quando entrar, vou designar quartos para cada um e preparar o almoço, porque o mundo ainda está girando rápido no eixo, os mercados continuam abertos e não há nada mesmo a fazer além de viver. É como Wambaugh disse: também somos boas pessoas. Foi o principal ponto no qual meus pais falharam em me convencer enquanto tentavam me converter: que eu não era boa, que eu precisava mudar para ser boa. Porque tudo o que fiz a vida inteira foi ser boa.

Ao abrir a porta da frente, vejo os sacos de dormir largados, os lençóis embolados. Harp não está à vista, então abro a boca para chamá-la. Ela vai revirar os olhos quando eu contar o que Wambaugh falou, mas vai gostar de ouvir mesmo assim. No entanto, minha voz fica presa na garganta. Um homem sai da cozinha, entrando na sala de jantar e no meu campo de visão. Ele é alto e imponente, com cabelos grisalhos nas têmporas e um sorriso branco e largo que dirige a mim. Vem na minha direção com os braços estendidos, e me encolho na parede, porque não sei o que está acontecendo. Meus pais me avisaram sobre fantasmas e zumbis, peste e escuridão — mas não me disseram o que fazer, como me proteger de um adulto vivo e respirando parado em nossa sala de estar como se quisesse algo de mim. A única coisa que me vem à mente é que ele deve ser da Igreja: primeiro pegaram meus pais e, por algum motivo, vieram atrás de mim.

— Vivian — diz ele —, estávamos procurando você por toda parte.

CAPÍTULO 4

Se Harp estivesse no meu lugar, teria corrido ou lutado, mas eu ainda tenho aquele desejo de ser boazinha que é maior do que o medo ou do que qualquer instinto de autopreservação.

— O que você quer? — sussurro. — Só me diga o que quer.

O homem faz uma expressão desapontada, e seus braços abaixam quase um centímetro.

— Vivian? — repete, piscando os olhos castanhos, preocupado. — Você está bem, querida?

Algo na voz dele desperta minha memória, e meus ombros relaxam quando me dou conta.

— Vovô — cumprimento. Dou um passo à frente e me permito ser abraçada. — O que está fazendo aqui? Por que não está em Nova York?

— Estávamos preocupados com você — explica vovô Grant, pai da minha mãe, bem devagar, como se eu fosse muito mais nova, e percebo que é o único jeito que ele conhece de soar gentil. — Estávamos preocupados com você, sua mãe e seu pai.

Não sei o que dizer, não sei quanto eles sabem. Na verdade, sequer faço ideia de como falar com ele. Ouço o som de passos na escada e não fico surpresa ao ver minha avó, de olhos vermelhos, parecendo cansada.

— Vivian — diz ela.

Nas poucas vezes em que a encontrei, a mãe da minha mãe sempre me deu a impressão de ser bastante intimidadora. Era alta e estilosa, com longos fios grisalhos, que mantinha presos em um coque muito arrumado. Nunca falava comigo como se eu fosse uma criança, nem mesmo quando eu era. Mas ao vê-la agora, com o cabelo solto e bagunçado, os olhos vidrados de quem passou horas chorando, não consigo me segurar. Eu a abraço.

— Vovó. — A palavra parece estranha em minha boca. — Eles se foram.

— Nós não sabíamos — choraminga ela, no meu ombro. — Não sabíamos nem que ela era Crente.

Eu tinha noção de que minha mãe não mantinha muito contato com os meus avós, mas acho que nunca me ocorreu que eles não sabiam que meus pais haviam se convertido. A conversão havia mudado tanto a minha vida, mas será que os efeitos não tinham reverberado e cruzado as fronteiras entre os estados, afetando os outros parentes?

— Não sei como eles conseguiram fazer isso — comenta vovô Grant. Ele anda até a cornija da lareira e pega um porta-retratos duplo. Nele, há fotos dos meus pais no dia em que foram batizados no Lago Carnegie ano passado. Como era Descrente, eu não pude ir, então tudo o que sei sobre esse dia é o que dá para ver nas fotos. Meu pai e minha mãe, devotos, debaixo do sol, encharcados, muito felizes. — Não sei mesmo como eles conseguiram. Quer dizer, se fossem só algumas pessoas... Dá para esconder algumas pessoas. Mas no noticiário dizem que foram milhares. Como poderiam fazer isso com milhares?

— Nós a criamos direito, fizemos tudo o que deveríamos — murmura minha avó, no meu ouvido. — Não sei o que deu errado.

— O que vocês estão fazendo aqui? — pergunto, outra vez.

Meus avós trocam olhares.

— Bem — começa vovó Clarissa —, ligamos pra cá ontem no fim da manhã quando começamos a ouvir sobre... os *desaparecimentos*. Mas ninguém atendeu. No começo não nos preocupamos, mas, conforme o dia foi passando...

— Desde o início eu disse que era um golpe — interrompe meu avô. — E se Ned e Mara se meteram nisso, bem, não fico feliz. Mas as pessoas fazem escolhas na vida. É o que sempre ensinamos a ela. Fazemos escolhas, e há consequências...

— Não sabíamos se você estaria aqui ou... com eles — comenta minha avó, enxugando os olhos com as costas das mãos. — Não sabíamos o que esperar.

Vovô Grant começa a contar sobre os obstáculos que enfrentaram para chegar até aqui — precisaram alugar um carro, e, como o dono da locadora de veículos mais próxima fora Arrebatado na noite anterior, meu avô teve que pagar a uma viúva Deixada Para Trás uma quantia enorme pelo velho sedan, para então dirigir durante sete horas até Pittsburgh. Eles teriam chegado bem mais cedo, mas o trânsito para sair da cidade na rodovia I-78 estava inacreditável. Multidões fugiam da cidade, levando todos os pertences empilhados no banco de trás.

— Ninguém quer estar em Nova York quando caírem as bombas nucleares — explica vovô Grant com uma risadinha.

Ele claramente considera essas pessoas idiotas e não se deixa persuadir pelo pânico. Mais do que tudo, parece irritado por ter ficado a noite inteira sentado no banco desconfortável do carro por causa do trânsito: não para de esfregar o pescoço, com torcicolo.

— Fico muito feliz por vocês terem vindo até aqui — digo a eles —, mas estou bem. Deixaram comida enlatada, água e outras coisas. E não estou sozinha, meus amigos vieram ficar comigo. Estavam aqui hoje de manhã. Ainda estão por aí?

Vovó Clarissa balança a cabeça.

— Não tinha ninguém aqui, Vivian.

— Bem, talvez eles tenham ido dar uma volta ou coisa do tipo. Mas estou bem. Sinto muito pela viagem tão cansativa. Vocês deviam passar uns dias aqui, se não precisarem voltar logo para o trabalho. Poderíamos ver se o museu Warhol está aberto.

Eles nem precisam trocar olhares para que eu sinta a comunicação telepática entre os dois na vibração do ar. Dá para saber o que estão pensando pelas suas testas ligeiramente franzidas, formando aquela expressão de curiosidade com que olhamos para um animal ou uma criança burra ao extremo fazendo alguma coisa que nos deixa absolutamente confusos.

— O que foi? — pergunto.

— Vivian — diz minha avó —, você não entende? Somos seus guardiões legais. Você vai para Nova York conosco.

Quando eu era pequena — quando tudo o que conhecia dos meus avós eram os cheques de cem dólares que mandavam no meu aniversário —, costumava sonhar que meus pais morreriam e eu iria morar com vovô Grant e vovó Clarissa. Isso sempre acontecia nos livros: heroínas de temperamento forte deixavam para trás suas vidas tediosas, sendo resgatadas por parentes ricos que as acolhiam, alimentavam-nas com fartas refeições e as vestiam como princesas. Não sei em que momento esse sonho começou a morrer. Ao completar oito anos, o cheque de aniversário chegou com um cartão idêntico ao do ano anterior. *Para uma neta muito especial.* Eles não tinham assinado, não haviam nem posto a data. Minha mãe soltou um resmungo irritado quando viu. Comecei a entender que nunca os víamos porque eram frios. E a vida com minha mãe e meu pai, até recentemente, era tão afetuosa que parei de pensar em meus avós como possíveis guardiões, como as pessoas que me tirariam da minha vida e me levariam para outra, mais glamourosa.

No entanto, quando minha avó fala que eles vão me tirar da vida de órfã e me levar para Nova York, sinto um alívio imediato. Percebo que estive aguentando firme nas últimas 24 horas sob a crença de que havia coisas a serem feitas e que era eu quem precisava cuidar delas. Teria que me alimentar, aparar a grama, pagar a internet com o dinheiro que eu ainda tinha que descobrir como ganhar. Precisaria virar uma adulta. A oferta dos meus avós — que não foi apresentada como uma oferta, e sim como as coisas seriam a partir de então — me fez voltar a ser adolescente na mesma hora. Eu não tinha percebido como queria que isso acontecesse até eles aparecerem.

É bem rápido. Em uma hora minha mala está feita, e vovô Grant recolhe um maço de documentos: devolução do imposto de renda, minha certidão de nascimento, um extrato com os dados bancários dos meus pais.

— Vamos acolher você, garota, mas não vamos pagar sua faculdade — diz ele.

Não conto o que sei, que meus pais estavam falidos quando foram Arrebatados, que foi a demissão do meu pai que deu início à bola de neve que os fez entrar para a Igreja, onde deixaram todas as economias. Se o Arrebatamento não tivesse acontecido, nós provavelmente teríamos que nos mudar para um apartamento.

Vamos para a varanda da frente, e a porta se fecha atrás de mim. Minha avó fala:

— Tranque bem a porta, Vivian. Queremos vender a casa mais para o fim do ano.

Mas não posso apenas trancar a porta e partir, não tão depressa. Tenho o medo infantil de que, se fechar a porta, nunca mais poderei entrar. Se eu fechar a porta, meus pais nunca mais poderão voltar para casa.

— Por que não deixo uma chave com os vizinhos, para eles ficarem de olho na casa? — sugiro. Vovô Grant parece em dúvida, desconfiado de qualquer um que viva em uma vizinhança tão afetada pelo Arrebatamento, mas mantenho uma expressão otimista. — Se invadirem, é melhor ter alguém por perto para informar sobre os danos.

Ele suspira.

— Está bem, mas vá logo.

Seguro a chave com bastante firmeza e corro até a casa dos Janda, rezando em silêncio para que Harp, Raj, Dylan e Molly tenham passado as últimas horas ali, para que estejam em casa agora. Bato na porta e espero. Depois de um minuto, uma fresta se abre.

— Você despistou os dois? — Ouço a voz de Harp lá de dentro. — Basta balançar a cabeça uma vez se não tiver conseguido, estamos com o taco de beisebol.

— O quê?

— Aqueles dois. Os anciões da Igreja. Você despistou eles?

— Ah! — É mais triste do que engraçado, mas dou risada. — Não são anciões, são meus avós. Além disso, devem ser os ateus mais ferrenhos do mundo.

Ouço o barulho da correntinha da tranca, e então Harp abre a porta. Ela parece preocupada e segura um taco de beisebol de metal na mão esquerda.

— Seus avós?

— Juro por Frick — respondo, erguendo a mão direita. — Não tinha ideia de que eles viriam, senão teria avisado.

Ela relaxa um pouco, encostada no batente da porta.

— Caramba, Viv. A gente não fazia ideia do que estava acontecendo. Estávamos jogados na sala, tomando sopa, quando do nada um carro preto estaciona na entrada da garagem. A gente achou estranho e saiu correndo. Passei o tempo todo olhando pela janela. Queria avisá-la antes de você entrar, mas não sabia como. Pensamos que eram Crentes Deixados Para Trás, sabe? Achamos que talvez estivessem questionando os Descrentes para conseguir alguma informação. Não ria! — exclama ela, porque já estou dando risada.

— Foi mal. É só que, se você os conhecesse... Eles ficariam muito ofendidos com isso.

Harp abre um sorriso.

— Ótimo. Já comecei a gostar deles. Vou dizer a Raj e a Dylan para saírem do esconderijo no porão. Vamos jantar na sua casa? Podemos levar tudo o que restou na nossa cozinha, mas devo avisar: mais comida da Igreja Americana.

— Ah, não. Na verdade... — Estendo a mão com a chave, mas Harp só me encara. De repente, sinto meu coração subir até a garganta de um jeito desconfortável. — Na verdade, estou indo embora. Eles vieram me buscar. Vão me levar para Nova York. Para a casa deles.

— O quê? — O olhar de Harp fica frio na mesma hora.

— Eu... eu sinto muito. Eles são meus tutores legais e querem me levar. Você sabe que tenho que ir.

— Por que tem que ir? Você tem dezessete anos, pode decidir por conta própria onde quer morar. Acha que, nesses seis meses antes do apocalipse, a polícia vai sair batendo de porta em porta perguntando onde estão nossos tutores legais?

— Não.

— Então por que você vai?

Balanço a cabeça. Não sei como responder.

— Porque você quer ir — completa Harp. — Porque assim é mais fácil.

Não preciso dizer mais nada. Ela sabe que está certa. Pega a chave da minha mão e a guarda no bolso.

— Entendido — acrescenta. — Espero que seus últimos meses na Terra sejam *livres de preocupações*.

Ela bate a porta na minha cara. Ouço a trava voltar para o lugar. Não a culpo por estar irritada comigo. Eu também estaria. E *estou*. Estou com raiva por não ter a força ou a energia necessárias para fazer as coisas do modo mais difícil. Para ficar escondida em uma casa com meus amigos, sem dinheiro, esperando o fim do mundo. Fico irritada porque estou fazendo exatamente o que os adultos da minha vida iriam querer. Tenho vontade de esmurrar a porta e exigir que Harp se despeça de mim direito, que me perdoe por ser quem sou. Gostaria de dar adeus a Raj, Dylan e Molly, não quero que eles ouçam a versão distorcida de Harp sobre o que aconteceu. Mas não consigo me obrigar a fazer isso. Fico um tempo parada na soleira da porta, e, como ela continua fechada, me viro e me arrasto pelo gramado até o carro dos meus avós. Quando vovô Grant sai com o carro da garagem e segue pela Howe Street, olho para as janelas de Harp para ver se alguém está me observando. Mas não há ninguém.

Já estava anoitecendo quando saímos de Pittsburgh, e vovô Grant tinha razão: seguimos no sentido menos popular. As estradas para Nova York estão praticamente vazias, e meu avô, muito animado, ignora o limite de velocidade. Mas o outro lado da estrada, o que leva para oeste, está com um engarrafamento monstruoso. Com o cair da noite, dá para ver que a trilha de faróis se estende até muito longe.

Minha avó liga o rádio depois de uma hora de viagem, e percebo que é a primeira vez nos dois últimos dias que ouço notícias sobre o Arrebatamento em primeira mão. Reproduzem trechos da conferência de imprensa do presidente de hoje à tarde ("Já não era sem tempo", exclama vovô Grant. "Pensei que ele tinha sido trancafiado em um abrigo subterrâneo secreto por aí."), na qual ele nos encoraja a manter a calma, ser precavidos e rezar por nossas almas. Os repórteres tentam fazê-lo dizer, de uma vez por todas, se e como ele vai se preparar para o apocalipse, mas o presidente se esquiva das perguntas.

— O melhor a fazer é seguirmos em frente. Confiem em Deus, confiem em Frick e rezem para que sejam misericordiosos — discursa ele.

O estado de emergência declarado em algum momento durante a última epidemia de gripe mortal fora, obviamente, estendido.

De acordo com os relatórios, parece que todos os estados, cidades e vilas estão um caos. Os âncoras do noticiário falam sobre levantes em Cleveland, Orlando, Detroit e Kansas City. Repórteres entrevistam Crentes desesperados que foram Deixados Para Trás em Nashville, Filadélfia, Seattle e Duluth.

— Não é justo! — grita uma das mulheres, tão alto que o alto-falante do carro estala. — Somos boas pessoas, seguimos o Livro de Frick à risca! O que fizemos para merecer isso?

O único assunto que todos parecem evitar é o que devemos fazer no momento.

— Já chega — diz vovó Clarissa, depois de a estação que estávamos ouvindo interromper as notícias para colocar no ar um comercial anunciando o seguro de carro da Igreja Americana. — Já ouvi sobre o Pastor Beaton Frick o bastante para o resto da vida.

— Quantos Crentes será que *realmente* foram Arrebatados? — pergunto. — Pensei que eles já teriam um número mais exato, a essa altura.

— Posso lhe dar o número exato — responde vovô Grant —, um enorme e bem redondo zero. Ninguém foi *Arrebatado*, Vivian. Não existe isso de *Arrebatamento*.

— Eu sei, quis dizer quantas pessoas estão desaparecidas — retruco, baixinho, intimidada pelo desdém na voz dele.

— Tenho certeza de que uma hora dessas vai surgir um número — acrescenta minha avó, nem um pouco preocupada. — Enquanto isso, por que você não descansa? Ainda temos um longo caminho até Nova York.

Eu me recosto no banco e calo a boca. O que será que Harp e os outros estão fazendo agora? Será que estão com muita raiva de mim? Pela janela, vejo outdoors da Igreja Americana passarem depressa. "*Pois Deus amava tanto os Estados Unidos que lhe deu uma forma de sobreviver à destruição.*" *(O Livro de Frick, 4:18)* "*FORNICAÇÃO: vale os milênios de tormento?*" Logo antes de cair no sono, em algum ponto entre os versículos, há a imagem de uma mulher seminua se encolhendo sob a sombra de uma versão cartunesca de Adam Taggart. "Você já OBEDECEU hoje?"

Sim, penso. *É claro que já. É só o que faço.*

Ao acordar, vejo que estamos passando pelas ruas de Nova York, uma cidade onde nunca estive. Pressiono o rosto no vidro, mas mal consigo enxergar lá fora — não há luzes vindo das janelas dos prédios, e nenhum dos postes está aceso. Vovô Grant ultrapassa com cuidado os cruzamentos porque os sinais de trânsito também estão apagados. Aparentemente, a cidade está sem energia.

Meus avós ficam horrorizados quando entram no prédio onde moram, que fica em Central Park West, e não encontram o porteiro.

— Carlos deveria estar aqui hoje à noite, não deveria? — pergunta meu avô. — Pode ter certeza de que vou ligar para o síndico amanhã de manhã.

Por conta da falta de eletricidade, precisamos ir de escada até o apartamento no décimo andar. Vovô Grant vai na frente, usando a lanterninha do chaveiro, e vovó Clarissa sobe depressa atrás dele. Eu os sigo, arrastando a mala, tentando não ficar assustada com a escada fria de concreto, os ecos dos nossos sapatos batendo nos degraus e a escuridão vazia abaixo de nós.

Finalmente chegamos e entramos no apartamento silencioso e imaculado. Meu avô vai de quarto em quarto acionando os interruptores inúteis e xingando aos murmúrios a companhia elétrica. Minha avó me conduz por um corredor escuro e estreito sem fotos nas paredes e deixa minha mala ao pé de uma cama em um quarto de hóspedes. O cômodo teve toda a identidade cuidadosamente apagada com a decoração: com um tom de azul neutro, aquele poderia ser o quarto de um hotel. Eu me jogo na cama sem sequer tirar os sapatos nem me enfiar debaixo das cobertas. Fico esperando uma bronca de Clarissa, mas ela só continua ali por um tempo, parada no escuro.

— Este era o quarto da sua mãe — diz, então fecha a porta ao sair.

CAPÍTULO 5

QUANDO ACORDO NA MANHÃ SEGUINTE, a eletricidade ainda não voltou. Aos poucos, sou tomada por uma ansiedade crescente — é assim que começa, é assim que tudo começa a desmoronar. Se meus avós também se sentem dessa forma, não demonstram logo de cara. Vovó Clarissa senta bem ereta à mesa da cozinha, comendo uma toranja e folheando a seção de artes de um jornal de duas semanas atrás. Irritado, vovô Grant resmunga sobre o governo, a companhia elétrica, Beaton Frick — todas as forças que se uniram para criar essa inconveniência. Ele sai de casa mais para o fim da manhã, dizendo que precisa dar uma aula à tarde, na universidade. Então volta uma hora depois, surpreso com o fato de as aulas estarem suspensas até segunda ordem. Minha avó começa a ficar irritada. Ela me vê sentada perto de uma janela e me faz sair de lá.

— Se começar um motim, você pode ser atingida por uma bala perdida — explica.

No jantar, vovó serve sopa enlatada morna. Quando meu avô reclama, ela finalmente perde a paciência.

— Pelo amor de Deus, Grant, talvez a gente precise racionar! — grita para ele, que termina o resto da sopa em silêncio, de olhos arregalados.

No meio da noite, acordo com o zumbido da energia elétrica. O rádio-relógio ao meu lado se acende, "12:00" piscando na tela. Isso não me conforta — assim como os motoristas sorridentes de Pittsburgh, esse toque de normalidade parece surreal, desmerecido. Me faz pensar que as coisas estão ainda piores do que eu imaginava.

Quando acordo, algumas horas depois, entro na sala de estar e encontro meus avós na frente da tevê. Estão assistindo a uma coletiva de imprensa com um homem careca e atarracado usando terno cinza-escuro. A legenda na parte de baixo da tela diz: *Ted Blackmore: porta-voz da Igreja Americana.*

— É claro que é preocupante — diz ele, a voz calma e imponente. — Estamos todos preocupados. Mas meu antecessor, o abençoado Adam Taggart, deixou instruções bem claras: a única coisa que podemos fazer é continuar seguindo o Livro de Frick. Vocês realmente acham que Deus gostaria que acabássemos com a economia do país? Quando nosso alicerce capitalista é um dos motivos pelos quais Deus ama tanto a América? Se acham isso, meus amigos, lamento, mas sou obrigado a questionar a devoção de vocês, para início de conversa. Nem tudo está perdido. Vão para o trabalho, vão para a Igreja, sejam *melhores*. Isso está no Livro de Frick, capítulo 9, versículo 9. Só digo isso, meus amigos.

— Que cara doido — comenta vovô Grant, desligando a tevê.

— Capítulo 9, versículo 9... — repito. Já folheei o Livro de Frick, na maioria das vezes com Harp, para rir, mas não faço ideia do que diz esse versículo. — Por acaso vocês têm um Livro de Frick?

Só bem depois do almoço os dois conseguem parar de rir.

Semanas se passam. A princípio, fico feliz em fazer exatamente o que meus avós mandam. Tomo as vitaminas que vovó Clarissa deixa ao lado do meu prato toda manhã. Vejo o que vovô Grant quiser assistir na tevê, à noite. Ele gosta de reprises de velhos seriados policiais e reality-shows sobre acumuladores. Só para no noticiário por acidente e, quando o faz, leva apenas um instante para zombar do que dizem.

— Alguns peritos seculares se perguntam se as mudanças sutis na pressão atmosférica são responsáveis pelos desaparecimentos no mês passado — diz o âncora, e meu avô bufa com desdém.

No canal da Igreja Americana, Deixados Para Trás taciturnos olham para a câmera e rezam. Às vezes, Grant muda para esse canal só por curiosidade mórbida, mas não aguento assistir. Eles parecem infelizes, perdidos. Acho que os Deixados Para Trás devem se sentir mais sozinhos do que qualquer outra pessoa.

Não tenho nada para fazer além de ficar à toa. As escolas estão fechadas sem previsão de retorno, e meus avôs têm receio de me deixar sair sozinha, então fico deitada, consumindo a comida deles e deixando seus livros abertos pelos sofás, dormindo até meio-dia e depois cochilando no fim da tarde. Passo longas horas encarando o celular, observando a bateria acabar. Deixei o carregador em Pittsburgh, e, de qualquer maneira, não tem ninguém pagando a conta. Continuo esperando que Harp dê algum sinal de vida, mas isso nunca acontece. Está começando a parecer impossível ter a energia necessária para manter nossa amizade. Porque às vezes me pergunto se o noticiário está certo e a atmosfera mudou mesmo um pouquinho. Alguma coisa parece diferente no meu corpo. É a gravidade: tenho certeza de que está mais forte. Eu me movo cada dia menos e mais devagar, e estou cada vez mais cansada. Faço um calendário mental dos dias de vida que ainda me restam. Algumas vezes, parece que tenho anos pela frente. Outras, apenas mais alguns meses. A segunda opção começa a parecer melhor. Menos horas para preencher. Menos expectativas. Só mais algumas semanas, talvez um pouco mais de sofrimento, porém, depois disso, não haverá nada além de escuridão.

O clima fica estranho. O calor intenso que veio imediatamente após o Arrebatamento passa, e por um tempo é fresco e chuvoso, como um típico início de primavera. Todos os dias, a cidade acaba coberta de neblina, e cai uma chuva fina da manhã até a noite, mas chega um momento que mal reparo no gotejar baixinho nas janelas. O clima combina tão perfeitamente com meu humor que não paro para pensar em quanto tempo ele dura, até que, certa noite, no começo de maio, ao zapear pelos canais de tevê, vovô Grant para na previsão do tempo. Estou sentada ao lado dele, com o álbum de fotografias da família no colo — já cheguei ao ensino fundamental da minha mãe, que aparece de aparelho nos dentes e sapatos Oxford preto e branco —, quando as vozes dos âncoras atraem minha atenção.

— Bem, Sam, teremos algum alívio desse clima *deprimente*? — O âncora dá uma risadinha.

— Nada disso, Bob — responde o homem do tempo, que surge na tela parecendo tenso e pálido, agarrando os papéis diante de um fundo verde em redemoinho. — Na verdade, tenho um relatório que indica que as massas de ar quente e úmidas que se aproximam vindas do norte do Atlântico podem causar uma tempestade no nível de um furacão nas próximas semanas. Lembrem-se, telespectadores, de que estamos no fim de abril, quase maio, época que não costuma ter tempestades assim.

— O que é uma tempestade no nível de um furacão? — pergunta vovô Grant para a tevê. — É que nem um furacão?

— Então é melhor nos prevenirmos, hein, Sam? — O âncora continua dando risadinhas, mas, agora que estou olhando para ele, acho que talvez seja um tique nervoso. O cara também parece preocupado, além de magro demais em seu terno, como se tivesse perdido muito peso recentemente, e não de propósito. O canal muda de repente para uma competição de canto.

— Ei — reclamo.

— Ah, por favor — diz meu avô, com desdém. — Esses meteorologistas não sabem de nada. Sempre erram a previsão. Sempre! Furacões em maio? Duvido muito!

Minha avó está sentada ao nosso lado, folheando uma edição velha da *Vogue*, de antes de a revista ter sido comprada pela Corporação da Igreja Americana. Olho de soslaio para ver sua reação à previsão do tempo, mas ela parece serena, confiante no julgamento do vovô Grant. Tento ignorar o sentimento de pânico no peito. Volto a me concentrar no álbum de fotos. Ele revela que minha mãe era bem parecida comigo, acho. Ela está sempre muito bem-vestida e sorrindo para quem quer que estivesse por trás das lentes. Exibe boletins com notas altas para a câmera e posa, constrangida, ao lado da árvore de Natal. Mas, de repente, lá pelo começo do ensino médio, suas fotos acabam sem mais nem menos. E começam a aparecer mais retratos dos meus avós juntos — dançando em alguma festa de caridade, de férias nas Bermudas, saindo com amigos de meia-idade vestindo roupas horrendas da década de 1980. Chego em uma foto da família da minha avó, em um evento que a caligrafia dela, no verso, identifica como "Casamento da prima Judy, 1985". A prima Judy está com um vestido branco bufante, e o noivo, bigodudo, posa ao lado dela. Encontro meus avós na fileira de trás, parecendo pouco à vontade. Mas dou uma olhada nos rostos dos convidados mais jovens e não encontro minha mãe. Por que ela não teria ido ao casamento da prima Judy — quem quer que fosse essa pessoa? Meu olhar passa outra vez pela fileira de adolescentes, e de repente um rosto em particular chama minha atenção. Está bem no centro, meio escondido na sombra de um primo de ombros largos com jeito de quarterback. É um rosto bonito, com maçãs do rosto proeminentes e cheio de sardas. Mas sua dona cobriu os olhos com delineador preto e pintou de azul os cabelos de um corte assimétrico e pontas bem definidas. Ela está de cara emburrada. Acho que há um pequeno ponto brilhante na lateral de uma das suas narinas. Não se parece em nada com qualquer versão da minha mãe que eu já tenha visto. Mas ainda assim.

— Essa é a minha mãe? — pergunto a minha avó, virando a foto para que ela possa ver e apontando para o rosto da menina.

Ela tira os olhos da revista, desinteressada, e os aperta para examinar a imagem que estou mostrando. De repente, seu olhar muda radicalmente e nesse momento ela arranca a fotografia da minha mão.

— Pelo amor de Deus! — resmunga. — Achei que tivéssemos nos livrado de todas. Sua mãe conseguiu arruinar ainda mais fotos naquele ano...

— É ela? — Tento pegar a fotografia, mas minha avó continua segurando-a. — É assim que ela era em 1985?

— Ela foi assim por *anos*, meu bem — reclama vovó Clarissa. — Do primeiro ano do ensino médio até muito depois. Eu sempre perguntava se ela estava *tentando* com todas as forças repelir os homens. Foi a fase difícil dela.

— A fase difícil dela nunca terminou — murmura meu avô, da poltrona. Está com os olhos fixos na mulher da tevê, que canta "Jesus (Obrigado por me fazer americano)" em frente aos jurados com olhos marejados.

Folheio as próximas páginas do álbum, mas não há mais registros dos anos punks da minha mãe. Na verdade, o álbum pula completamente sua adolescência, e ela só volta a aparecer junto do meu pai, muito depois do casamento. Sei disso porque estou na foto, um bebê sorridente cheio de cabelos castanhos, tentando ficar de pé no joelho do meu pai.

— Não tem nenhuma outra foto dela na minha idade? — pergunto.

Minha avó balança a cabeça tão forte como se estivesse tentando espantar as lembranças.

— Ah, não quero pensar nela na sua idade.

— Ela era um monstro — concorda vovô Grant, com certa afeição, embora pareça que tenha levado muito tempo para se sentir assim. — Era terrível. Falava um palavrão a cada frase, fugia no meio da noite para sabe-se lá onde, fazer sabe-se lá o quê...

Vovó Clarissa olha para a fotografia em suas mãos, encarando a expressão irritada da versão adolescente da minha mãe.

— Foi muito difícil — explica ela, baixinho. Tenho a sensação de que está olhando para baixo para que eu não possa ver a emoção em seu rosto. — Parece que ela fazia de tudo para nos magoar.

— Tudo mesmo — concorda meu avô. — E sem motivo. Era a garota mais privilegiada do mundo. Só finalmente tomou jeito quando conheceu seu pai. Pelo menos — acrescenta ele, em um tom sombrio — era o que nós pensávamos.

Na televisão, os jurados elogiam a performance da jovem.

— Extraordinário! Não posso acreditar que uma garota tão talentosa como você tenha sido Deixada Para Trás. — O público no auditório urra em apoio, mas a menina começa a chorar na mesma hora. O que minha mãe adolescente diria, se me visse aqui, sentada? Se soubesse que, por um mês e meio, eu me deixei ficar assim, fraca e preguiçosa, em uma casa de onde ela fugia no meio da noite?

— Você não é como ela, Vivian — comenta minha avó, adivinhando meus pensamentos. — Não poderia ser mais diferente dela nessa idade nem se tentasse.

Sei que ela quis fazer um elogio. Tento sorrir. Estendo o braço para pegar a foto do casamento da prima Judy outra vez, mas vovó Clarissa apenas se levanta, como se não tivesse notado, e sai da sala, levando a foto pelo corredor até algum lugar que não posso ver.

Alguns dias depois de encontrar a foto de minha jovem mãe punk, acordo em sua antiga cama, já no fim da manhã, e passo bastante tempo olhando pela janela. O clima não mudou, está tudo cinza, e a umidade se condensa em pequenas gotículas que escorrem pelo vidro. Estou pensando no tom exato de azul do cabelo da versão adolescente da minha mãe. Estou pensando no brilho no olhar de Harp quando ela começa a tramar alguma coisa. Visto a calça jeans e o casaco, e calço os sapatos, então saio do quarto e atravesso o corredor. Como não cruzo com Grant nem Clarissa no caminho, saio do apartamento, entro no elevador, desço para o saguão e passo pela porta principal.

É a primeira vez que saio sozinha do apartamento dos meus avós. Eles se mantêm firmes em sua convicção de que o apocalipse é apenas uma situação temporária, mas ouvem o suficiente o noticiário, todas as noites, para saber que as ruas estão perigosas. Houve levantes com vítimas fatais em quase todas as grandes cidades, além de um aumento considerável de crimes violentos. Também vi as reportagens, mas ainda assim é uma sensação maravilhosa ficar parada aqui fora na neblina densa e fria. Não tenho nenhum destino em mente. Começo a andar com o Central Park à minha esquerda.

É ótimo me mexer, mesmo com tudo doendo — meu corpo já se acostumou a ficar de barriga para cima. Saí sem tomar café da manhã, e meu estômago já começa a reclamar, mas não trouxe dinheiro, então não posso comprar nada para comer. Não que isso fosse possível, com ou sem dinheiro. A cidade parece abandonada. Muitas das lojas pelas quais eu passo estão com as luzes apagadas ou têm tábuas pregadas nas janelas. A Nova York que vi nos filmes — tão cheia de energia, luz e pessoas — já era. Tenho que cerrar os punhos para evitar que meus dedos congelem. Na esquina do parque, pego a Broadway na rotatória que imagino ser a Columbus Circle. Finalmente começo a ver pessoas, mas elas tremem de frio na neblina que envolve a fonte. Estão deitadas na calçada, chapadas ou passando fome. Andam bem devagar, parando de vez em quando para gritar coisas sem sentido na direção das nuvens ou então se deixando cair no chão para chorar. Usam placas penduradas no corpo, uma na frente e outra atrás, com os dizeres: O FIM ESTÁ PRÓXIMO. O FIM ESTÁ PRÓXIMO. O FIM ESTÁ PRÓXIMO.

Conforme percorro a Broadway, as coisas começam a mudar. A neblina é menos densa, e volta e meia o sol aparece. Tem algumas lojas chiques abertas, mas é preciso tocar um interfone para entrar. Homens e mulheres correm pela rua, vestidos em ternos e saias, berrando aos celulares e chamando táxis. Aqui em Midtown, a Terra ainda está girando, e parece que são essas pessoas que a fazem girar. Quero pará-las e perguntar como conseguem seguir em frente com tanta facilidade. Como meus avós, por exemplo, acordam todos os dias e fingem que tudo está como deveria? O que é preciso para ter conforto hoje em dia? Não só conforto físico, mas espiritual, emocional. Como eles não sentem medo? Será que têm alguma força, alguma virtude que não tenho? Ou apenas um monte de dinheiro?

De repente, não há mais prédios diante de mim e o barulho aumenta. Olho para cima e percebo que estou na Times Square — a enorme bola de ano-novo brilha, presa em seu mastro. Há letreiros cegantes por todos os lados. "Jeans da Esposa de Ló: vá em frente, dê a volta por cima" e "Água Vitaminada da Igreja Americana: não se renda ao pecado... seja abençoado!" Mesmo em dias assim, ainda tem um monte de turistas aqui.

— Eu precisava conhecer a Big Apple enquanto ainda tinha chance! — exclama uma mulher com um ligeiro sotaque sulista, dirigindo-se a um japonês que segura uma câmera diante do rosto.

Carros buzinam, e, em um enorme telão, a performance emocionante da noite passada, da garota que cantou "Jesus (Obrigado por me fazer americano)", é repetida infinitamente. Escuto gritos vindos do meio da praça. Abro caminho pela multidão reunida ali e tento ouvir o que dizem. No centro do aglomerado, vejo uma jovem de cabelo preto com óculos de armação grossa de pé em uma caixa de madeira gritando em um megafone:

— O MUNDO JÁ ACABOU?

— NÃO! — responde a multidão.

— E NÓS VAMOS DEIXAR?

— NÃO!

— PORQUE O MUNDO É DE QUEM?

— NOSSO!

As pessoas erguem os punhos enquanto dizem isso, em um movimento sincronizado e glorioso. Essa gente na multidão é da minha idade ou um pouco mais velha, e é tão bem-vestida e bonita, parece tão esperançosa que, por um momento, eu me pergunto se, em vez de em um protesto de verdade, não vim parar na encenação para um comercial de alguma marca de casacos. Então alguém coloca um pequeno folheto laranja na minha mão.

SOMOS *Os Novos Órfãos*

ACREDITAMOS

Que a geração anterior fodeu tudo pra nós

VAMOS

Retomar o país

A garota em cima do caixote grita:

— ESTAMOS SOZINHOS?

— NÃO! — responde a multidão.

— ESTAMOS SOZINHOS? — pergunta outra vez.

— NÃO!

— ESTAMOS SOZINHOS?

— Não — respondo.

Fico um tempo lá, ouvindo o coro dos Novos Órfãos. Quero conversar com a garota do megafone, perguntar o que fazer, como ajudar, como me juntar a eles. Mas não consigo reunir coragem. Mesmo aqui, não sou extrovertida como Harp nem durona como a minha mãe quando era nova. A única coisa que tenho é essa minúscula semente de energia, que me impele a mudar enquanto ainda posso.

Penso na festa que demos na véspera do Arrebatamento, na conversa com aquele garoto bonitinho. Ele queria falar comigo, com quem sou de verdade, a pessoa por trás de toda a insegurança, da falta de jeito e dos conselhos horrendos das revistas. Ele tinha perguntado em que eu acreditava, e não consegui responder. Não queria dizer a verdade, porque não queria tentar descobrir sozinha. E, mesmo agora, acho que só conseguiria listar para ele todas as coisas em que *não* acredito. Mas ainda assim gostaria de ter conseguido responder. Porque estou quase chegando lá, por eliminação. Não acredito em ódio. Não acredito em dinheiro. Não acredito em Deus. Não acredito que seja tarde demais.

CAPÍTULO 6

QUANDO CHEGO EM CASA, MEUS avós estão assistindo à tevê. Já passa um pouco das seis. Fico parada na soleira da porta, esperando eles olharem para mim, me preparando para a explosão — foi a primeira vez que os desafiei, e eles passaram horas sem ter a menor ideia de onde eu estava ou do que estava fazendo. Mas sequer se viram. Estão vendo um programa em que dois homens sentados à mesa, um de cada lado, discutem com muita seriedade diante de um cenário escuro.

— Você poderia ler o versículo em voz alta para nós? — pergunta o apresentador para o convidado.

— Mas é claro, Charlie — responde o homem usando uma blusa de gola rulê. Ele tem a testa grande e olhos tão claros que quase chegam a ser transparentes. — Mas não preciso ler, já sei de cor. É do Livro de Frick, capítulo 9, versículo 9: *Aceita teu Salvador conforme o desejo de teus Fundadores e serás salvo do mau caminho. Nunca te esqueças: a balsa para o Reino dos Céus atravessa um vasto oceano, mas faz mais de uma viagem.*

— Alguns dizem que esse é o verso que mudará tudo para os Deixados Para Trás. Por quê?

— Bem, Charlie, está bastante claro. *A balsa para o Reino dos Céus faz duas viagens.* Se estou interpretando corretamente... E sou professor de teologia frickniana em Harvard há três *anos*, o que deve significar alguma coisa... O Arrebatamento de março foi apenas o primeiro de dois. Bem, Frick não revelou nada tão específico como a data do segundo, mas essa passagem não deixa dúvidas de que ele previu que nem todos seriam salvos na primeira rodada. São notícias maravilhosas para os Crentes em todo o país, e também para todos os acadêmicos.

— Oi — digo, mais alto que a resposta do apresentador.

Vovô Grant e vovó Clarissa não respondem. Depois de um instante, os dois indicam que me ouviram com um aceno de cabeça quase imperceptível. Há um lugar vago no sofá, ao lado da minha avó, onde me sentei todas as noites, obediente, por mais de um mês, sem jamais falar a não ser que se dirigissem a mim, e indo dormir quando diziam que estava na hora. Mas essa noite não me sento ali. Atravesso o corredor até o antigo quarto da minha mãe e fecho a porta ao entrar.

A previsão meteorológica está ficando cada vez mais preocupante. Sam, o homem do tempo, apresenta uma pequena animação para ilustrar os danos que a tempestade iminente — a qual ele chama de "Possível Furacão Rute" — pode causar à cidade. Prédios balançam por causa dos ventos fortes, táxis são cobertos pela água, minúsculas figuras perturbadoras, representando as pessoas das áreas mais baixas, agarram-se às copas das árvores do Central Park, gritando por socorro. Bob, o âncora, parou com as risadinhas. O prefeito declarou estado de alerta e evacuou os bairros abaixo do nível do mar.

Meus avós não parecem preocupados. Têm um estoque de alimentos não perecíveis e pilhas alcalinas. A essa altura, já sobreviveram a inúmeros furacões devastadores e não veem motivo para sair da cidade. Mas sinto um nó no estômago sempre que vejo Sam na tevê, gesticulando diante do mapa agourento que mostra poderosos redemoinhos arrasando a costa leste do país. Olho para a tela e me pergunto se é assim que vou morrer.

Nos dias seguintes, tento falar com Harp várias vezes. Entro escondida no escritório, tarde da noite, e ocupo o telefone por horas a fio, ligando para todos os números que consigo lembrar. O celular da minha amiga chama indefinidamente, e ninguém atende na minha casa ou na dela. Tento telefonar para o colégio, pensando em deixar um recado para Wambaugh, mas, assim que começo a discar, ouço a mensagem: "É impossível completar sua ligação. Por favor, tente novamente mais tarde." Fico ao lado do telefone de meia-noite até o amanhecer, cochilando sentada, esperando que toque. Mando um e-mail para Harp dizendo que estou indo para casa, mas ela não me responde.

Certa manhã, enquanto minha avó está no banho, pego escondida seu celular na mesa de cabeceira e mando mensagens para Harp e Raj. *É a Viv. Me ligue hoje à noite. Não responda esta mensagem.* Passo o número do telefone fixo dos meus avós e deleto as mensagens da caixa de enviados. O sigilo talvez seja uma precaução desnecessária: mesmo se meus avós descobrirem meus planos de fuga, é possível que não tentem me impedir. Desde que saí sozinha naquela manhã na semana passada, mal falaram comigo. Duvido que ficarão muito preocupados quando descobrirem que fui embora. Vão pensar que sou igualzinha à minha mãe e em seguida vão tirar minha foto de bebê do álbum.

Ainda assim, não consigo me obrigar a contar a eles. Se fizesse isso, tornaria tudo real. Significaria que não poderia mais mudar de ideia.

A tempestade está prevista para o fim da tarde de sexta-feira. Meu tempo está se esgotando. Rute também complica os planos de deixar meus avós para trás. Não parece certo abandoná-los durante uma tempestade apocalíptica. Na quinta-feira, durante o jantar, pergunto:

— Vocês não acham que a gente deveria sair da cidade por uns dias?

Vovó Clarissa me passa a travessa de vagens como se não tivesse ouvido. Vovô Grant não tira os olhos do purê de batatas em seu prato.

— É só que essa tempestade está começando a parecer séria. — Balanço a cabeça na direção da janela atrás deles, em que é possível ver as nuvens negras e a chuva batendo com força no vidro.

— É só uma chuvinha — responde vovó Clarissa. — Coma seu purê, Vivian.

— Por enquanto é só uma chuvinha, mas ao que parece todos estão achando que vai ficar bem pior. Sei que esta área não está abaixo do nível do mar, mas será que vale a pena correr o risco...

— Estamos no começo de maio, não vai ter nenhum furacão — interrompe vovô Grant. — Isso é cientificamente ridículo.

— Eu sei, mas a ciência não consegue explicar tudo.

Ele ri.

— Então qual é a sua explicação para esse suposto furacão? A *ira de Deus*?

— Não tenho uma explicação. Mas coisas estranhas têm acontecido. São reais e estão acontecendo, não dá para fingir que não só porque nunca vimos coisas desse tipo. Acho que deveríamos sair da cidade. Agora, enquanto ainda temos chance.

— Clarissa e eu não vamos a lugar algum — retruca meu avô. — Você quer cair nessa histeria coletiva? Fique à vontade. Pegue o carro e vá. Não me importo.

— O país inteiro — começa minha avó, em tom neutro — adere a uma cultura de ignorância e anti-intelectualidade que defende que *não* entender um fenômeno é tão válido quanto entendê-lo, e, para ser sincera, já estou farta.

— Qual é o problema de vocês? — Eu quase grito. As palavras saem antes que eu perceba que planejava dizê-las, e meus avós me encaram, atordoados. Sinto o rosto corar, mas não consigo me segurar. — Meus pais sumiram! Meus pais estavam aqui, mas desapareceram. Onde eles estão? Aonde foram? Conseguem entender isso? Então me expliquem!

— Seus pais se envolveram em um culto — explica vovô Grant. — Todos devem estar se escondendo em algum lugar no deserto. É uma grande farsa para atrair novos Crentes. Só isso. Eles não foram levados para o céu.

— Mesmo que não tenham sido! — digo. — Vamos supor que não foram! Vamos supor que decidiram se esconder no deserto. Isso ainda significa que eles me abandonaram. Meus pais me abandonaram, me trocaram por uma igreja. Podem, por favor, me explicar *isso*? Porque não estou entendendo!

Vovô Grant não responde. Minha avó larga o garfo e une as mãos. Ela parece prestes a me explicar alguma coisa sobre ser adulto ou ter filhos, algo que finalmente esclarecerá tudo. Mas, quando abre a boca, não diz uma palavra. Apenas olha para mim, triste e quieta, com a boca aberta.

À meia-noite, abro uma fresta na porta. Não há luz saindo por debaixo da porta do quarto dos meus avós, então pego minha mala já feita e atravesso o corredor sem fazer barulho. Paro na frente do escritório. Meu avô pegou minha certidão de nascimento quando saímos de Pittsburgh, e agora a quero de volta. Tem a assinatura dos meus pais na parte de baixo, o meu nome e os deles. Atesta que, legalmente, já fomos uma família. Eu entro de fininho, me guiando até a escrivaninha com a ajuda do luar que chega pelas janelas, então acendo o abajur. A escrivaninha do vovô Grant está coberta de cadernos abertos com planos de aulas incompletos, anotações e ementas. A chuva bate com força nas janelas, e sinto o pânico em meu peito ficar cada vez maior — não tenho muito tempo. Abro todas as gavetas do lado esquerdo da escrivaninha e encontro envelopes, lápis apontados e pastas de alunos. Depois abro a primeira gaveta à direita. Está vazia, a não ser por duas fotos. A primeira é aquela do casamento da prima Judy, que vovó Clarissa escondeu uma semana atrás. Não pensei que fosse encontrá-la de novo, mas, agora que achei, decido ficar com ela e a enfio no bolso interno do casaco.

A segunda foto é mais difícil de entender. É uma imagem antiga de um bebê — um recém-nascido embrulhado em um cobertor branco de algodão, os olhos bem fechados. Olho no verso, mas há apenas uma data: 1986. Então não é uma foto da minha mãe, nem de mim. Fico observando a fotografia por um bom tempo. Pode ser quase qualquer pessoa no mundo. Mas, por algum motivo, sinto um arrepio na nuca.

Nesse momento o telefone toca. Eu o atendo, e, no mesmo instante, olho o identificador de chamadas. Um número desconhecido, mas o código de área é 412 — de Pittsburgh. Sinto o coração acelerar quando penso em Harp. Mas, ao puxar o telefone para perto, percebo que o código na verdade é 415. Não tenho ideia de onde é.

Respiro fundo.

— Alô?

Silêncio.

— Alô? — digo outra vez.

Ninguém responde. Acho que é engano, um número errado ou uma gravação de telemarketing. Mas então ouço um barulho muito distante de tráfego.

— Quem é? — pergunto. Ainda estou segurando a foto do bebê na outra mão, e de repente as duas coisas parecem ter relação. Sei que é bobo. Sei que está tarde, que estou com medo e que minha mente está me pregando peças. Mas tenho a sensação, algo que sinto no corpo inteiro, lá no fundo, de que estou certa. Esta ligação tem *algum* significado. A pessoa calada do outro lado da linha está tentando me dizer alguma coisa com seu silêncio.

— Mãe? — sussurro.

Quem quer que seja desliga.

Vou embora. Antes de abotoar o casaco, guardo a foto do bebê de volta na gaveta e checo se a do casamento ainda está no bolso. Não sei o que essas coisas significam. Não sei se vou descobrir. Tudo o que sei é que não posso mais ficar aqui. Pego a mala e um chaveiro no gancho perto da porta. Entro no elevador e desço até a garagem, onde o carro que vovô Grant comprou da viúva está estacionado. Estou roubando um carro. Fugindo. É o tipo de ato rebelde que os Novos Órfãos fariam. Não se parece em nada com a Vivian Apple de antes. Mas esta é a Vivian Apple no fim do mundo.

PARTE 2

CAPÍTULO 7

CONTEI AOS MEUS PAIS QUE não era Crente no jantar de aniversário da minha mãe em junho do ano passado.

Não era assim que eu planejava contar. Para ser sincera, estava pensando em nunca contar. Achava que seria relativamente menos doloroso fingir Crer durante o ano seguinte, até que passasse o Dia do Arrebatamento e tudo voltasse ao normal. Afinal, qual seria a dificuldade, além de ter que ir à Igreja com meus pais e fingir entusiasmo?

Nos jantares de aniversário dos anos anteriores, havíamos ido ao restaurante favorito da minha mãe, um lugar que servia comida tailandesa em Bloomfield e tinha o melhor *panang curry*. Mas naquele ano meu pai estava desempregado havia quase seis meses, e nossa única renda vinha do trabalho administrativo de meio período que ela tinha na Igreja. Em vez de jantarmos fora, ela preparou um guisado de três feijões. Sugeri que meu pai e eu cozinhássemos para ela, mas os dois foram contra — a Igreja pregava papéis femininos e masculinos bem tradicionais, e meus pais estavam começando a concordar com aquilo.

Depois de uma oração elaborada, durante a qual movi os lábios fingindo rezar, meu pai perguntou:

— Vivian, querida, você já pensou em quando quer ser batizada?

Quase me engasguei com uma garfada de feijões quentes.

— Hã... Não exatamente. O que eu teria que fazer?

— É bem fácil, Viv — explicou minha mãe. — E é uma cerimônia tão bonita! Acontece lá no lago Carnegie, no Highland Park, e é um evento *tão* espiritual!

— Bem, além disso — continuou meu pai, em um tom casual —, pode ser que envolva algumas pequenas mudanças na forma como você leva sua vida.

— Como assim?

— A Igreja exige bastante de seus fiéis — afirmou ele. — Você sabe disso. Estamos tentando ser lenientes para facilitar sua transição, deixando que você abandone a vida pagã aos poucos, mas é difícil vê-la fazer escolhas que sabemos que são prejudiciais.

— Prejudiciais? — repeti.

Vasculhei minhas lembranças, tentando entender a que escolhas ele se referia, mas não consegui pensar em nada. Eu nunca tinha matado aula nem tomado sequer uma gota de álcool. Nunca tinha beijado um garoto (embora isso fosse mais por incompetência minha do que por ser uma boa menina). Até mesmo as pessoas da Igreja viviam dizendo aos meus pais que eu era uma menina "ótima". Então o que eu estava fazendo de errado?

— Nossa maior preocupação é a respeito dos seus amigos — começou minha mãe, de forma gentil.

— Não tenho amigos — retruquei. Era verdade. Lara e Corinne haviam se convertido um mês depois dos meus pais. Corinne já estava grávida de dois meses. Avery tinha sumido.

— Nós sabemos — diz meu pai. — Mas você costumava sair tanto com a Lara, e aquela menina é *tão* boazinha, um ótimo exemplo de espiritualidade. O que aconteceu? Vocês brigaram?

— Não — respondi, devagar. — Mas ela saiu da escola, então não a vejo mais.

Não era bem verdade. Depois que saiu, Lara ia todos os dias para a frente da escola com um grupo de jovens Crentes raivosos, todos segurando cartazes que diziam "Vão para o inferno, Pagãos! Literalmente!" ou com péssimos slogans como "Viados, putas e evolucionistas: será que é Sodoma? Não, só mais uma escola pública americana!" Em algumas manhãs, eles gritavam sobre nossos pecados, em outras, apenas rezavam "Ave Frick" quando entrávamos no colégio, como se para proteger nossas almas dos perigos que nos aguardavam lá dentro. Não contei isso aos meus pais porque tinha a horrível sensação de que eles aprovariam as ações de Lara e se perguntariam por que eu não fazia o mesmo.

— Bem — disse meu pai, olhando de soslaio para minha mãe —, esse é outro problema.

— Se você for batizada — acrescentou minha mãe —, sabe que terá que sair da escola, não sabe?

Eu com certeza devia saber, lá no fundo, mas nunca me ocorreu que meus pais de fato esperassem que eu fizesse isso. Balancei a cabeça.

— Quase tudo o que ensinam lá contradiz completamente a posição da Igreja — explicou meu pai. — Já foi bem difícil deixá-la ir nesses últimos meses, mas achamos que uma mudança muito grande e repentina poderia abalar sua fé.

Pensei em Wambaugh. No que ela pensaria de mim se eu não voltasse à escola. Imaginei a mim mesma, ao lado de Lara, gritando para nossos antigos colegas — pessoas de quem eu não podia afirmar que gostava, algumas das quais detestava. Mas, ainda assim, eram pessoas, todos eles.

— Vocês não acham que sair da escola antes do segundo ano do ensino médio pode ter sérias repercussões no meu futuro?

— Vivian — retrucou minha mãe —, se você não largar a escola, não *terá* futuro.

Foi então que percebi que o escopo do que os meus pais esperavam para mim fora reduzido dramaticamente. Antes, os dois deviam ter ficado parados ao lado do meu berço se perguntando que tipo de mulher eu seria, mas agora viam apenas uma linha tênue entre a glória e a danação. E, pelo jeito, eu acabaria condenada. Eles ainda me amavam. Eu conseguia ver o medo e a esperança em seus olhos enquanto aguardavam minha resposta. Dava para ver que estavam quase de coração partido. Mas não acreditavam mais em mim. Aquilo doía. E, sabendo que também doeria neles, respirei fundo, olhei bem em seus olhos e disse não.

Aquele ato de rebeldia, aquela declaração de independência, nem se compara a este momento: atravesso o estado da Pensilvânia nas primeiras horas da manhã de sexta-feira no carro que roubei dos meus avós, olhando o tempo inteiro pelo retrovisor esperando ver a luz vermelha e azul da sirene da polícia, como se os policiais não tivessem nada melhor para fazer do que perseguir adolescentes fugindo de casa. Eu estava bem desperta quando saí de Nova York, ciente do Furacão Rute em meu encalço. A chuva que o prescindia desabava no para-brisa, impossibilitando que eu visse um palmo à frente do nariz. Mantive os olhos bem abertos e agarrei o volante com tanta força que parecia que meus dedos iam se quebrar. Mas fiquei à frente da tempestade na metade da estrada que cruzava a Pensilvânia, e desde então tem sido difícil me manter acordada. Estou tão cansada. Só quero chegar em casa, dormir na minha cama. Quero ver a cara da Harp quando eu aparecer. O que fiz esta noite foi uma rebelião de proporções Hárpicas.

O sol já está nascendo quando entro em Pittsburgh, e meu coração bate feliz ao ver a saída familiar. Saio da estrada na Squirrel Hill e procuro as pizzarias em que já comi, os cinemas que já frequentei. Ainda estão lá, mas a cidade parece diferente. Fico espantada ao notar como tudo tem uma aparência limpa, brilhando à luz do sol das primeiras horas da manhã, como a cidade parece calma e pacífica. Há uma quantidade surpreendente de pessoas nas ruas para essa hora da manhã, ainda mais sendo dia de semana. Elas estão andando pela Murray na direção da Wilkins Avenue, parando aqui e ali em pequenas rodas de conversa. Por um breve instante, devido à exaustão, sou tomada por meu amor à cidade onde nasci.

Mas então olho para as pessoas com um pouco mais de atenção. Noto suas roupas. As mulheres usam saias longas e têm as cabeças cobertas por pequenos chapéus de fita ou até mesmo o que parecem ser toucas medievais, amarrados embaixo do queixo. Elas não interagem umas com as outras, apenas seguram as mãos das crianças e andam um passo ou dois atrás dos homens, de terno e gravata. Todas as pessoas na rua estão vestidas assim, e não entendo por que até seguir a multidão e chegar à esquina da Shady com a Fifth.

Estão passando pelos portões abertos da cerca em volta de um dos velhos complexos dos Crentes, que eu achava que estava abandonado havia muito tempo. São sete da manhã, hora dos cultos diários da Igreja Americana. Abro as janelas do carro e ouço o sino da igreja e a multidão cantando um dos hinos assustadores deles. Todas aquelas pessoas. Até onde a vista alcança. São uma novíssima leva de Crentes.

A felicidade que senti ao entrar em Pittsburgh, a sensação de segurança e de paz, desaparece. Ao chegar ao meu antigo bairro, percebo que terei que me ajustar à nova versão da minha velha cidade. A primeira onda Crente surgiu aos poucos: Frick disse que o mundo ia acabar, e, durante os três anos que se seguiram, as coisas foram mudando devagar. Famílias se reorganizaram, grupos de amigos se desfizeram, prédios antigos, museus e bibliotecas foram comprados pela Igreja e transformados em complexos. Aos poucos, as revistas e estações de rádio seculares ficaram apenas nas lembranças. Os programas de tevê sem nenhum elemento Crente se tornaram cada vez mais raros — em pouco tempo, eram tão difíceis de encontrar, espalhados pelos canais obscuros e em horários inacessíveis, que as pessoas simplesmente desistiram de procurá-los. Mas, ainda assim — talvez por causa de Wambaugh e, mais tarde, de Harp —, nunca pareceu que as bases que constituíam o mundo tinham mudado. Ainda éramos Nós, e os Crentes, Eles. Agora tudo parece diferente. Talvez por ter passado um tempo longe, tenho a impressão de ter me tornado a forasteira. De repente, fico preocupada por Harp nunca ter atendido meus telefonemas nem respondido as mensagens. Será que a Igreja também a engoliu?

Estaciono na garagem vazia da minha casa e saio do carro. Minhas pernas estão vacilantes, e a cabeça latejando. Estou estressada, exausta e morrendo de sede. Começo a andar até a porta da frente quando percebo que está escancarada.

Tem algo errado. Harp nunca deixaria minha casa nesse estado, mesmo se realmente acreditasse que eu não voltaria. Há janelas quebradas nos dois andares, a grama está alta e seca. Ao me virar para a casa de Harp vejo que está em um estado semelhante, mas lá as janelas foram fechadas com tábuas e alguém pichou alguma coisa com tinta spray preta na porta da frente, que está trancada com cadeado. A palavra me dá náuseas: PECADO.

Pego um galho caído no jardim. Não é grande, mas é a única arma que tenho, e, se houver algum intruso, não tenho dúvidas de que estará armado. Paro na frente da porta aberta.

— Oi? — grito. Gostaria que a minha voz não saísse trêmula. — Tem alguém aqui?

Ouço apenas o eco. Dou um passo para dentro e percebo quanto roubaram. Restam poucas peças de mobília pela sala — o sofá, onde parece que alguém dormiu recentemente, e algumas das cadeiras da sala de jantar. O chão está cheio de embalagens de barras de cereais, lençóis rasgados e edições antigas e encharcadas das revistas da Igreja Americana. Respiro fundo e quase vomito: o estofamento do sofá exala um cheiro pungente e ácido de urina.

— Eu moro aqui — grito, mais confiante. — Moro nesta casa, então, se está aqui dentro, é melhor sair antes que eu acabe com a sua raça!

Balanço o galho algumas vezes, para enfatizar minhas palavras, mas a casa está vazia. Não havia muito para levar. Alguém deve ter roubado os aparelhos eletrônicos logo no início (o computador e a tevê enorme, especialmente "benzidos", comprados no site da Igreja, pois todas as outras marcas eram "portas de entrada para a degeneração e atrofia espiritual", de acordo com Adam Taggart), e parece que quem ficou aqui nas semanas em que estive fora não tinha interesse nas fotos de batismo dos meus pais nem na fotografia emoldurada de Beaton Frick acima da águia-de--cabeça-branca pendurada na cornija da lareira. A cozinha está em piores condições: foi completamente esvaziada. Não posso culpá-los. Passei mais de um mês morando em Central Park West, dormindo em uma cama de verdade e comendo comida de verdade, em troca apenas de minha obediência silenciosa. Se estivesse aqui, em uma cidade que se converteu tão depressa, sem casa e na clandestinidade, teria esvaziado todas as prateleiras de cozinhas abandonadas que conseguisse encontrar.

Não há motivo para continuar aqui, nem quase nada para levar comigo. Mas, antes de sair, abro a moldura em cima da cornija e pego as fotos do batismo dos meus pais, guardando-as no bolso do casaco.

Não há muitos lugares onde meus amigos poderiam estar. O mais óbvio é o apartamento em Lawrenceville. Supondo que nenhum intruso mal-encarado tenha se instalado nele quando Raj e Dylan saíram na Manhã do Arrebatamento, talvez meus amigos tenham se sentido mais seguros lá, menos expostos do que nas grandes casas em Shadyside. Digo a mim mesma que eles estão no apartamento, porque não posso aceitar a possibilidade de que saíram de vez de Pittsburgh e estão escondidos em um lugar onde não posso encontrá-los.

Não me dou o trabalho de fechar a porta da frente. Estou prestes a entrar no carro roubado quando ouço um som, baixo a princípio, mas que vai ficando cada vez mais alto. Alguém vem pedalando uma bicicleta, a uma quadra de distância, ainda fora do meu campo de visão, assobiando uma versão bem animada de "Jesus (Obrigado por me fazer americano)". Posso ver mais ou menos a figura por entre os galhos da árvore na esquina da casa de Harp. A garota na bicicleta diminui a velocidade, ainda assobiando, para admirar a imagem da casa abandonada, e reconheço a expressão um segundo antes de reconhecer o rosto. Ela olha para a casa de Harp com prazer evidente.

— Lara! — grito, tentando chamar minha antiga melhor amiga.

Ela se assusta, mas logo muda sua expressão para uma de sublime satisfação. Desce da bicicleta e ajeita a saia comprida. Eu não fazia ideia de que Lara não fora Arrebatada. Tinha certeza de que seria, pois ela levava a Igreja tão a sério, era tão crítica, e a vida inteira fora tão boa. Em retrospecto, dá para ver que Lara tinha grande potencial para Crente. Ninguém conseguia fazê-la admitir que gostava de algum garoto ou convencê-la a comer um pretzel na praça de alimentação se estivesse perto da hora do jantar. Mais para o fim da nossa amizade, comecei a me perguntar se não havia certa competitividade naquele comportamento, se ela não era boa apenas com o objetivo específico de fazer todos os outros parecerem maus em comparação. De vez em quando, aparecia um brilho maldoso nos seus olhos, como nas vezes em que me assistia testar um brilho labial que achara "muito vulgar". Um lampejo de triunfo bem parecido com o que eu estava vendo agora.

— Vivian! — Lara para a bicicleta a uns três metros de onde estou parada. Fica bem claro que ela não quer se aproximar mais. Ainda sou uma ameaça espiritual, uma Descrente casca-grossa, e as horas que passei no carro, além do choque e da raiva que ainda correm pelas minhas veias, devem ter me deixado desgrenhada e parecendo uma doida varrida. — É bom ver você. Ouvi dizer que tinha ido morar em Nova York.

Franze o nariz em desgosto ao dizer o nome da cidade.

De repente, me sinto vingada por ela continuar presa nesta Terra decadente.

— Isso mesmo — respondo, cruzando os braços. — Fui morar com meus avós. Eles não são apenas Descrentes, sabe. São ateus assumidos.

Como era de se esperar, Lara faz uma careta.

— Então você deve ter se sentido em casa. — Ela olha para trás de mim, admirando minha casa destroçada com um sorriso sereno inabalável. Então estala a língua. — Meu Deus, que bagunça. Bem, não surpreende o que essas pessoas sem Deus são capazes de fazer. O que acho estranho, na verdade, é como não ficam desesperadas a ponto de aceitarem a sabedoria de Frick e se tornarem Crentes.

— É — retruco, bem devagar. — É mesmo um mistério.

Lara me encara com um olhar severo.

— Sabe, Vivian, talvez perceba que as coisas mudaram por aqui depois que você foi embora. Muitos de nós pensaram que ter sido Deixado Para Trás queria dizer que falhamos, que estávamos, de certa forma, condenados. Mas não é nada disso! O Senhor nos manteve aqui porque ainda há trabalho a ser feito. Aquela sua amiga, Harp Janda, aprendeu direitinho essa lição.

Dou um passo na direção de Lara e fico satisfeita ao notar que ela recua, assustada. Tenho um pouquinho de poder sobre minha antiga amiga, porque, em sua concepção, sou selvagem, desconhecida. Mas estou tão preocupada que quase não sinto prazer com isso.

— Harp — repito. — O que você fez com ela?

Lara engole em seco.

— Eu jamais faria mal a outro filho de Deus, mesmo os condenados — responde ela, aos sussurros. — Mas há muitos Deixados Para Trás que consideram gente como Harpreet e seu grupo obstáculos na estrada da salvação. Não estou dizendo que é certo! — Lara continua a se encolher enquanto avanço em sua direção. — Só estou respondendo a sua pergunta.

— Onde ela está? O que aconteceu?

Lara dá outro enorme passo para trás antes de fazer o sinal da cruz.

— Foi o irmão dela, o sodomita. O cordeiro perdido acabou provocando a própria morte.

Fico sem chão. Sinto o rosto empalidecer. Meus dedos formigam. Raj. Eu deveria ter percebido na hora em que vi o rosto de Lara enquanto ela passava pela casa dos Janda. Era uma expressão tão satisfeita. Eu deveria ter entendido pela cara dela.

— Cadê a Harp?

Lara balança a cabeça. Não sabe. Apesar de tudo, parece sentir um pouco de pena de mim. Eu lhe dou as costas e entro no carro dos meus avós. Quando viro a chave na ignição, ela leva a bicicleta até a entrada da garagem e para ao lado da minha janela aberta.

— Não precisa acabar assim, Viv! — grita para mim. — Agora é a hora perfeita para recomeçar. Pense nos seus pais abençoados! Eles veriam isso como um sinal: é hora de aceitar Frick em seu coração e implorar por perdão. Permita-se ser *salva*, Vivian!

Universo, penso, enquanto dirijo para Lawrenceville, *por favor, que ela esteja lá. Que todos estejam lá*. Mal noto os arredores. Tudo que sei é que o sol está mais alto no céu e que as únicas pessoas na rua parecem ser Crentes. Todos os bares foram fechados. Os únicos ônibus são os da Igreja Americana — a "Viação Sagrada". Se eu conseguir encontrar Harp... Se ela estiver no apartamento, e não em outro lugar, escondida e fora do meu alcance, então... Não sei. Raj não estará morto. Estará ferido, talvez gravemente ferido, porém vivo. Talvez deitado no sofá com um braço coberto de ataduras e o outro engessado enquanto Dylan traz sanduíches, Harp lê as revistas da Igreja em voz alta e Molly desenha na mesa de centro. Mas só se eu chegar depressa. Só se Harp estiver lá.

Estaciono a uma quadra do prédio e tomo o cuidado de trancar a porta — o carro pode muito bem ser a minha casa, de agora em diante. Corro até o prédio de Harp e toco o interfone. A etiqueta com os sobrenomes ("Janda/Marx") sumiu. Fico desapontada, mas continuo insistindo. Depois de um tempo, ouço um ruído. Alguém lá dentro atendeu o interfone. Quem quer que seja, pode me ouvir.

— Harp? — grito. — Harp, sou eu.

Ninguém responde.

— Harp, é a Vivian. Me desculpa por ter ido embora. Por favor, me deixa entrar.

Silêncio.

— Quem quer que seja, pode me dizer o que aconteceu com as pessoas que moravam nesse apartamento? Se souber, pode, por favor, me contar? Por favor. — Começo a chorar um pouco, em pânico. — Por favor, diga onde eles estão.

A tranca faz um ruído me sobressaltando. Empurro a porta. Não sei quem é que está me deixando entrar. Enxugo os olhos com as costas da mão. Eu deveria estar com medo. Esta é a parte em que Vivian Apple normalmente fica com medo. O saguão de entrada está vazio, a não ser pela pilha de correspondência fechada acumulando poeira em um canto. A pilha bate um pouco acima dos meus joelhos. A escada está coberta de lixo e peças de roupa aleatórias que devem ter caído da mala de alguém que saía às pressas do prédio.

Não sei o que me espera lá em cima, mas subo correndo os cinco andares, repetindo a cada degrau uma nova versão da minha prece silenciosa. *Que seja ela. Que seja ela. Que seja ela.* Se não for, posso estar em perigo.

Faltando apenas um lance de escada, tenho um vislumbre do apartamento 5E e vejo que a porta está aberta. Minhas mãos estão úmidas de suor. Subo correndo os últimos degraus e paro na frente da entrada.

Ela se apoia, exausta, no braço que segura a porta aberta. Está usando uma calça de pijama xadrez e o que imagino ser um dos velhos agasalhos de Raj. Parece menor do que eu me lembro, mas acho que um pouco dessa pequeneza deve ser recente. Está tão magra. O cabelo está sujo e embaraçado, e há grandes olheiras sob os olhos fechados. Mesmo quando fico ali, parada, não se abrem. Eu me pergunto se ela caiu no sono. Posso sentir um cheiro pungente de álcool emanando do apartamento.

— Harp? — sussurro.

Seus olhos se abrem de leve, e ela me encara por um momento, as pupilas entrando em foco aos poucos. Da última vez que a vi, ficamos paradas assim, uma de cada lado da porta. Por um instante, sua expressão enrijece e acho que ela vai bater a porta na minha cara outra vez. Mas então minha melhor amiga sorri para mim, seu rosto tão iluminado de alegria que parece doer.

— Viv, minha velha — cumprimenta ela, pegando minha mão.

CAPÍTULO 8

A HISTÓRIA É HORRÍVEL, E Harp a conta depressa. Ela se deita de olhos fechados no sofá, onde eu tinha imaginado um Raj convalescente. Eu sento na mesa de centro e escuto.

— Foi depois que você foi embora. Acho que faz mais ou menos um mês, não é? A gente não aguentava mais ficar trancafiado aqui dentro, então fomos até a sua casa e pegamos um monte de coisa dos armários. Foi mal por isso, aliás. Levamos tudo para a casa dos meus pais. Pensamos em passar um tempo lá. Achamos que Molly ficaria melhor em um lugar com jardim do que presa em um apartamento. As coisas estavam mudando lá fora. Não percebi tão depressa quanto Raj e Dylan. Eles queriam ir para a casa da tia do Dylan, em Nova Jersey. Falaram que estaríamos bem lá, que era mais seguro ficar em maior número. Falaram que eu também podia ir. Eu disse que não.

Harp comprime os lábios trêmulos. Ela abre os olhos para ver como estou reagindo, mas mantenho o rosto inexpressivo. Então continua:

— O que aconteceu foi que as pessoas tinham começado a Crer. Acharam uma passagem no Livro de Frick, você ouviu falar disso?

— A segunda balsa — respondo, assentindo.

— O Arrebatamento, Parte II. As pessoas foram à loucura. Também encontraram outro trecho. Capítulo 53, versículo 6:

A estrada para o Reino dos Céus é estreita e está cheia de condenados. Você pode imaginar como eles interpretaram isso. Quer dizer que somos descartáveis. Estamos no caminho deles. Tipo, se vamos mesmo sofrer nas chamas do fogo eterno, por que nos fazer esperar mais quatro meses? Ainda mais se estamos dificultando a entrada *deles* no Reino dos Céus. Lembra a Melodie Hopkirk?

— Ah, meu Deus.

Harp fecha bem os olhos e balança a cabeça.

— Começamos a reparar em uns panfletos espalhados pela cidade com a foto dela do anuário e outra passagem do Livro de Frick: *Ela que profana o corpo com atos impuros arderá nas chamas divinas.* Então, faz umas três semanas, queimaram a casa da Melodie com toda a família dentro.

— Ah, *meu Deus* — repito.

Harp segura minha mão outra vez e a aperta.

— Então, Raj... Depois que os Hopkirk morreram, falei: "Ok, vamos para Nova Jersey, vamos agora mesmo." Planejamos a rota e fizemos a limpa na conta dos meus pais, e íamos embora no fim de semana. Só não fomos antes... — Ela respira fundo. — Só não fomos embora antes porque era aniversário da Molly na sexta-feira, e Raj disse que ela não deveria ter que comemorar o dia na estrada. Então íamos no sábado. Já tínhamos feito as malas e tudo. Só que, na quinta-feira à noite, a campainha tocou. Sempre ficávamos meio assustados quando saíamos para pegar comida na sua casa ou mesmo na vez em que fomos ao banco, mas, quando estávamos em casa, mesmo depois dos Hopkirk, nos sentíamos seguros. Mas assim que a campainha tocou, Raj simplesmente abriu a porta, como se não fosse nada de mais. Tinha um monte de caras do lado de fora, todos Crentes. Vi gente conhecida, um pessoal da escola. B. J. Winters estava perto da porta. Ele me viu sentada no sofá, virou pra mim e disse: "Beleza, Harp?" Pediram que Raj e Dylan fossem lá fora com eles. Disseram que tinham visto um urso... — Ela começou a falar bem depressa. — Disseram que tinham visto um urso e que estavam reunindo os caras da vizinhança para afugentá-lo. E Raj e Dylan foram. Eles os levaram para um campo de futebol em Ellsworth, pararam e então os Crentes começaram a rezar. Recitaram aquele versículo sobre os condenados. Dylan logo entendeu o que estava acontecendo e saiu correndo, gritando para Raj fazer o mesmo. Mas Raj deve ter ficado confuso. Meu irmão era tão ingênuo, sabe? Se dissessem a ele que tinham visto um urso, ele acreditaria. Dylan ouviu os tiros enquanto corria. Também estavam mirando nele, mas erraram. Conseguiu voltar, me levou para longe de Molly e contou tudo. Pensei que Dylan devia ter se enganado. Quer dizer, era B. J. Winters e ele me cumprimentou, Viv. — Harp abre os olhos e me encara. — Ele não me cumprimentaria e depois mataria meu irmão, não é?

— Não sei — sussurro.

— Trouxeram o corpo dele de volta naquela noite. Foi quando picharam "PECADO" na porta. Dylan e eu o enterramos no quintal enquanto Molly dormia. Na manhã seguinte, viemos para cá. Dylan ainda queria ir para Nova Jersey. E queria que eu fosse junto, mas respondi que não. Disse que ele não era mais da família agora que Raj tinha morrido. Eu falei isso pra ele. — Então Harp finalmente começa a chorar um pouco, o que é a coisa mais assustadora que já vi, porque ela não chora. Nunca chorou na minha frente, nem mesmo no dia em que estava meio chapada em uma festa, esbarrou numa bandeja de cookies que tinha acabado de tirar do forno e ficou com uma queimadura feia e roxa na barriga. — Mandei ele ir embora na mesma hora, dizendo que não queria mais olhar na cara dele. A pessoa que Raj mais amava no mundo. Foi esse tipo de merda que saiu da minha boca, antes de Dylan pegar Molly e ir.

— Ah, Harp... — Eu me sento ao lado dela no sofá e passo o braço em volta do seu corpo pequeno. — Tudo bem. Ele sabe que você estava triste. Pode pedir desculpas da próxima vez que falar com ele.

— Mas aí é que está o problema — revela Harp. — Não sei se vou conseguir falar com ele outra vez.

Ela pega o controle remoto e liga a tevê. Já está no canal de notícias 24 horas, e tenho a sensação de que Harp assiste a isso há dias. No instante em que ela liga o aparelho, vejo uma manchete brilhando em vermelho-sangue: DEVASTAÇÃO DO FURACÃO RUTE: SERÁ QUE A COSTA LESTE ESTÁ PAGANDO POR SEUS PECADOS? Eles mostram imagens terríveis: primeiro, a de um mapa dos Estados Unidos como o conhecemos, depois o mesmo mapa, só que dessa vez com pedaços da Costa Leste meio apagados, mais parecendo fantasmas. Maine, Flórida, a região de Massachusetts, Nova Jersey e Delaware.

— A Guarda Nacional está sobrevoando a área para avaliar os estragos — anuncia a jornalista, solene, mas sem conseguir esconder a leve fagulha de animação nos olhos. — Mas, até agora, já foram confirmados 308 mortos na Costa Leste, e o número deve subir.

Talvez meus avós tenham mudado de ideia. Talvez tenham pegado um trem, ônibus ou avião e saído de lá. Talvez estejam agora mesmo explorando ruínas gregas ou algum castelo antigo na Inglaterra — glamourosos, ricos e o mais distante possível da Igreja Americana.

Vovô Grant me falou para pegar o carro e ir embora. Tento me lembrar disso. Se não me permitir acreditar que ele estava falando sério, parte da culpa será minha. Talvez tenham subido no telhado do prédio e saído voando em um pedaço de madeira à deriva. Ou pode ser que tenham dormido tranquilamente durante toda a catástrofe.

Passamos uma semana à toa em Lawrenceville. Agora que estou aqui, Harp troca de roupa toda manhã — coloca as próprias peças, não as que Raj deixou para trás. Ela para de beber o estoque do armário de bebidas improvisado. Harp está com os 2.017,51 dólares que sacou da conta bancária da mãe, e arranjamos lenços de estilo conservador para amarrar na cabeça caso a gente precise sair na rua. Mas conversamos muito sobre o que devemos fazer em seguida. Fazemos uma lista em uma folha solta que encontramos, que guardo junto do meu diário improvisado.

MOTIVOS PARA IR EMBORA:

- Estamos correndo perigo aqui.
- Odiamos este lugar.
- Nunca fomos a outro lugar.

MOTIVOS PARA FICAR:

- Não importa o que fizermos, estamos condenadas.

Todo dia tem uma novidade. Na sexta-feira, o noticiário das cinco no Canal 11 começa a encerrar cada transmissão com uma Oração de Frick. "*Frick, dai-me paciência. Frick, dai-me a salvação.*" No sábado, Harp abre o e-mail e encontra um informe do distrito escolar, a última forma de resistência mundana, anunciando que o comitê educacional votou, 8 contra 1, a favor de adotar o currículo sugerido pela Igreja Americana para Promoção de Valores. Fico um pouco triste ao pensar em Wambaugh. Para nos distrairmos, decido então mostrar para Harp as fotos que acabei guardando comigo: o batismo dos meus pais, minha mãe punk. Quando vê essa última, minha amiga abre um sorriso sarcástico.

— Sra. Apple, uma adolescente irada secreta! — comenta ela.

— Foi tão estranho morar naquele apartamento. Mais para o fim, começou a parecer meio...

Não termino a frase. Pensei em uma palavra, mas acho que Harp vai rir se eu falar em voz alta. Só que ela apenas assente.

— Mal-assombrado? — sugere.

— Isso. Na última noite que passei lá, o telefone tocou bem tarde, na hora em que eu estava saindo. Primeiro pensei que pudesse ser você, mas o código de área era diferente. Quem quer que fosse não falou nada, mas tive a *sensação* de que era minha mãe. É idiotice, não é? Como poderia ser minha mãe?

Harp dá de ombros.

— Não é idiotice. Depois do que aconteceu com Raj, não paro de sonhar que minha mãe está parada na porta, gritando para eu levantar da cama e me arrumar para a escola. Acordo irritada com ela e já estou quase pronta quando... — Harp se interrompe e balança a cabeça. — Qual era o código de área?

— 415.

— Isso é em São Francisco, na Califórnia. — Ela abre um sorriso quando a olho intrigada. — Eu tive um namorado virtual que era de lá. Foi meio sério o que tivemos. Não pergunte. Você conhece alguém que mora lá?

— Não.

— Quer descobrir quem era?

— Acho que sim — respondo, dando de ombros. — Mas não devia ser nada de mais.

— Hoje em dia não há mais nada que seja nada de mais, Viv.

Ficamos nos encarando, uma de cada lado do sofá, e, ao que parece, olhamos ao mesmo tempo para nossa breve lista de O Que Fazer Agora.

— Às vezes, parece que, se eu pelo menos pudesse *fazer* alguma coisa, tipo, passar os próximos meses tentando concluir algum projeto, não seria tão ruim — continua Harp. — Eu sentiria que estou realmente tentando sobreviver a essa droga.

— Mas o que podemos fazer? — Tento me lembrar do quadro cheio de ideias de Wambaugh. No entanto, de alguma forma sei que Harp não vai ficar satisfeita com sugestões como "usar lâmpadas econômicas" e "escrever cartas ao editor". — Não temos nenhum plano.

— Viv — diz Harp, com um sorriso astuto. — Você ainda não me conhece? Eu *sempre* tenho um plano.

Em algum momento no último mês, depois que fui embora, mas antes de Raj ter sido assassinado, Dylan ficou em casa cuidando de Molly enquanto Harp e o irmão saíram para comprar produtos que não conseguiram encontrar na minha casa — detergente para a máquina de lavar louça, papel higiênico, cerveja. Foi uma saída tensa. O contingente Crente tinha aumentado, e Harp e Raj sentiam que chamavam atenção onde quer que entrassem. Ele estava de terno e fizera Harp usar uma saia comprida, para se misturarem à multidão, mas não paravam de receber olhares de suspeita. Os dois pagaram as compras e foram para a calçada, aliviados por estarem a apenas alguns quarteirões de casa. E nesse instante um pequeno grupo de protesto começou a gritar com eles.

— Obviamente, meu instinto foi gritar de volta — conta Harp, enquanto colocamos seu novo plano em ação, dirigindo até o subúrbio na noite seguinte. Nos sentimos mais seguras assim que pegamos a estrada porque não conseguíamos mais reparar na roupa das pessoas.

E, naturalmente, foi o que ela fez. Harp sacudiu o punho para o grupo — cerca de vinte pessoas, achava ela — e os chamou de filhos da puta. Levou um tempo, enquanto Raj a puxava pela manga e o grupo caía aos poucos em um silêncio confuso, para Harp perceber que eles não eram Crentes. O grupo que a encarava era composto apenas de jovens segurando placas com dizeres como NÃO É MEU DEUS, NÃO É MEU PROBLEMA e diversas outras referências irônicas às placas mais populares entre os protestantes Crentes, como: DEUS ODEIA PURAS, DEUS ODEIA PUMAS, DEUS ODEIA PULGAS. Eram os Novos Órfãos. Eles logo perceberam, por seus muitos palavrões, que Harp na verdade não era Crente, então convidaram Raj e ela para uma reunião no saguão cheio de ecos da Catedral do Saber, um prédio de arquitetura imponente, que está abandonado, na Universidade de Pittsburgh.

— Eu vi um protesto deles em Nova York! — conto para Harp, animada. — São parte do motivo de eu ter considerado fugir da casa dos meus avós. Parecia que eles estavam fazendo alguma coisa de verdade, sabe? Tipo, não ficavam só sentados, esperando o apocalipse.

— Também achei isso, a princípio — responde Harp. Ela usa a luz do painel para ler as instruções do caminho. — Pegue a próxima saída, depois vire à esquerda. Bom, pensamos que aquilo parecia sério. Que eles tinham planos, e que já haviam começado a executá-los. Pensamos que, no mínimo, seriam um bom grupo de apoio. Que, se soubéssemos que eles também estavam lá fora, do nosso lado, não teríamos tanto medo da cidade.

A segunda reunião aconteceu dois dias depois. Harp e Raj foram de novo, e dessa vez levaram Dylan e Molly. Harp faz questão de dizer que fizeram uma caminhada de quase três quilômetros por território hostil, andando com uma criança de sete anos, o que os obrigava a diminuir consideravelmente o passo. Mas ela e Raj garantiram a Dylan que valeria a pena porque, afinal, os Novos Órfãos restaurariam sua fé na humanidade, suas esperanças de um futuro melhor para Molly e para si mesmo.

Mas estavam enganados.

— Tinha uma porra de uma rodinha de violão, Viv — explica Harp. — Eles tocaram uns tambores idiotas por uns vinte minutos, depois todo mundo teve que levantar e dizer uma coisa de que gostava e outra de que não gostava nos Estados Unidos.

— E o que você falou?

— Que eu não gostava de rodinhas de violão e que gostava de estar em lugares onde não havia rodinhas de violão.

Mas o problema não era os Novos Órfãos serem, segundo Harp, "um bando de hippies fedorentos". O problema era que eles não passavam disso. Ela explica que o grupo não tinha plano nenhum. Em outras palavras, eram como nós, só que haviam criado um nome e só pareciam organizados. A camaradagem dos Novos Órfãos tinha certo apelo em uma cidade onde uma garota sexualmente ativa poderia acabar acordando em uma casa em chamas, mas essa camaradagem fora o máximo que tinham feito em matéria de atividade política. Harp explica que, quando um indivíduo queria falar, primeiro precisava receber o "Bastão da Paz" — um pequeno galho de árvore que alguém tinha catado no jardim da Catedral. Não havia tensão, discordância ou sensação de que o tempo estava se esgotando. Nem ideias.

— Todo mundo só ficava lá sentado, concordando uns com os outros — recorda Harp. — Todo mundo "tinha razão". "Você tem razão." "Realmente, acho que você tem razão." A garota que levou um teclado e tocou "Imagine" no meio da reunião "tinha razão". Mas ninguém tinha absolutamente nada a dizer.

— Eles só eram desorganizados, Harp — digo. — São um grupo muito novo.

— Eles eram *dóceis*. — Só faltou ela cuspir a palavra. — Eram dóceis, e pensavam que aquilo os fortalecia, que os tornava bons, que os fazia melhores. Mas quer saber uma coisa sobre os Crentes? Apesar de toda aquela conversa de submissão e obediência, eles são implacáveis.

Enquanto paramos no estacionamento de um prédio de tijolos em South Park, Harp explica que os Novos Órfãos só serviram para colocá-la em contato com a pessoa que estamos indo encontrar. Ela o conheceu na primeira reunião do grupo. Ele foi apresentado como "o cara que sabe das coisas" e deu o endereço de onde morava para Raj, caso ele algum dia precisasse de ajuda. Aquilo tinha significado muito para Raj, e agora significava ainda mais para Harp. Além disso, ela conta, ele não estava na rodinha de violão.

— Acho que sabe o que está acontecendo — murmura ela enquanto caminhamos até a entrada do prédio, atentas a qualquer movimento em meio às sombras. — Acho que pode nos dizer o que fazer, como podemos ajudar. Duvido que esteja tentando recriar Woodstock.

Não tenho tanta certeza. Harp passou a última meia hora descrevendo a inépcia épica dos Novos Órfãos de Pittsburgh, então a ideia de que o "cara que sabe das coisas" seja algo além de incompetente parece muito duvidosa. Acho que o mais provável é que ele seja bonitinho ou esteja a fim da minha amiga. Sei que Raj morreu há apenas duas semanas, e que a Harp diante de mim tem olhos menos brilhantes, aparência mais cansada e menos respostas prontas na ponta da língua do que a Harp de antigamente. Mas ainda acho que ela não perderia a chance de flertar.

Minha amiga aperta o botão do interfone ao lado do nome "P. Ivey" e começa a falar no instante em que ouve o barulho de alguém atendendo.

— Oi, sou a irmã do Raj Janda. Você o conheceu em uma reunião dos Novos Órfãos no mês passado. Ele morreu, e preciso falar com você.

— Meu Deus, Harp — murmuro.

Depois de um segundo, a porta faz um zumbido e abre — talvez P. Ivey esteja acostumado a esse tipo de cumprimento —, então Harp entra sem hesitar, e vou atrás. O apartamento fica no segundo andar, no fim de um pequeno corredor úmido com um leve cheiro de gatos, cigarros e tristeza. Ela bate à porta.

— Harp — sussurro, enquanto ouço a fechadura abrindo —, calma.

A porta se abre. P. Ivey está diante de nós. Ele é *mesmo* bonitinho — muito, na verdade, com cabelos castanhos e sedosos despenteados e dedos longos. P. Ivey tem olhos azuis. Muito azuis. Os olhos mais azuis que já vi.

Eu não tinha como imaginar que o "cara que sabe das coisas" de Harp seria Peter, da festa da Véspera do Arrebatamento, mas, ainda assim, gostaria de ter suspeitado. Teria ficado no carro — ou, melhor ainda, teria cavado um buraco para me esconder. Ainda morro de vergonha ao me lembrar dos comentários insípidos que fiz naquela noite, e é claro que estar na sala atulhada dele, tão perto de todas as suas roupas, livros, violão e coisas, faz com que eu me sinta grande demais, estranha e desconfortável. Como se tivesse um letreiro piscante em cima da minha cabeça com os dizeres "Lembra Dessa Idiota?". Peter não tem sofá — não há espaço para um —, então nós três ficamos de pé perto da cadeira da escrivaninha, olhando um para o outro. Não sei o que fazer com os meus braços. De repente eles viraram dois apêndices inúteis.

— Hã — diz Peter. — Vocês querem beber alguma coisa?

— Tem cerveja? — Harp se senta na cadeira do computador, e me aproximo mais dela. Quanto mais perto estiver da minha amiga, mais invisível ficarei. Talvez ela consiga me mandar algum sinal secreto dizendo o que uma pessoa normal faz com os braços.

Peter franze a testa.

— Que tal água?

Harp dá um suspiro.

— Está bem.

Quando ele sai da sala para ir ao cômodo ao lado, uma cozinha igualmente pequena onde cada superfície parece coberta de louça suja, eu me inclino um pouco e sussurro no ouvido de Harp, torcendo para que o som da água corrente abafe a minha voz:

— O que você está fazendo? Por que não me disse que era ele?

— Você o conhece? — pergunta ela, espantada, também sussurrando.

— Ele estava na festa. Aquela da Véspera do Arrebatamento. Eu o achei bonitinho. Você disse que deveríamos ter filhos. Harp! Não tem graça!

— Viv! — Ela arregala os olhos e cobre a boca para conter a gargalhada. — Juro que não lembrava. Sério, não fazia ideia! Se eu lembrasse, teria lhe contado. Juro!

Peter volta para a sala trazendo dois copos com água, e eu me endireito outra vez.

— Seu nome é Harp, não é? — pergunta ele, entregando o primeiro copo a ela, que assente. Então o garoto se vira para mim com um sorriso no rosto e me oferece o outro copo. Eu me preparo para alguma alusão constrangedora à noite da Véspera do Arrebatamento. Mas ele apenas diz: — Eu sou Peter.

Eu o encaro por um tempo. Será que foi uma piada? Mas seu sorriso é neutro e acolhedor, e não há razão para ele mentir. Além disso, até eu sei que não fui muito memorável naquela noite.

— Sou Vivian — murmuro em resposta.

Peter volta a atenção para Harp. Ele se senta no chão aos pés dela.

— Raj era seu irmão?

Ela assente.

— O que aconteceu?

Harp conta uma versão resumida da história. Sua voz não falha nenhuma vez, mas ela faz uma pausa depois de mencionar o corpo do irmão na soleira da porta e toma um bom gole d'água. Levo a mão do encosto da cadeira até o ombro dela. Peter não para de encará-la durante o relato. Ele parece triste, embora não surpreso. Quando Harp acaba de contar a história, o garoto passa um tempo em silêncio. Ele cutuca o carpete, pensativo.

— Você já deve saber que certos grupos têm sido alvos no último mês — começa ele. — Praticamente todo mundo que foi mencionado no Livro de Frick como sem salvação. Tivemos um monte de ataques a outros grupos religiosos, gays e lésbicas, ou qualquer mulher ou garota com uma vida sexual comprovadamente ativa ou considerada "promíscua". — Ele faz sinal de aspas com os dedos ao dizer a última palavra. — Já ouvi histórias horríveis. — Peter encara Harp com seus olhos azuis, e a tristeza em seu rosto parece sincera. — Sinto muito por seu irmão. Só o encontrei uma vez, mas ele parecia ser um cara bem bacana. Não merecia morrer desse jeito, ninguém merece. Sei como é difícil perder alguém próximo. Eu sinto muito mesmo.

Dá para notar que ela está tentando manter a calma e o autocontrole, mas, mesmo sem querer, Harp ergue uma das mãos para enxugar as lágrimas.

— Obrigada — responde ela, com a voz um pouco rouca.

Passamos alguns instantes parados e em silêncio. Dá para ouvir a pia da cozinha gotejando e o leve barulho de uma televisão vindo de onde deve ser o quarto de Peter. Sinto o rosto corar. Há tanto sofrimento nesta sala que consigo senti-lo — sinto Harp tentando contê-lo, e também posso sentir o de Peter, escondido lá no fundo. E ainda tem o meu sofrimento, se comprimindo em algum lugar em meu âmago. Foram seis semanas de perdas e mais perdas, e eu deveria estar pensando na magnitude de todo o sofrimento de nós três. Mas o que estou pensando é: esse cara tem um rosto gentil e olhos azuis. Está falando de um jeito bondoso e generoso com a minha melhor amiga. Ele fez aspas com os dedos quando disse a palavra "promíscua". Pela primeira vez em não sei quanto tempo, sinto o nó de estresse no meu estômago começar a se desfazer. Eu me sinto um pouquinho segura.

Peter pigarreia.

— O problema — começa ele, hesitante — é que não sei muito bem por que você veio aqui. Quero ajudar, não me entenda mal. Se eu puder, pode ter certeza de que vou ajudar. Mas não sou muito a favor dessa história de vingança. — Ele dá de ombros de leve, como se pedisse desculpas. — Então, se está querendo que eu comande uma espécie de caça às bruxas, ou algo do tipo...

— Não — interrompe Harp. — Não quero nada disso. É só que Viv e eu estamos nos sentindo inúteis. Queremos fazer alguma coisa. Na reunião dos Novos Órfãos disseram que você tinha contatos na Igreja.

Ele faz uma careta.

— Queria que não tivessem dito isso.

— Então você não tem contatos?

— Não — responde ele, devagar. — Quer dizer, eu tenho, tecnicamente. Mas nada muito concreto. Nada que possa ajudar a derrubá-los, se é o que você pretende.

Tenho a impressão de que era isso que Harp pretendia, e minha amiga parece desapontada. Ela olha para mim com uma expressão resignada, e posso ver que está prestes a sugerir que a gente vá embora — este encontro a deixou frustrada, com vergonha por ter chorado na frente de um cara praticamente desconhecido e com medo de voltar para Pittsburgh tão tarde da noite. Mas me manifesto antes que ela tenha a chance de abrir a boca:

— E que tipo de contatos são esses?

— Como assim? — Peter parece assustado, como se tivesse se esquecido da minha presença.

— Esses seus contatos na Igreja, quem são?

— Ah. — Ele dá de ombros, indiferente, mas o vejo contorcer um pouco o rosto antes de responder. — Meu pai era Crente. Foi um dos primeiros. Então sei mais sobre a Igreja do que a maioria das pessoas.

É evidente que Peter não quer falar sobre o assunto, então não forço a barra. Mas o desconforto dele me deixa nervosa, e tento lembrar que hoje em dia não dá para confiar cegamente em ninguém, mesmo quando se quer muito tocar seus lábios nos dele.

— Você tem alguma outra informação? Sabe alguma coisa sobre os Novos Órfãos? Se eles são menos inúteis nas outras cidades?

Peter sorri com a última pergunta.

— São melhores em algumas cidades, sim. Em outras, são piores. Mas os desta área são bem ruins mesmo. Imagino que seja por isso que vocês vieram atrás de mim, e não deles?

Assentimos. Peter fica de pé e passa por mim para abrir uma gaveta na escrivaninha. Dou um passo para trás, cambaleando um pouco, torcendo para que ele não tenha notado.

— Até onde sei, o movimento começou há alguns meses — explica ele, folheando uns papéis na gaveta. — Com um garoto do ensino médio, lá na Dakota do Sul. Os pais dele viraram Crentes, e ele fundou um grupo de apoio para pessoas que tinham passado pelo mesmo problema. Mas o grupo só ganhou força depois do Arrebatamento.

Ele pega um pequeno pedaço de papel em uma pasta de arquivo e o entrega para mim. Fico surpresa com o gesto: deveria ser óbvio para qualquer um que é Harp quem está no comando, mas aí lembro que fui eu quem fez a pergunta.

— Spencer G. @omaisnovoorfao. Keystone, Dakota do Sul — leio em voz alta.

— Fica perto do Monte Rushmore. É com ele que vocês deviam falar — explica Peter. — Ele tem um bando de Descrentes convertidos a seu serviço. São Crentes que se desconverteram. Deve saber mais sobre o que se passa dentro da Igreja Americana do que qualquer um que não tenha sido sugado pelos céus, recentemente.

— No Monte Rushmore? — pergunto. — Esse não é um dos Lugares Sagrados na lista de Frick?

No Livro de Frick, o Pastor alega que, no fim da década de 1970, Jesus apareceu em seu Chrysler conversível azul-celeste, que tinha o poder de viajar através do tempo e do espaço, e o levou a sete lugares nos Estados Unidos que Deus abençoara pessoalmente por qualquer razão. Nesses pontos, tanto Crentes quanto Descrentes poderiam encontrar a redenção. A lista inclui tudo o que se poderia imaginar: o Grand Canyon, o Pentágono, Wall Street (*"E Deus viu que o povo americano era trabalhador, e ganhara dinheiro em Seu nome, e Deus viu que isso era bom"*). É uma das muitas partes do Livro de Frick que nos fazem considerar que o cara não escreveu tudo aquilo enquanto estava doidão com cogumelos. No entanto, tente fazer essa acusação a um Crente, como fiz a meus pais na época em que tentavam me converter, e a pessoa vai resmungar que "isso é só uma metáfora!" e dará a entender que sua incapacidade de compreender nuances é um dos principais motivos pelos quais você está condenado à danação eterna.

Peter assente.

— Não sei como ele faz isso, mas me deixa propenso a confiar nele. Qualquer um capaz de construir uma comunidade Descrente no centro de uma fortaleza da Igreja deve ser uma força da natureza, não é mesmo?

Harp pega o papel da minha mão e o encara por um tempo, sem dizer nada. Peter passa por mim cuidadosamente outra vez e pega nossos copos vazios. Ele os segura por um momento, nos encarando com certa cortesia — esperando que fôssemos embora, percebo.

— Ótimo — comenta Harp, finalmente. Ela se levanta. — Só mais uma pergunta rápida, antes de irmos... Tem algo que deveríamos saber sobre o que está acontecendo na Califórnia?

Peter tenta cruzar os braços de repente, mas ainda está segurando os copos, que se chocam no meio do caminho, fazendo um barulhão. Ele olha para Harp, desconfiado.

— O que você quer dizer?

— Eu quero dizer — continua ela —, por acaso a Igreja tem uma presença mais forte na Califórnia?

Peter mordisca o interior da bochecha por um momento, franzindo a testa. Então pergunta:

— Como você sabe disso?

Imediatamente retruco:

— Sabe do quê?

Digo a frase na mesma hora em que Harp indaga:

— Como é que *você* sabe?

Ela olha pra mim e solta um grunhido. Percebo, um segundo tarde demais, o que Harp estava tentando fazer. Peter sorri com ironia para nós.

— Por que não me dizem o que as levou a perguntar sobre a Califórnia? Então eu conto a vocês o que sei, ou melhor, o que acho que sei.

Já espero alguma grande improvisação da minha amiga, por isso fico surpresa ao ouvi-la contar a verdade.

— Viv recebeu um telefonema suspeito na casa dos avós, em Nova York. Foi de madrugada. Faz mais ou menos uma semana, na véspera do Furacão Rute. O código de área era de São Francisco. Não disseram nada, mas ela achou que fosse a mãe do outro lado da linha.

— Tipo — intervenho, notando que devo estar parecendo uma louca por causa disso —, eu não *achei* que era a minha mãe. Tive uma sensação estranha, só isso. Foi intuição, ou seja lá como quiserem chamar. Não significa nada. — Digo essa última parte especialmente para Peter, como um pedido de desculpas por ter chegado por acaso à informação que ele tem. — Não vim aqui pensando que isso tinha algum significado.

— Eu sei — responde Peter. — Mas talvez tenha.

Sem aviso, ele se vira e percorre a pequena distância até seu quarto. Olho para Harp, tentando avaliar se ela está confusa, e, na mesma hora, como se estivesse esse tempo todo esperando que eu a olhasse sem que Peter pudesse ver, ela agarra uma cabeça invisível e finge dar uns amassos. Dou um soco bem forte no ombro dela, e Harp suprime risadinhas quando ele volta à sala carregando uma pilha de cartas que deixa cair na cadeira da escrivaninha. Pego um envelope já aberto, e Harp faz o mesmo. Lemos os folhetos impressos que tiramos de dentro deles e depois trocamos o material entre nós.

O que peguei diz: "*Se tu os amas, fazê-los ouvir, pois do contrário estareis condenados a passar a eternidade separados: tu banhado na luz dourada do esplendor celestial, e eles nas sombras de tormento e calamidade*" (O Livro de Frick, capítulo 18, versículo 2).

O de Harp diz:

"*Vejo-te, e sei que és meu filho, mas será que me reconheces como Teu Verdadeiro Pai?*" (O Livro de Frick, capítulo 58, versículo 3).

Peter vira o envelope nas minhas mãos e aponta para o endereço do remetente. Fica em Olema, na Califórnia.

— Comecei a receber essas cartas há umas três semanas — explica. — Todo dia chega uma nova. Nunca são escritas à mão, e sempre contêm um versículo do Livro. Normalmente é algo sobre redenção, sobre Crer antes que seja tarde demais. Mas essa aqui... — Ele toca outra vez no envelope que tenho em mãos. — Essa chegou hoje. "*Mas será que me reconheces como Teu Verdadeiro Pai?*" É um versículo da história da primeira visão de Frick, que ocorreu em um sonho no qual ele e Deus passaram alguns minutos em uma Starbucks, tomando frappuccinos e conversando, antes de Deus condenar a moral pagã e queimar os olhos de todos os baristas. É isso que Ele pergunta para Frick enquanto todo mundo está rolando pelo chão e implorando piedade aos berros. És meu filho, Eu sou Teu Pai.

Balanço a cabeça. É claro que conheço a Parábola da Starbucks. Todos conhecem — deve ser a visão mais divulgada de Frick.

— Essa correspondência poderia ter sido mandada por qualquer Crente — explica Peter. — Sei disso. Uma velha louca na Califórnia pode ter conseguido meu endereço na internet e acha que me converter é sua maior chance de entrar na segunda balsa. Sei muito bem que é mais provável que seja esse o caso. Mas... como eu disse... meu pai era Crente muito antes de Frick prever o Arrebatamento. — Ele fixa os olhos azuis em mim enquanto conta isso, e não desvia o olhar. — Eu tinha dez anos quando ele entrou para a Igreja, então faz oito anos. As pessoas que começaram a seguir Frick após a previsão do Arrebatamento estavam assustadas por causa do clima, da economia e de todos aqueles vírus incuráveis que começaram a se espalhar. Eles tinham pelo menos certos motivos para achar que aquele cara estava com as respostas. Mas as pessoas como meu pai, que se juntaram a ele muito antes disso... Bem, essas não batem muito bem da cabeça. É a melhor forma de descrever meu pai. O jeito como a mente dele funciona, as ideias que tem... Dava para ver que não é muito centrado. Minha mãe o deixou e me levou junto. Ele ligava de vez em quando e dizia um monte de coisas sem sentido. Estava preocupado com a minha alma. Descrevia em todos os detalhes o inferno que eu teria que aguentar, enunciava todas as formas que eu desapontara Frick e Deus. Mas meu pai não me conhecia nem um pouco. Ele não... — Peter para de falar e respira fundo. — Minha mãe morreu ano passado. Câncer no ovário. Ele não ligou. A única vez que falei com ele depois disso, a última vez, foi na Véspera do Arrebatamento. Dizer que ele estava incoerente seria pouco.

— Você acha que é seu pai quem está mandando essas cartas — concluo.

— Sinto que é — responde ele. — É só uma intuição, não tenho certeza. Pode não significar nada.

— Mas pode significar que nossos pais não foram Arrebatados.

— Mas por que as cartas vêm da Califórnia? — indaga Harp. — A sede da Igreja Americana não ficava na Flórida? Ela não deveria ter sido levada pelo mar, a essa altura?

— A Flórida não era o único lugar onde Frick tinha propriedades — responde Peter. — Ele tinha um complexo particular no norte da Califórnia, não muito longe de São Francisco, no meio de alguns parques federais. — Ele dá de ombros de um jeito ligeiramente tímido por causa da forma como o olhamos. — Meu pai estava bem envolvido. Eu *sei* das coisas.

Sinto algo me afetando de repente, quase imperceptível e ao mesmo tempo tão intenso que tenho que tirar as cartas da única cadeira da sala e me sentar. Harp anda de um lado para outro no pequeno apartamento de Peter. Ela está com aquele brilho maníaco nos olhos que indica que está bolando um plano.

— Você já contou isso para mais alguém? — pergunta ela.

— Passei as últimas três semanas tentando me convencer de que estou maluco — responde ele. — Só contei a vocês porque... Não sei! Porque vocês queriam fazer algo, então estou oferecendo a única coisa que tenho. E a única coisa que tenho é uma minúscula centelha de suspeita de que meu pai Crente está vivo no norte da Califórnia. Isso não é nada.

— É alguma coisa — respondo.

— Não é não.

— É, sim. — Olho para ele. — Há uma hora, nossos pais tinham sumido, e não fazíamos a menor ideia de para onde foram ou como chegaram lá. Agora temos a mínima suspeita. E, se eles não estiverem na Califórnia, talvez alguém esteja. Alguém que possa explicar.

— Nós poderíamos entrar em contato com o cara na Dakota do Sul — sugere Harp. — E aí quem sabe ele possa nos colocar em contato com alguns Novos Órfãos de São Francisco. Sinceramente acho que estamos nos arriscando a lidar com um bando de incompetentes. Precisamos primeiro analisar o pessoal de São Francisco, dar uma olhada no perfil do Facebook deles, ver se têm propensão a fazer rodinhas de violão.

— Não — respondo.

Meu coração está acelerado.

Harp me encara.

— Não?

— Não — respondo. — Vamos nessa.

— Vamos?

— A gente não tem motivo algum para continuar aqui — digo para Harp. — Se existe uma pessoa em todo este planeta que possa ter alguma ideia de onde meus pais estão agora, quero falar com ela pessoalmente. Nós vamos. Dirigindo. Temos um carro. Você tem um pouco de dinheiro. Então vamos por conta própria.

— Viv. — Harp se ajoelha na minha frente e me encara, preocupada. — Isso pode não dar em nada. Podemos largar tudo e atravessar o país só para descobrir que a ligação foi um engano e a carta era só coincidência. Aí a gente vai acabar sem respostas e presas no meio do nada até o mundo acabar. Sozinhas.

— Não estaríamos sozinhas. Teremos uma a outra. E, se as coisas ficarem mesmo ruins, tenho uma tia em Salt Lake City, podemos ficar na casa dela. — *Uma tia que não conheço e que talvez nem saiba que eu existo*, penso, mas fico quieta. — E, de qualquer forma, sinto que, se não formos... Harp, se ficarmos aqui, nós é que seremos as dóceis. Não é? Eu não quero mais ser dócil. Quero ser *implacável*.

Pela segunda vez em uma hora, vejo os olhos de Harp marejados. Mas ela também está sorrindo.

— Vivian Apple, sua vaquinha manipuladora. — Então ela segura minha mão e a aperta. — É claro que vou com você nessa missão inútil e suicida. Com certeza. Vai ser uma honra.

Sorrio para minha amiga, em parte porque estou feliz, mas também porque ela nem imagina o que estou prestes a fazer. Olho para Peter, que está nos observando com um misto de emoções contraditórias no rosto — um pouco de espanto, sim, e um leve brilho do que pode significar preocupação pela nossa saúde mental. Mas há um quê desejoso em sua expressão. Como imaginei.

Então pergunto:

— Você vem?

E, depois de um instante, parecendo confuso, como se ele nem tivesse a intenção de dizer aquilo, Peter responde:

— Se vocês toparem.

CAPÍTULO 9

— Mandou bem, Apple — comenta Harp alguns minutos depois. Estamos do lado de fora do prédio de Peter, esperando ele arrumar suas coisas. — A velha tática de "convidar o cara bonitinho para atravessar o país de carro mesmo tendo acabado de conhecê-lo". Eu devia ter imaginado.

— Harp...

— A clássica: "nem pergunte primeiro o que sua melhor amiga acha disso, mesmo que ela a acompanhe na viagem e não esteja muito a fim de segurar vela" — interrompe ela. — Executada com primor. Nota máxima, um plano espetacular.

— Harp, pode ser o pai dele. Não entende?

— E aqui está a "velha e ardilosa Apple", com a desculpa do "pode ser o pai dele" e a abordagem "você vem"?

— Harp, é sério. — Sei que ela está realmente irritada por baixo de todo o sarcasmo, e não a culpo. Eu não segui o código, coloquei os *bros* antes das *hos*, e agora ela será forçada a testemunhar sabe-se lá quantos dias de meu jeito desajeitado e constrangedor na frente do Peter. Mas, no ano passado, nós duas fomos a inúmeras festas em que Harp sumiu pelos quartos com algum garoto, enquanto eu ficava sentada e bebia cerveja constrangida na cozinha, morrendo de medo de que ela acabasse sendo ferida ou crucificada. Então não vou ficar me martirizando por ter convidado Peter para ir com a gente. E, de qualquer forma, estou nervosa. — Já entendi, mas por enquanto dá para prestar atenção lá fora?

Gostaria de dizer a ela que não tenho a menor chance. Não é como se eu não estivesse decepcionada. Sempre fui invisível para os caras de quem gostava, é o superpoder que nunca quis, mas com o qual tive que aprender a conviver. Antes do Arrebatamento, isso me incomodava mais, especialmente quando eu olhava para os meus pais, tão felizes, tão dependentes um do outro, tão apaixonados, mesmo depois de mais de vinte anos juntos. Eles eram pouco mais velhos do que eu quando se conheceram, o que significa que os dois deviam ter a habilidade de ser notados. Eu sempre me perguntava como tinham conseguido e por que não passavam o conhecimento adiante. Mas agora as coisas mudaram. Não sei quanto tempo ainda me resta. E, embora isso tenha me ajudado a ser menos dócil do que antes, também me deixou com preguiça desse tipo de coisa. Não vou passar os próximos quatro meses sofrendo porque Peter não lembrava que me conhecia, não se lembrava nem mesmo de não ter gostado de mim. Não vou pensar em como ele é mais maduro do que eu: é literalmente um adulto, tem 18 anos, e se tornou órfão há muito mais tempo, de modo bem menos repentino. Em que mundo um cara desses iria olhar para uma garota um ano mais nova, cuja vida foi marcada pela indecisão e pela inércia, e ainda gostar dela?

A porta do prédio se abre, e Peter aparece na soleira. Ele está usando óculos de armação preta e camiseta cinza. Tem uma mochila jogada nos ombros, um estojo de violão na mão e uma sacola plástica cheia dos suprimentos dos armários de sua cozinha na outra. Decidimos partir imediatamente, enquanto ainda estamos sob o efeito da adrenalina, mas estou começando a notar todas as falhas em nosso plano, todas as coisas em que ainda não pensei. Por exemplo, comida.

Por exemplo, gasolina. Por exemplo, o fato de que não conhecemos esse cara.

— Oi — cumprimenta Peter, saindo da área iluminada perto da porta do prédio e atravessando as sombras na nossa direção. — Ainda bem que vocês estão aqui. Ainda bem que não foi só imaginação minha.

Dou uma risada. Quero que uma resposta inteligente simplesmente saia da minha boca, mas tudo o que consigo pensar em dizer é:

— É mesmo, né?

Harp olha para o estojo de violão na mão dele, e quase posso ouvir seus pensamentos: *rodinha de violão, rodinha de violão, rodinha de violão*. Nós três andamos em silêncio até o carro. Peter nos contou que muitos de seus vizinhos são jovens Descrentes que tentam não chamar muita atenção, mas mesmo assim estou nervosa. Os destinos de Raj e Melodie Hopkirk ainda reverberam em minha mente como pesadelos. Dirigimos de volta para Pittsburgh na escuridão inquietante, e Peter fica vigiando o carro enquanto Harp e eu vamos correndo até o apartamento dela para arrumar nossas coisas. Deparamos com um pequeno grupo de homens barulhentos e aparentemente bêbados no fim do quarteirão. Da porta do prédio de Harp, conseguimos ver que usam roupas formais de ir à Igreja.

— Merda, merda, *merda* — murmura minha amiga, entre os dentes, apesar de os homens estarem se afastando.

Prendo a respiração até entrarmos no prédio e fecharmos bem a porta.

— Peter é legal, não é? — pergunto, enquanto subimos as escadas. — Quer dizer, você não pode fingir que ele não é legal.

— É bem legal — concorda Harp. — Tenho certeza de que tem um monte de assassinos legais por aí.

— Você está mesmo preocupada com isso?

Ela dá de ombros.

— Ele não está contando toda a verdade. Sei que você também reparou nisso. Ficou bem nervoso quando você perguntou sobre a Igreja, querendo entender como ele sabia tanta coisa.

— É um assunto delicado para todo mundo — comento.

— Pode ser. Ou talvez ele esteja escondendo algo de nós de propósito.

Em teoria, consigo entender a preocupação de Harp, mas me parece impossível que Peter não seja bom, que seu interesse em nos ajudar não seja sincero. E também fico meio irritada — acabei de fazer o que Harp tenta me convencer há meses: uma loucura. Eu esperava um tapinha nas costas, não uma bronca.

— Não era você quem queria falar com ele, para início de conversa? — pergunto. — Você que queria *usar* os contatos dele na Igreja.

— Isso foi antes de saber que a gente ia passar sabe-se lá quanto tempo em um carro com ele! — exclama Harp. — Se eu soubesse que a gente ia viajar de carro com caras desconhecidos, teria dado alguns telefonemas antes.

— Então vá dar seus telefonemas, se é isso que está incomodando você.

Chegamos à porta do apartamento de Harp.

— É claro que não é isso que está me incomodando, Viv. — Ela suspira e pega as chaves de casa. — É só que esta noite não foi como eu esperava. E sinto muito, mas acho que tenho dúvidas se essa viagem é mesmo uma boa ideia.

— Olha — começo a responder, enquanto ela abre a porta —, você não precisa vir se não quiser. Mas eu vou. E acho que Peter também deve ir. Afinal de contas, é o pai dele. E, bem, pode ser que a gente...

Não termino a frase. Harp acende a luz, e notamos que o chão da sala está coberto de cacos de vidro. O vidro do janelão que dá para a rua está estilhaçado. Harp fica imóvel, com a mão na maçaneta, olhando de um lado para outro em busca de um intruso, mas não encontra ninguém. Aponto para o meio do carpete. Há um grande tijolo vermelho, e nele tem um papel amarrado com barbante. Abro o bilhete. Rabiscada à mão está a palavra "SAPATÕES". E, logo embaixo, tem "PUTAS" em outra caligrafia, como se o grupo de Crentes que jogou o tijolo não tivesse chegado a um consenso. Entrego o bilhete a Harp, que lê as palavras e senta-se no chão. O rosto dela perdeu a cor. Sei que está pensando em Raj. Eu também estou.

— Califórnia? — pergunto.

Ela olha para mim, ainda sentada.

— Califórnia — sussurra.

Harp enche uma mala de jaquetas cobertas de lantejoulas, vestidos vintage, botas, casacos com capuz e enfeites de cabelo, então se senta em cima de tudo para fechá-la, bebendo água direto do gargalo de uma garrafa que encontrou na cozinha. Jogo tudo o que tenho — as seis ou sete mudas de roupa que me restam, o diário improvisado e o celular descarregado e inútil — na mochila. Quando levo a bolsa para a sala, reparo que a marreta da casa dos meus pais está apoiada em um canto — Harp e Dylan devem tê-la trazido quando fugiram de Shadyside. Apoio a ferramenta no ombro.

— Tem certeza de que vai precisar disso tudo? — pergunto a Harp, que assente sentada na mala estufada.

— Nunca fui à Califórnia — diz ela. — Não sei o que se usa por lá.

Como estamos indo embora, suponho que ela vá pegar algum pertence de Raj para levar na viagem. O apartamento está cheio de coisas que nos fazem lembrar de como ele saiu daqui pensando que voltaria. Uma revista de moda masculina aberta no braço do sofá. Um par de meias emboladas em um canto, onde ele deve tê-las jogado depois de tirá-las, como o vi fazer tantas outras vezes. Tem um bilhete dele na geladeira. HARP. COMPRE. LEITE. PORRA. Se Harp repara nessas coisas, não comenta. Ela arrasta a mala e a garrafa d'água até a porta e fica lá, parada, me esperando. Do lado de fora, pega as chaves e se atrapalha para trancar a fechadura.

— Ei — digo —, calma.

Mas ela ri e joga as chaves escada abaixo.

— Tipo — começa —, não é como se a gente fosse voltar.

Na rua, Peter aguarda apoiado no carro, de braços cruzados, parecendo tão nervoso quanto nós duas devemos estar aparentando também. Ele arregala os olhos quando nos vê chegando.

— Uau — comenta. — Você fica bem assim.

Olho para Harp, com quem imagino que esteja falando, então de volta para ele. Mas Peter está olhando diretamente para mim. Desvia os olhos para o meu ombro, e me lembro da marreta que estou carregando.

— Ah — respondo, nervosa. — É só... Só por precaução. Sabe?

— Sei. — Peter sorri enquanto abre a porta de trás. — É que combina com você. Devia carregar uma dessas o tempo todo.

Sinto um arrepio de entusiasmo enquanto levo minhas coisas e as de Harp para o porta-malas. Ele está mesmo flertando comigo? Minha amiga se senta no banco do carona, colocando óculos escuros, apesar de estar tarde, e eu vou para trás do volante. Apoio a marreta ao lado do freio de mão. Tiro as fotos dos meus pais do bolso do casaco e as coloco no painel. Quero poder olhar para eles enquanto dirijo rumo ao desconhecido, quero me lembrar de por que estou fazendo isso.

Enfio a chave na ignição e a seguro lá. Percebo que estou esperando que alguém fale alguma coisa, comemore nossa partida. Mas nada acontece. Só ficamos sentados no carro, em silêncio, por um segundo a mais do que o necessário. Então viro a chave e piso no acelerador. Em um minuto estamos aqui, no instante seguinte, estamos partindo. Simples assim.

Quando o sol se levanta no horizonte de árvores ao longo da estrada, já atravessamos a fronteira com Ohio. É um lindo dia de maio, e estou exausta. Esperava que Harp ficasse em silêncio remoendo suas ressalvas, mas, assim que saímos da Pensilvânia, ela começa a tagarelar sobre nada em particular, sobre o que quer comer no almoço, por exemplo, se nossa rota devia ou não incluir o Grand Canyon e onde é que fica o Grand Canyon, aliás. Esperava que fosse antipática com Peter, mas é claro que começa a flertar com ele.

— Toque alguma coisa pra gente, Peter! — pede ela em uma voz afetada, batendo no braço dele de um jeito meio brincalhão.

Batuco o volante com os dedos e tento não ficar magoada. Harp gosta de garotos, e os garotos gostam dela — isso é uma verdade fundamental na minha vida há quase um ano.

De repente, a várias saídas de Cleveland, ela me pede para encostar o carro.

— Estou cansada — reclama. — Não consigo pegar no sono aqui na frente. Quero trocar de lugar com Peter.

— Pensei que você fosse dirigir no segundo turno — comento.

— Estou muito cansada. Quer que eu durma ao volante?

Paro no acostamento, e Harp abre a porta imediatamente. Ela se afasta vários metros do carro e se inclina para a frente, apoiando as mãos nos joelhos. Peter sai do carro e olha para ela por um tempo, depois se debruça para falar comigo.

— Posso assumir o volante, se você quiser cuidar dela.

Balanço a cabeça.

— Ainda aguento mais uma hora. E ela está bem, de qualquer jeito.

Peter dá de ombros e senta-se no banco do carona. Na mesma hora, sinto seu cheiro de limpeza, uma mistura de sabão, fogueira e canela. Depois de um tempo, Harp volta para o carro, se joga no banco de trás e deita em uma pose dramática, com o braço por cima dos olhos. Mal atingimos o limite de velocidade de novo quando começamos a ouvir os roncos suaves vindos de lá.

— Ela teve umas semanas difíceis — comento, em tom de desculpas.

— Todo mundo teve. Sem problema. Ela é engraçada.

— Bem — retruco. — Ela também é meio pentelha.

Peter ri.

— É verdade — concorda. — Mas entendo por que vocês são amigas.

Há um momento de silêncio, então, antes que eu consiga me conter, pergunto:

— Você não se lembra da primeira vez que a gente se viu, né?

Solto um grunhido por dentro. Peter desperta meu lado menininha que diz em voz alta tudo o que se passa no seu cerebrozinho idiota. Olho de soslaio e noto que ele está me encarando com um meio sorriso confuso. Sei que está vasculhando as lembranças à minha procura, sem sucesso.

— Tudo bem — continuo. — Nos falamos muito rápido, na festa de Véspera do Arrebatamento. Harp organizou tudo, e acho que ajudei um pouco. Você não lembra?

— Não... — começa Peter, devagar. — Não lembro mesmo.

— Conversamos por pouco tempo. Você perguntou em que eu acreditava, e não consegui responder. Disse que pensar no apocalipse era meio deprimente. Estava bancando a "princesa arco-íris", em vez de a "garota legal e desinteressada", mas, de qualquer forma, tenho quase certeza de que você me achou uma idiota.

Peter faz uma careta.

— Parece que fui meio babaca com você.

— Não foi isso — afirmo, tranquilizando-o. — Você só se mandou bem rápido. Eu teria feito o mesmo.

— Foi uma noite difícil para mim. — Ele pega a garrafa d'água de Harp no apoio de copos e começa a brincar com o rótulo rasgado. Toma um gole e faz uma pausa. — Antes de eu ir para a festa, meu pai me ligou pela última vez. Ele mal estava lúcido. Então eu fiquei meio nervoso. Além do mais, não sou bom em falar com gente nova. Melhorei um pouco nisso no último mês, mas só por necessidade, já que agora todo mundo é gente nova. Foi mal.

— Não se preocupe! — respondo, em uma voz alegre. Eu me sinto mal por ter tocado nesse assunto constrangedor, e meu instinto é reverter a situação tentando falar no tom animado que as revistas da Igreja Americana implantaram em meu cérebro. — Tinha me esquecido completamente disso, até ontem!

— Tem certeza? É que meio que parece que isso ficou na sua cabeça.

— Não! Claro que não! — A voz da revista é alguns oitavos mais alta que a minha, mais parece um arrulho e pontua todas as falas com exclamações. — Não seja bobo!

— Bem — retruca Peter —, mesmo assim, eu sinto muito. Que tal a gente se conhecer de novo?

Fico tão chocada que paro de falar na voz falsamente animada.

— O quê?

— Assim. Pronta? — Ele segura a garrafa d'água como se fosse um copo de plástico e olha pelo para-brisa, balançando a cabeça ao ritmo de uma música imaginária. Ele se vira para mim, assente em um cumprimento simpático e diz: — E aí? Sou Peter Ivey. Acabei de falar no telefone com meu pai, que, além de ter me abandonado, é psicoticamente fissurado na minha danação eterna. Mas a festa tá maneira, né?

Dou risada.

— Ah, oi — respondo. — Meu nome é Viv. Acho que esse negócio de Arrebatamento é um fenômeno complexo e cheio de nuances, mas este provavelmente não é o melhor lugar para explicar minhas diversas reflexões inteligentíssimas sobre o assunto. Mas, se tivesse que resumir tudo, diria que é meio deprimente.

— Parece razoável — concorda Peter. — Vamos viajar de carro juntos!

Então ele ri, uma risada nervosa e feliz, e eu o acompanho. Estou contente por Harp estar dormindo. É como se eu estivesse sozinha com ele, como se tivesse outra chance de mostrar meu verdadeiro eu. Depois de um momento, Peter pega as fotos no painel.

— Agora que finalmente nos conhecemos — comenta ele —, posso saber quem são esses aqui?

— Ah! Esses dois na foto de cima, sendo batizados, são os meus pais.

Espero que ele passe logo para a próxima foto, mas está olhando fixo para o rosto do meu pai, como se estivesse tentando memorizá-lo, e depois faz o mesmo com o da minha mãe.

— E esta foto aqui?

— Achei essa no apartamento dos meus avós. Está vendo a garota de cabelo azul, ali na segunda fileira? É a minha mãe com uns dezessete anos.

Peter ri, achando graça.

— Ah, então ser fodona é de família?

A princípio, não entendo o que ele quer dizer. Começo a balançar a cabeça para corrigi-lo — quase digo que não, que aquela é a *minha* mãe —, mas aí entendo que ele não se enganou, que sabe disso. O que me faz corar um pouco, e também me deixa meio chateada, porque ele ainda não me conhece. Nas últimas horas, acabou ficando com a impressão de que sou muito mais legal do que na realidade.

— Não é bem assim — explico. — Acho que posso ter passado essa impressão por ter resolvido liderar essa empreitada louca. Mas costumo ser exatamente o oposto do que você está vendo agora.

— Acho difícil acreditar nisso — comenta Peter.

— Confie em mim. A durona deste carro está dormindo no banco de trás.

— Olha, cara — começa Peter, um instante depois —, sei que estou só julgando pelo que vi até agora, mas você está falando de uma Viv que ainda não conheci. A Viv que *eu* conheço, apesar de não ser um especialista no assunto, porque só a conheci oficialmente há uns cinco minutos, é uma *badass* que carrega uma marreta. É a única pessoa que conheci nos últimos dois meses que disse: "Não sei o que está acontecendo, vamos descobrir." Você sabe que é muito mais fácil não tentar, né? É muito mais fácil se encolher em posição fetal e deixar o mundo acabar.

— Eu sei — respondo. — Preciso constantemente resistir à tentação de fazer isso.

Peter dá de ombros.

— Bem, é preciso muita coragem para resistir.

Ficamos em silêncio por um tempo, e mais uma vez preciso silenciar a voz de revista na minha cabeça. ("*Analise os elogios dele para o caso de encontrar algum significado oculto. Será que o garoto está admirando seu rosto, seu corpo, ou as partes menos puras da sua pessoa? Se é isso, significa que ele é um pagão que quer destruir sua virtude! Ele está elogiando sua religiosidade e obediência? ENTÃO ESSE É PRA CASAR!*") Quero acreditar no que Peter está dizendo. Ele pigarreia.

— Além disso — continua —, talvez não seja da minha conta, mas sabe a sua amiga durona no banco de trás? Ela está completamente bêbada. — Ele levanta a garrafa d'água de Harp. — Isto aqui está cheio de vodca, sabia?

CAPÍTULO 10

UMA HORA DEPOIS, PARAMOS NO acostamento e trocamos de lugar ao volante, e Peter foi dirigindo até a fronteira de Indiana. Já são quase oito e meia da manhã, e Harp ainda está dormindo no banco de trás. Não a vi se mexer nem um pouquinho desde que se deitou, então toda hora me viro e ponho o indicador bem debaixo do seu nariz para conferir se ela continua respirando. O que devo fazer depois de descobrir que minha melhor amiga encheu a cara escondida hoje? Em parte penso que isso é só Harp sendo Harp, mas por outro lado estou meio chateada — por mais que eu saiba que somos diferentes, às vezes é estranho pensar nas coisas que Harp faz que eu jamais faria. *Ela está passando por um período difícil*, penso, na sexta ou sétima vez que me viro para trás depois de imaginar minha amiga morrendo sufocada com o próprio vômito. Mas então penso, como Peter falou: *Todo mundo está*.

Enquanto isso, nos bancos da frente, ele e eu batemos papo durante os quinze minutos em que consigo deixar pra lá minha preocupação com Harp. Conversamos sobre livros, filmes, bandas e a mãe dele. Falamos sobre o que estaríamos fazendo neste momento se o Pastor Beaton Frick nunca tivesse existido. Peter se imagina na faculdade em Nova York, andando pelas ruas cheias de gente, lendo no metrô, deitando na grama do Central Park nos dias de sol. Eu estaria me preparando para o baile de pré-formatura. Teria ido comprar um vestido com minha mãe, rachado uma limusine com Lara e as outras, e, quando Harp chegasse na festa tropeçando um pouco nos saltos muito, muito altos e usando um vestido justo, curto e brilhante, eu a julgaria. Como castigo por essa realidade alternativa, verifico outra vez a respiração dela e ajeito seu cabelo, tirando-o do rosto.

Ela acorda quando paramos em um restaurante na estrada perto de South Bend. Harp se senta no banco de trás, limpa a bochecha babada e fala, parecendo confusa:

— Porra, preciso muito mijar.

Antes que eu consiga dizer qualquer coisa, ela abre a porta e entra no restaurante. Enquanto Harp estava dormindo, Peter e eu concordamos em ir com calma no caminho até a Califórnia. A cultura Crente parece variar muito, indo de benigna a assustadora de repente, e então volta ao normal. Quando Harp acordou, estávamos planejando assumir identidades falsas na hora de interagir com estranhos, nos passando por personagens que nos garantiriam certa proteção — por exemplo, o irmão mais velho Crente que leva sua irmã pecadora e a amiga dela de volta para o bom caminho. "Será como um jogo", comentara Peter, animado, quase me convencendo. Mas agora lá está Harp, disparando para o restaurante sem nem considerar o perigo que pode estar correndo.

Peter e eu a seguimos.

— Olha só quanto carro — comenta ele, e só então noto que o estacionamento está cheio. — O que esse povo todo está fazendo aqui numa segunda de manhã?

— Sei lá — respondo. — Não sei se isso me deixa mais ou menos assustada.

Lá dentro está bastante movimentado: há pessoas paradas na fila para comprar comida e café, ou sentadas com as famílias ao redor das pequenas mesas de fórmica, dividindo latinhas de energéticos. Estão vestidas como pessoas normais. Conversam e dão risadas, e as crianças correm em círculos uma atrás da outra. As mulheres não parecem subordinadas aos homens, e talvez tenha até um casal gay dividindo alegremente um refrigerante — tem tanta gente que é difícil ter certeza. Ao meu lado, Peter suspira, aliviado, então sorrimos um para o outro, e sinto uma onda de energia tímida que começo a associar à presença dele.

— Quer comprar comida enquanto eu busco água? — sugere Peter. Então acrescenta: — Água de verdade.

Nos separamos. Na noite passada, antes de sairmos do apartamento de Harp, nós duas pegamos o dinheiro que ela sacou da conta dos pais e o dividimos em várias bolsas, bolsos e pares de meia enrolados. Não queremos carregar muito com a gente, para o caso de acontecer o pior e acabarmos nos separando. Mesmo assim, tenho 338 dólares comigo, distribuídos em diferentes bolsos da calça jeans, do casaco e no forro da bolsa. Parece muito, até que penso em como esse dinheiro precisa durar. A placa lá fora diz que cada galão de gasolina custa $9,82 — preciso acreditar que isso seja um erro para não começar a chorar em um restaurante de beira de estrada. E mesmo que a gente economize muito pelos próximos dias, enquanto atravessamos o país, ainda vamos precisar nos sustentar quando chegarmos aonde quer que a gente acabe chegando.

Estou parada na frente do caixa do BurgerTime, examinando o cardápio em busca das opções mais baratas e/ou que vão nos manter satisfeitos por mais tempo — frango à milanesa? Salada de cheesebúrguer com muito queijo? — quando de repente ouço uma voz:

— Vivian? Vivian Apple?

Olho para a caixa. Sob as luzes fluorescentes, ela parece ter a minha idade, e usa uma viseira com listras vermelhas e uma camisa polo branca que combinam com o logotipo do

BurgerTime. Os cachos pretos estão presos em um coque apertado no topo da cabeça.

Abro a boca para pedir desculpas e dizer que ela se confundiu, mas sei que não pode ser isso: ela disse meu nome. E, mesmo sem conseguir me lembrar bem de onde a conheço, há algo familiar naqueles olhos tristes e no sorriso agradável. Sorrio para ela, um pouco confusa.

— Jesus Cristinho! — Não tinha ouvido Harp chegar, mas aqui está ela, cheirando vagamente a vodca velha e álcool em gel. — Em que porra de lugar a gente veio parar? O que Edie Trammell está fazendo aqui?

É claro que é Edie Trammell. Por que não seria?

Edie foi da nossa turma durante anos, membro sempre animado do anuário e uma jogadora de softball razoável. Mas não a víamos desde que os pais a tiraram da escola, com o irmão mais novo, quando estávamos no sexto ou sétimo ano. A fofoca era que eles tinham feito aquilo por motivos religiosos — eram contra os livros que líamos na aula de inglês e o evolucionismo que começávamos a aprender na aula de biologia. Isso foi logo antes de Frick prever o Arrebatamento, mas, até onde sei, os Trammell não viraram Crentes antes de todo mundo — frequentavam outra igreja, mas seguiam sua fé com fervor. Pelo menos, é o que diziam por aí. É engraçado pensar em como antigamente ficávamos confusos com atitudes extremistas tomadas em nome de Deus. Agora os pais de Edie parecem iguais a todos os outros. É a primeira vez que a vejo desde que ela saiu da escola. O último boato de que me lembro foi contado por Lara Cochran, logo antes de sua conversão. Ela estava trabalhando à tarde em uma sorveteria na vizinhança e disse que Edie entrara lá com um homem muito mais velho, que alegava ser seu noivo. Na época, Lara ficara escandalizada e se perguntara, em voz alta, daquele jeito meio puritano, se aquilo queria dizer que "Edie Trammell não era mais virgem". Mas nada disso explica o que ela está fazendo aqui, fritando hambúrgueres num restaurante de beira de estrada em Indiana.

— Sabia que era você! — comemora Edie. — Vivian Apple! E Harp Janda! Eu reconheceria vocês duas em qualquer lugar! Não acredito! — Ela sai de trás do caixa e contorna o balcão para nos dar um abraço, e só então noto que está enorme de grávida. Ela se inclina por cima da barriga gigantesca para agarrar meu pescoço num abraço, e, quando faz o mesmo com Harp, minha amiga me encara por cima do ombro de Edie com olhos arregalados.

— Oi, Edie — cumprimento. Ainda não sei direito o jeito certo de reconhecer em voz alta que uma mulher está grávida, mesmo depois de ter visto algumas garotas da minha idade passarem por isso. — É tão... estranho te ver. Como foi que veio parar aqui?

Mas ela não tem chance de responder porque um homem com um enorme bigode loiro de morsa chega onde ela deveria estar, atrás do balcão, e para com as mãos nos quadris.

— Edie? Com licença, estou interrompendo a sua reunião?

— Ai, meus Deus! Me desculpe, Sr. Knackstedt! São só umas velhas amigas minhas!

— Sabe que elas não ganham comida de graça só porque conhecem você, né? — O Sr. Knackstedt olha cheio de desprezo para mim, Harp e Peter, que surgiu atrás de nós com uma sacola de plástico cheia de garrafas d'água.

Edie concorda com a cabeça.

— É claro, Sr. Knackstedt! — Então se vira para nós, ainda com um sorriso de puro prazer. — Bem, garotas, tenho que voltar. Mas meu intervalo é em vinte minutos, então será que vocês podem esperar um pouquinho? Pra gente botar o papo em dia! — Ela dá um beijo na bochecha de Harp e outro na minha, então volta depressa para trás do balcão, com o máximo de delicadeza possível para uma mulher extremamente grávida.

Não conseguimos lidar com o climão de comprar nosso almoço com Edie, e não queremos que ela se encrenque com o gerente. Pedimos três fatias de pizza gordurosa (já imagino nossa reserva de dinheiro se esvaindo...), e observo Harp devorar a dela enquanto como a minha devagar, dando mordidas contidas, pensando que, se eu ficar bem satisfeita agora, talvez não precise gastar dinheiro com o jantar. Depois de um tempo, Edie caminha até nós com dificuldade e joga a viseira na mesa.

— Ufa — comenta ela, sentando-se na cadeira ao lado de Peter. — Que dia! Estou em pé desde de manhã cedo, e ainda falta bastante para meu turno acabar.

— Edie — começo. Tenho um milhão de perguntas para ela, mas esta parece a mais inofensiva. — Este lugar sempre fica tão cheio?

— Tem ficado nas duas últimas semanas — explica ela —, mas só porque a maioria das pessoas vem de uma cidadezinha não muito longe da rodovia 1-80. Parece que o pessoal da Igreja Americana estava dando muita dor de cabeça para os Descrentes, não que fosse intenção deles, claro, então a galera está vivendo nos carros e passa a maior parte do dia por aqui.

— Como foi que você ficou grávida? — pergunta Harp, de repente, mastigando a borda da pizza.

Edie fica vermelha. Quero olhar feio para minha amiga, mas resisto ao instinto de dar uma de mãe pra cima dela; sei que ela odeia quando faço isso.

— Você não precisa responder nada que não queira, Edie — digo.

— Não, tudo bem! Não me importo de contar a história para velhos amigos, ou mesmo para os novos! — Edie sorri para Peter, e acho que não vale a pena lembrá-la de que nem eu nem Harp éramos amigas dela de verdade. Edie era só uma colega de turma que um dia sumiu, e que nunca nos demos o trabalho de procurar. — Vocês devem lembrar que comecei a ter aulas em casa no final do ensino fundamental, né? Nós éramos da Igreja Batista na época. Bem, acho que meus pais ainda são, sei lá! — Ela sorri enquanto fala, mas balança bastante o joelho direito, em um gesto nervoso. — O que aconteceu foi que... Nossa, isso já faz mais de um ano! Enfim, um dos nossos pastores se converteu à Igreja Americana. Mantivemos contato depois que ele saiu, e o cara não parava de tentar me converter. Até me deu uma edição muito bonita do Livro de Frick e me fez ler um capítulo por noite. Depois discutíamos nossas impressões. Sabe — começa a falar como se estivesse na defensiva —, sei o que isso tudo deve parecer para os Descrentes, mas também tem muita coisa boa lá. A Igreja é muito boa em ajudar a comunidade, dando suporte e protegendo uns aos outros. Acho que não teria me convertido, se não fosse por isso tudo. Mas é verdade que — continua ela, meio tímida — também nem teria considerado me converter se não gostasse tanto do Christopher. Era mais velho que eu, teria feito 23 na semana passada. Ele me disse que eu precisaria ser batizada em segredo, para que meus pais não tentassem impedir a minha salvação, então contei a eles que ia para o Jubilee. Lembram? O Festival Anual da Juventude Cristã, lá em Akron. — Edie olha de Harp para mim como se soubéssemos do que ela estava falando, mas balançamos a cabeça. — Tive que implorar pela permissão deles, e os dois finalmente me deixaram ir. Me colocaram em um ônibus para Akron — nesse momento a voz dela falha —, e foi a última vez que os vi.

— Christopher foi Arrebatado? — pergunta Harp. A voz dela está mais suave, mais solidária.

É difícil não se sentir mal pela garota sentada ali na nossa frente, grávida, à beira das lágrimas, com um crachá do restaurante BurgerTime que diz: "*Quer saber mais sobre nossos cachorros-quentes com batatas fritas? Fale comigo!*"

— Acho que sim — responde ela. — Mas não o vejo faz uns seis meses.

Peter inspira rápido, com raiva, na mesma hora que exclamo:

— Ah, Edie!

Edie dá uma risada nervosa.

— Estou fazendo isso parecer muito pior do que é. Ele se casou comigo, afinal de contas! O pastor da Igreja que me batizou também realizou a cerimônia logo depois, para que pudéssemos...

Harp ergue uma sobrancelha.

— Para que pudéssemos ficar juntos, segundo a vontade de Deus — completa Edie. — Christopher disse que casar iria me redimir aos olhos da Igreja por ter desobedecido meus pais. E isso era importante para mim, eu me sentia muito culpada. Bem, de qualquer forma, mais tarde fui abençoada com a gravidez, e apenas dois meses depois ele foi transferido para uma Igreja em St. Paul. Não liguei muito de ir embora de Pittsburgh. A única coisa que me deixou magoada foi que não tivemos chance de nos despedir dos meus pais. Eu achei que teríamos, mas Christopher disse que não dava tempo. Sabe, íamos de carro para St. Paul. Christopher queria que eu visse o país, queria visitar outras paróquias, pois o Arrebatamento estava chegando. Ele estava tão animado. E eu... — Edie para um pouco e engole em seco. Então sorri para nós, como se pedisse desculpas. — Eu não me sentia tão animada assim. Estava com medo do que aconteceria com a gente, com meus pais e com todos os meus amigos Descrentes. Christopher tentou ser paciente, mas acho que minhas dúvidas eram demais para ele. Talvez o fizessem questionar a própria fé. Não sei. De qualquer forma, seis meses atrás acordei sozinha no quarto de um motel próximo à saída dessa estrada. Ele deixou um bilhete dizendo que tivera uma visão indicando que deveria seguir para St. Paul sozinho, mas que estava tudo bem, porque nos reencontraríamos no Reino dos Céus.

— Ele deixou algum dinheiro para você? — pergunta Harp.

Edie balança a cabeça.

— Mas pagou pelo quarto, o que foi legal. E eu não achava que fosse precisar de dinheiro, afinal, só faltavam quatro meses para o Arrebatamento. Nunca me passou pela cabeça que eu não seria salva, ainda mais carregando uma alma extra. — Ela esfrega o barrigão com tristeza. — Então vim até este restaurante, perguntei se estavam contratando e esperei. E o Dia do Arrebatamento chegou e passou, e eu ainda estou esperando.

— Onde você mora? — pergunto, com medo da resposta.

Conforme eu temia, Edie balança uma das mãos, indicando que mora aqui.

— Tem uma sala de descanso no andar de cima, e me deixam usar o sofá. Eu mantenho tudo bem arrumadinho, então não fiquem me olhando desse jeito. E posso comer no BurgerTime de graça, a hora que quiser. Tem muita gente lá fora que está pior que eu, sei disso. Logo mais terei um rapazinho para me fazer companhia, e vamos torcer para sermos levados nesse segundo Arrebatamento que estão falando que vai rolar.

De repente, Edie se apoia na mesa e se levanta. Ela olha para o balcão da loja e ergue o polegar animadamente para o Sr. Knackstedt, que olha irritado para o relógio de pulso.

— Meu intervalo acabou — explica. — Harp, Viv... foi bom ver vocês. Me desculpem por ter tagarelado sem parar e não ter ouvido nem uma palavra sobre o que estão aprontando. E... Ah, não fomos apresentados.

— Peter.

— Peter — repete Edie, com um suspiro. — É um nome muito bonito. Peter, foi um prazer conhecê-lo. Espero não ter falado demais no seu ouvido. Que Deus abençoe vocês três.

Ela pega a viseira na mesa e volta devagar para a caixa registradora. Harp alcança o resto de pizza que deixei no prato e morde o queijo borrachudo, esticando-o.

— Bem, isso foi *deprimente*. Coitada da Edie. Homem não *presta*, cara. Sem ofensa — completa Harp, virando-se para Peter. — Mas homem não *presta*.

Não digo nada. Estou meio enjoada. É difícil descrever como me sinto. Fiquei meio deprimida com a história de Edie e com este restaurante enorme de beira de estrada cheio de gente que não tem para onde ir. Mas também estou com raiva. De repente, sinto tanta raiva que preciso me levantar, chutar e socar alguma coisa, depois correr por horas e mais horas. Estou cheia de energia. Quero destruir a Igreja Americana. Olho para Peter e percebo que ele está me encarando. Seu rosto está inexpressivo, mas, de algum jeito, sei exatamente no que ele está pensando. E sei que está pensando o mesmo que eu, embora eu ainda não tenha articulado a ideia nem para mim mesma. Edie precisa da nossa ajuda.

— Por mim tudo bem — diz ele, baixinho.

Olho para Harp.

— Tudo bem para ele o quê? — pergunta ela, confusa. Então a ficha cai. — Espera. Não. Por favor, diga que não. Viv. Isso não é nossa obrigação. Não é nossa responsabilidade. Ela está bem. Viv! — grita, quando atravesso o restaurante até o caixa diante de Edie, que espera, sorridente. — Não cabe todo mundo no carro!

A princípio, Edie não entende.

— Vocês querem que eu vá com vocês para o Monte Rushmore? — repete. — Por diversão? Vocês vão visitar os Locais Sagrados?

— Não exatamente — responde Peter. Nós dois estamos parados ao lado do caixa, tentando convencê-la entre um cliente e outro a se juntar a nós. Harp ficou mais atrás, em silêncio. A simpatia exuberante de Edie diminuiu um pouco, e ela olha ao redor nervosa enquanto conversamos, de olho no gerente. — Vamos visitar alguns amigos meus que moram lá. Amigos que conheci na... internet.

Peter dá de ombros para mim, percebendo como isso soa estranho. Mas tenho o mesmo instinto de manter nossa verdadeira missão em segredo. Edie deve ser a pessoa mais sinceramente boa do mundo, mas um Crente é um Crente.

— Parece divertido! — responde ela, depois de registrar o pedido de um casal de velhinhos. — Mas acho que vou passar. Obrigada pela oferta, mas não posso largar meu emprego, não na minha atual condição. Tirem muitas fotos, e se acontecer de pararem por aqui de novo...

O Sr. Knackstedt, parado diante do fogão, nos fundos, coloca uma bandeja na janela de comunicação com a cozinha e olha para nós. Então franze a testa.

— Edie! — grita ele. — Sabe quantos adolescentes esfomeados venderiam a avó para conseguir esse seu emprego? Tente se mexer um pouco!

— Desculpa! — pede ela, pegando a bandeja e entregando-a ao casal que esperava. — Desculpa mesmo! Meus amigos já estão de saída!

Dou um passo para a frente.

— Edie, escuta...

— Chega de conversa! — grita o Sr. Knackstedt.

— A gente já tá saindo, cara! — grita Harp, dando um passo adiante para ficar do meu lado. — Calma!

— Edie — insisto —, vamos para Keystone atrás dos Novos Órfãos. Sabe quem eles são? É uma organização que se decidi a derrubar a Igreja. Precisamos de informações sobre o complexo particular de Beaton Frick, que fica na Califórnia, e então vamos para lá ver se conseguimos descobrir o que foi que aconteceu exatamente no Dia do Arrebatamento.

Edie arregala os olhos.

— Ah...

— Não sabemos o que vamos encontrar — explico. — E, se você prefere não fazer parte disso, não tem problema. Podemos levar você para algum outro lugar, para onde quiser ir, mas...

— Você acha que tem alguma coisa nesse complexo que explique por que fui Deixada Para Trás? — interrompe ela. — Porque é isso que não entendo direito. Por que fui Deixada Para Trás se fiz tudo direitinho?

— Eu não sei — respondo.

Edie fica bem quieta por um momento, então tira o avental e o deixa no balcão.

— Mas a gente vai poder ver o Monte Rushmore, né? — pergunta ela. — Deve ser maneiro.

Atravessamos todo o estado de Illinois naquela noite. Em algum ponto no meio do caminho, cruzamos uma linha imaginária dos fusos horários e ganhamos uma hora. Harp insiste em dirigir, pois não quer dividir o banco de trás com Edie. Desde que a tiramos de South Bend com sua mochilinha, a garota passa o tempo ora chorando bem alto agradecida, ora louvando Jesus, ora tentando descobrir notícias dos nossos antigos colegas de turma. Ela está sentada no meio do banco, espremida entre o violão de Peter e eu, e passo a primeira hora dizendo: "De nada! Tá tranquilo! Estamos felizes por você estar aqui!" Mas agora finjo que estou dormindo para não precisar mais ter que repetir isso. No entanto, não me arrependo nem um pouco do que fizemos, pois Edie está tão feliz... E sei que Harp também não está realmente arrependida, porque ela teve a oportunidade de gritar "VÁ SE FODER, SEU VELHO ESCROTO" para o Sr. Knackstedt quando saíamos do restaurante. E ainda consigo ver o rosto do Peter pelo retrovisor, com meus olhos entreabertos. Ele está com um sorriso no rosto.

No restaurante de beira de estrada, houve um momento em que Peter e eu lemos a mente um do outro — foi tão legal. Não consigo me lembrar de já ter passado por isso. Parte da graça de ser amiga da Harp é nunca saber o que ela está pensando. Deve ter existido uma época antes dos meus pais se converterem, quando ainda não discutíamos o tempo todo, em que nos conhecíamos bem. Mas, se isso aconteceu, nunca foi tão fácil, secreto e especial quanto agora, com Peter.

Seguimos as placas até um motel barato nos arredores de Des Moines e decidimos passar a noite lá. Peter e Edie pedem o quarto, fingindo serem casados. Depois de conseguirem as chaves, Edie murmura uma prece, pedindo perdão por ter mentido. Peter comenta que não sabe se os proprietários são Crentes.

— Tinha um crucifixo em cima da mesa na recepção, e a mulher que nos atendeu estava com a blusa abotoada até o pescoço — explica ele. — Mas ela parecia tão nervosa quanto a gente.

De qualquer forma, não vamos arriscar que vejam Harp e eu entrando de fininho. Se não forem Crentes, vão cobrar mais caro. Se forem, podem suspeitar que estamos fazendo uma orgia.

Tem apenas uma cama no quarto. Brigamos para ver quem vai ficar com ela — todos sugerimos que seja Edie, mas ela diz que vai ficar no sofá pequeno no canto. Peter insiste que é ele quem deveria ficar no sofá, e Harp teima que ele e eu deveríamos dividir a cama. Não para de repetir isso, com uma voz cada vez mais inocente, até que finalmente sou obrigada a dar um beliscão nela. No entanto, calamos a boca bem no meio da discussão: sinto uma coisa invisível passar por debaixo dos meus pés, tentando me desequilibrar. Será que vou desmaiar? O abajur desliza para a frente sozinho e se espatifa no chão.

— Hã — começa Harp, enquanto Edie, solenemente, murmura uma Ave Frick. — Não quero parecer uma idiota, mas... Isso foi um fantasma?

Peter balança a cabeça, pasmo.

— Foi um terremoto — explica.

Como cresci no oeste da Pensilvânia, nunca tinha sentido um terremoto. Apesar de ter sido fraco, é uma sensação horrível, como se o chão estivesse se voltando contra nós. Agora ninguém mais quer dormir sozinho. Apagamos as luzes, e nós quatro nos deitamos na cama, por cima das cobertas. Temos que fazer algumas manobras para que Edie não fique ao lado de Peter — ela é, como faz questão de lembrar, uma mulher casada — nem muito na beirada, para não cair. Fico na cabeceira, com Edie ao meu lado, Harp logo depois e Peter no pé da cama.

— Muito aconchegante, não? — comenta Edie.

Ouço-a murmurar suas orações, e depois sua respiração se acalma. Escuto os roncos de Harp assim que ela encosta a cabeça no travesseiro. Mas não sei dizer se Peter está acordado ou não. Quero falar com ele, sussurrar piadinhas a noite inteira. Quero que ele me conte as histórias de cada coisa que já fez ou viu. Mas está longe demais. Aperto minha mão esquerda com a direita, fingindo que é a dele. Então murmuro para o teto:

— Boa noite.

CAPÍTULO 11

QUANDO ACORDO NA MANHÃ SEGUINTE, Edie está dormindo abraçada a mim, e o sono lhe deixa com uma aparência angelical. Peter e Harp sumiram. Eu me sento e reparo que Harp está parada em frente à janela, roendo as unhas e espiando por trás da cortina. Acena para que eu vá até ela. Tenho que passar por cima de Peter, que deve ter caído da cama durante a noite e não acordou, ou simplesmente decidiu continuar no chão. Resisto ao impulso de me sentar na beira da cama e observar seu rosto enquanto ele dorme — o contorno escuro dos cílios longos formando semicírculos, os lábios entreabertos, a sombra escura de uma barba rala. Ando até a janela, e Harp abre um pouco mais a cortina, para que eu veja o lado de fora.

— É um milagre de Natal — sussurra ela.

Lá fora, a neve cai suavemente no estacionamento. Dá para ver o Sedan dos meus avós onde o deixamos, coberto por uma fina camada branca. Estamos no meio de maio. Não sei muito sobre o clima de Des Moines, mas suspeito que isso não seja normal.

— Tive que levantar. Ela reza até dormindo. — Harp balança a cabeça em direção à cama, indicando Edie. — Tem um limite para o número de Pais-Nossos que uma garota pode aguentar.

— Harp — começo —, quer falar sobre ontem?

Ela dá de ombros, observando a neve cair.

— Na verdade, não. Sei que estou sendo um saco, mas Edie não me incomoda. E fico feliz de verdade por ela não estar mais morando no estoque do BurgerTime.

— Não isso. — Não consigo evitar o sorriso nervoso que se forma em meu rosto, porque estou tentando fazer com que não pareça uma intervenção. — Estou falando da garrafa de vodca.

Harp demora um tempo para responder. Ela cutuca uma unha, pensativa.

— Eu estava surtada, falou? Aquele tijolo me deixou meio pirada. E essa viagem também.

— Você podia ter dito alguma coisa. Podia ter bebido toda a vodca que quisesse, mas devia ter me avisado.

— Sei lá, Viv. — Ela solta um suspiro. — Segundo a nossa tradição, é você quem fica num canto encolhida em posição fetal enquanto eu vou na frente, e fico resolvendo as merdas. Não estou dizendo que tem sido ruim deixar você tomar as rédeas, mas é que ao mesmo tempo é um pouco constrangedor. É um pouco constrangedor me sentir tão apavorada, pequena e incapaz.

— Eu sei.

— Eu sei que você sabe. E não me entenda mal. Adoro a Vivian 2.0. Ela é cabeça-dura e decidida. Ela é foda. Mas estou começando a pensar se nossa amizade não funciona melhor quando uma das duas está ferrada.

Quero dizer a ela que não acredito nisso — acho que nós duas podemos e devemos ser o mais fortes possível, sempre. Vamos mais longe desse jeito. Mas, atrás de nós, Peter e Edie começam a despertar, e Harp parece prestes a vestir novamente a máscara engraçada que usa para disfarçar as emoções. Seguro a mão dela.

— Se você sentir que está a ponto de explodir, pode me contar, tá?

— Relaxa, Viv — responde ela. — Da próxima vez, eu divido a vodca com você.

Quando terminamos de enfiar nossas roupas de volta nas malas e limpamos toda a neve do para-brisa, entramos no carro com o aquecedor ligado e analisamos o mapa da estrada. Keystone não parece muito longe — no mapa, consigo medir a distância entre o dedo indicador e o polegar. Mas Peter diz que a viagem levará umas dez horas, e sabe-se lá quanto mais para encontrar os Novos Órfãos. Ele é o único que tem um celular que ainda funciona, então o usamos para mandar um tuíte para Spencer G. "Onde fica o complexo?", escreve Peter. "Indo para Keystone, preciso de ajuda." Seguro o telefone no colo enquanto Peter fica com o primeiro turno ao volante, mas os Órfãos não respondem.

Tentamos dividir os turnos da forma mais justa possível entre Peter, Harp e eu. Edie se oferece para dirigir, mas também admite que não tem carteira de motorista, tecnicamente. Isso parece ser um risco desnecessário, então ela acaba ficando bastante entediada, levando Harp à loucura com as tentativas de iniciar cantorias em grupo. Todas as músicas que ela conhece são hinos obscuros da Igreja Batista, ou seja, o restante de nós pode apenas ouvir por educação. Para Harp, isso envolve um monte de comentários sarcásticos a cada vez que Edie começa uma nova música, por exemplo:

— Ah, Deus, você conhece mesmo um milhão desses hinos! Incrível!

E também:

— Uau, esse tem mesmo um monte de versos, né?

Quando o repertório de Edie acaba, ela nos pede para contar nossas experiências com o Arrebatamento, e o resultado são quatro histórias sombrias sobre como acordamos e descobrimos que o mundo estava completamente diferente e que cada um de nós fora de alguma forma abandonado.

Harp conta a Edie uma versão resumida da morte do Raj. A história é relatada em uma voz monótona e arrastada, como se Harp não tivesse nenhum interesse na compaixão de Edie, mas minha amiga deixa de fora o fato de que Raj era gay, o que me faz pensar que ela, no mínimo, quer evitar o desdém. Mas, como resultado, Edie fica confusa.

— Ele foi assassinado porque não era branco? — pergunta ela.

— Não — responde Harp. Então hesita. — Acho que não...

— Na Igreja tem muita gente branca — diz Edie. — Sei que falei que era uma comunidade na qual todos se protegem e cuidam uns dos outros, mas devo dizer que isso nem sempre pareceu verdade. Acho que alguns dos anciões criticaram o Christopher quando ele se casou comigo. Não posso provar, mas sempre suspeitei.

Há um longo silêncio, então Harp responde, com a voz gentil:

— Mataram Raj porque ele era gay, Edie. Não porque ele não era branco. Tenho certeza de que sua família está segura.

— Ah! — Ela fica obviamente constrangida, embora aliviada. Olho pelo retrovisor e a observo se recompor. Depois de um momento de silêncio, continua: — O que aconteceu com seu irmão foi uma tragédia. Me dá vontade de vomitar só de pensar que uma coisa dessas foi feita em nome do meu Deus.

Harp dá um sorriso fraco em resposta.

— Obrigada, Edie.

Depois disso, tanto Edie quanto Harp parecem menos desesperadas. Elas distribuem barras de cereal e uvas da bolsa de comida de Peter, e mais tarde começam a cantar juntas, dessa vez músicas natalinas, em alusão à neve que ainda deixa escorregadia a estrada do lado de fora do carro aconchegante. Todos nós conhecemos as canções de natal religiosas de Edie, apesar de nossos diferentes níveis de secularismo, e ela está disposta a aprender as que Harp quer ensinar, como "Winter Wonderland", "Grandma Got Run Over By a Reindeer" e "Baby, It's Cold Outside", que a deixa escandalizada. No começo da noite, depois que Harp terminou seu turno de três horas ao volante e foi cochilar serenamente no ombro de Edie, assumo a direção. Já deixamos a neve para trás: agora estamos em uma área imensa e vazia, com apenas grama margeando a estrada e o céu infinito sobre nossas cabeças. O sol acabou de se pôr, e as nuvens são de um azul bem escuro e forte. Parece muito com o que eu imaginava que seria o Reino dos Céus quando era criança e meus pais me explicaram o conceito. Mesmo naquela época já acreditavam no paraíso, embora pela descrição deles parecesse apenas um pacífico palácio de nuvens habitado por todos os meus peixes mortos.

— No que você está pensando, Vivian Apple? — pergunta Peter. Ele estava dormindo de óculos escuros no banco do carona, com os pés apoiados no painel, mas agora se endireita em seu assento.

— Nada — respondo de modo automático, então mudo de ideia. — Na verdade, estava pensando em como me sinto muito pequena aqui. Como se eu fosse só uma poeirinha nesta estrada, neste planeta, neste universo. É estranhamente reconfortante, sério. Tipo, acho que é assim que os Crentes se sentem o tempo todo. Tem muito mais acontecendo no mundo independentemente do que estiver acontecendo comigo.

Peter não responde. Tiro os olhos da estrada e reparo que ele está sorrindo.

— O que foi?

— É só que isso chegou perigosamente perto de uma declaração de crença. E, pelo que você disse, é o que estou tentando arrancar de você há dois meses.

— Peter — respondo, muito séria —, finalmente confio em você o bastante para dizer isto: eu acredito no céu.

O vento fica mais forte à medida que escurece, até que pequenos redemoinhos de folhas atravessam a estrada, e sentimos o carro tremer de leve com a força deles. Peter me pergunta se quero que ele assuma a direção, mas estou morrendo de medo de diminuir a velocidade e parar. Fico me imaginando saindo do carro e sendo levada pelo vento. Em pouco tempo não conseguimos ver nada além do chão iluminado pelos faróis: há apenas alguns metros de estrada diante de nós e depois disso a poeira vermelha. De repente surge uma coruja no nosso campo de visão, as asas lutando contra o vento forte, e, antes que eu consiga reagir, ouço o baque do carro matando-a.

— O que foi isso? — pergunta Harp, acordando.

— Um pássaro. — Peter coloca a mão no meu braço.

— Nooooossa — diz ela. Ouço-a virando no banco, como se estivesse tentando ver o corpo da coruja na estrada atrás de nós, mas já estamos muito longe, e, além disso está escuro demais. — Que frieza, Viv. Você mudou mesmo.

— Está tudo bem? — pergunta Peter.

Faço que sim com a cabeça, mas minha visão começa a ficar embaçada com as lágrimas.

— Encosta o carro — pede ele, com firmeza. — Vamos ficar bem, juro. Encosta o carro e deixa que eu dirijo.

O vento açoita meu rosto quando desço, mas ainda consigo andar com firmeza na frente do carro parado. Ele me encontra na metade do caminho e, mais uma vez, apoia a mão no meu antebraço. Sua pele é quente. Ele me olha no escuro.

— Tudo bem? — pergunta ele outra vez.

Balanço a cabeça.

— Eu matei uma coruja.

— Aconteceu muito rápido. Foi um acidente.

— Eu sei. Mas estou arrasada.

— Ei — diz Peter, me puxando para um abraço. Já tenho uma predisposição a ficar impressionada com o calor de seus braços, já que acho os olhos dele os mais azuis do mundo, e seu rosto, o mais gentil. Mas ele me abraça tão apertado, com a força perfeita e pelo tempo certo, que na mesma hora me sinto completamente reconfortada. Quando se afasta, ele olha para cima e gesticula para que eu faça o mesmo. O céu está preto e enorme, pontilhado de estrelas.

— Veja só como somos pequenos, Viv. Veja só o pedacinho de espaço que ocupamos no universo.

Não digo nada. Apenas penso: *Eu poderia amar esse garoto. Algum dia, em breve, posso acabar me apaixonando por ele.*

Quando voltamos para o carro, Harp está roncando outra vez, e o vento já diminuiu. Peter volta para estrada, e eu também fecho os olhos. Então Edie se inclina para a frente, enfiando a cabeça entre os dois bancos.

— Espero não causar nenhum constrangimento com o que vou dizer — começa ela, e no início não sei com qual de nós está falando —, mas vocês dois parecem mesmo ter um relacionamento lindo e abençoado. Estou muito feliz por terem se encontrado.

Dou risadinhas nervosas, que aumentam quando percebo que Peter não está rindo nem um pouco.

— Não estamos juntos, Edie — explica ele, em um tom agradável, e ela pede desculpas, envergonhada, mas ninguém fala nada por um bom tempo. Só dirigimos em silêncio, não estando juntos, no escuro.

Paramos em um motel barato em Keystone, onde Peter pede um quarto de solteiro, depois de pegar um maço de notas de vinte com Harp. Quando ele volta ao carro com as chaves, está com o rosto tenso, parecendo nervoso. Ele nos faz agachar atrás dos carros enquanto carrega as malas sozinho para o quarto, depois fica de guarda enquanto nos manda entrar, uma de cada vez.

— Talvez não tenha sido uma boa ideia — sussurra ele, trancando a porta atrás de si. Ele acende o abajur, e, no brilho fraco, vemos como o quarto parece sombrio. Há moscas esmagadas nas paredes, a pia do banheiro pinga de modo barulhento, e um crucifixo enorme e horroroso está pendurado acima da cama. — Os donos não estão fingindo. Depois que paguei, me virei e vi uma fila de gente que com certeza era Crente atrás de mim. É óbvio que estão aqui por causa do Monte Rushmore. E parecem meio impacientes.

— Como é que a sede dos Novos Órfãos fica aqui? — sibila Harp. — Como eles conseguem, se o lugar está entupido de Crentes?

— Não sei — responde Peter. — Não tinha percebido como o negócio está tenso. Ou a informação que recebi estava errada ou se tornou errada depois de um tempo.

Estou tão tensa que sinto uma dor de cabeça surgir entre meus olhos. Edie se senta na beira da cama com cheiro de mofo e abraça o barrigão. Então começa a chorar o mais baixinho que consegue.

— Desculpa — choraminga. — Devem ser os hormônios, mas estou *morrendo* de fome.

— Tudo bem, Edie — responde Peter. — Vou lá fora buscar um pouco de comida.

— Posso ir com você — ofereço.

— Está tranquilo, Viv. Você teve uma noite difícil. Harp, quer ir junto?

Mas ela afunda ao lado de Edie na cama. Percebo que trouxe o estoque de vodca que lentamente se esgota. De olhos arregalados, sacode a cabeça e sussurra:

— Não posso.

Peter e eu vestimos as roupas mais conservadoras que conseguimos encontrar nas malas. Tenho uma blusa que dá para abotoar até a gola, e Edie me empresta uma saia preta comprida. Peter põe uma gravata e faz a barba. Logo antes de irmos, Edie pigarreia e me entrega uma aliança de ouro.

— Ah, Edie — respondo. — Tudo bem. Vamos fingir que somos irmãos.

— Você vai ficar mais segura se não sair por aí como uma mulher solteira. — Ela coloca o anel na minha mão e cerra meu punho. — Só o traga de volta, está bem?

Apagamos a luz antes de sair, para parecer que não tem ninguém no quarto. Harp e Edie ficam mais felizes em nos esperar no escuro do que em descobrir o que está acontecendo lá fora.

Quando chegamos à rua, Peter aponta para um restaurante ao longe — *La Casa de Millard Filmore: mexicano à moda americana* — e vamos para lá. Peter dá passos curtos e rápidos e fica se virando para olhar para mim.

— O que fazemos? — pergunta ele. — O que você acha que eu deveria fazer? Será que eu deveria segurar sua mão?

— Não. Eles nunca andam de mãos dadas. Você vai na frente, e eu fico um pouco atrás.

— Certo. — Peter continua andando e vira a cabeça de vez em quando para ter certeza de que continuo em seu campo de visão periférico.

Uma coisa seria se estivéssemos na Keystone pré-Arrebatamento, quando eu achava que os Crentes talvez fossem meio pirados mas não muito diferentes dos meus pais. Eu achava que eram capazes de mudar de ideia. Mas a multidão de Crentes ao nosso redor agora, que olha com desconfiança para estranhos e troca murmúrios breves e praticamente inaudíveis com suas esposas e companheiros, tem um brilho perigoso nos olhos. Os Crentes de antes tinham um ar meio convencido, uma certeza de que iriam para o Reino dos Céus enquanto o restante de nós não. Mas os de agora não têm tanta certeza, o que os deixa irritados, violentos e desesperados.

Tento ao máximo manter o olhar fixo no chão, longe dos rostos deles, porque tenho que bancar a esposa submissa, mas também porque olhar para eles me dá medo. Posso sentir homens me olhando com desejo — de soslaio, de um jeito sutil o bastante para não contrariar os ensinamentos do Livro de Frick (*"Não permita que teus olhos procurem a esposa do próximo, ainda que ela seja uma tentação e a encarnação do Diabo"*), mas por tempo suficiente para que eu repare. É incrível ver de perto a diferença com que tratam Peter e a mim. Para ele, balançam a cabeça de forma contida, murmurando "Irmão" em cumprimento. Para mim, lançam um olhar invasivo que faz com que eu me sinta exposta, suja e envergonhada.

Peter faz o pedido depressa na La Casa de Millard, e não compra muita coisa: é tudo muito caro, o lugar é uma armadilha para turistas, e gastamos 50 dólares em dois burritos de frango e uma pequena embalagem plástica com nachos, para dividir. Mas sei o que ele está pensando — se pedirmos mais do que duas pessoas podem comer, será que vão desconfiar de nós? Será que vão nos seguir até o quarto? Até que ponto passamos por um jovem casal de Crentes?

Carrego a sacola de comida enquanto seguimos pela rua de volta para o motel. Peter não me deixa ficar muito para trás, não para de desacelerar o passo, e assim andamos quase lado a lado.

— Você está sendo bonzinho demais — murmuro. — Tem que andar como se não estivesse nem aí para mim.

— Mas eu me sinto mal — retruca ele, baixinho. — Não consigo.

— Tem que conseguir. Para a nossa segurança.

Meu argumento o convence, e ele vai um pouco mais na frente enquanto me mantenho no meu lugar. Pareceria um jogo de flerte, não fossem todos os casais ao nosso redor fazendo o mesmo, preocupados em se manterem firmes em seus papéis para não serem julgados por Deus ou pelos outros Crentes. Quando entramos na rua secundária, de onde dá para ver o motel, Peter diminui o passo outra vez. Olha ao redor para ter certeza de que ninguém nos observando, então segura minha mão e a aperta.

— Vivian Apple — diz ele, satisfeito. — E depois você ainda tem coragem de dizer que não é foda.

Mantenho a cabeça baixa, porque estou ficando vermelha enquanto penso: *Você faz com que eu seja assim. Você me dá coragem.* De repente meu coração acelera, e sei que estou prestes a fazer algo ainda mais corajoso, algo que a antiga Vivian jamais ousaria fazer. Quero dizer a Peter quanto gosto dele, que gosto dele desde o instante em que o vi, na festa da Véspera do Arrebatamento. Já me imagino fazendo a declaração: sei que tenho 17 anos, que minha franja é comprida demais e não sei bem o que fazer com os braços. Sei que é o fim do mundo. Mas posso ser dele, se me quiser. Eu ficaria tão feliz em ser dele. Estamos chegando ao motel, e o tempo está passando. Mas só preciso ser corajosa. Respiro fundo e...

— Viv — interrompe Peter, quase sem fôlego, de alguma maneira lendo minha mente mais uma vez. — Eu não queria, mas preciso dizer uma coisa, seria injusto se eu não dissesse. Não consigo me imaginar... *com alguém*, por enquanto. Acho que tem muita coisa acontecendo nas nossas vidas, no mundo, e acho que... se, por exemplo, duas pessoas pensassem que agora é uma boa hora para ficarem juntas, estariam erradas. Acho que estariam prestando um desserviço uma à outra. Isso faz sentido para você?

— Sim — respondo. *Não.*

— Tudo está acontecendo tão rápido — continua ele —, rápido demais. E não temos certeza de que ainda dá tempo de... Podemos todos morrer em setembro. Seria ruim o bastante morrer em setembro, mas ter que ver alguém que eu... É por isso que não acho justo.

— É claro — respondo. — Eu concordo.

— Mesmo?

— Com certeza.

— Certo. — Estamos parados diante da porta do nosso quarto, e tudo o que quero é entrar. Quero me sentar, dividir um burrito com Harp e fugir da luz branca que pisca no corredor, que deve estar iluminando a minha cara de derrota. Tudo o que desejo neste momento é que o chão se abra e me engula inteira. Peter me olha com uma expressão preocupada. Preciso entrar antes que comece a chorar. — Eu não queria — acrescenta ele, em voz baixa — ter que dizer isso.

Uso o truque de Harp, invocando a máscara de pedra da indiferença total. Dou de ombros.

— Não me importo. Podemos entrar agora?

CAPÍTULO 12

De manhã, Peter devolve as chaves do quarto na recepção e pega um mapa de Keystone para a gente dar uma olhada. É uma cidadezinha com três ruas principais. O plano de Peter consiste em nós quatro nos disfarçarmos de Crentes e passarmos no máximo meia hora dirigindo pelo lugar, em busca de algum sinal do complexo dos Novos Órfãos. Se não encontrarmos nada, vamos embora. Harp ficou a noite toda usando o celular de Peter para enviar tuítes cada vez mais desesperados a Spencer G. — "ESTAMOS EM KEYSTONE SPENCER KD VC" —, mas não obteve resposta, embora o Twitter dele seja atualizado com retuítes dos Novos Órfãos de outras cidades. Não digo nada aos outros, mas já perdi as esperanças de encontrá-los, nessa Cidade dos Crentes. Talvez até tenham passado por aqui, mas já foram embora. O que significa que estaremos rodando às cegas quando chegarmos à Califórnia. Estou finalmente caindo na real sobre a loucura do nosso plano, e preciso de todo o meu autocontrole para não me trancar no banheiro com a vodca de Harp.

— O mais importante é sairmos daqui em segurança — diz Peter, olhando bem nos meus olhos, como se pudesse ler meus pensamentos. — Se conseguirmos sair daqui em segurança, poderemos ir até a Califórnia e pensar no próximo passo quando estivermos lá.

Harp e Edie murmuram, concordando, enquanto eu olho pela janela do quarto, dando uma de criança, fingindo que Peter não existe. De manhã, quando ele estava no banho, sussurrei para Harp o que ele tinha me falado na noite anterior, e ela revirou os olhos diante do meu desespero.

— Amiga, por favor. Você não entende o que isso significa? Ele já está na sua. Só falta fazer ele querer isso.

Ela sugeriu que eu continuasse agindo com indiferença e desinteresse, mantendo o máximo de distância que conseguisse no pequeno Sedan de quatro portas. E, no momento, estou constrangida o suficiente para seguir seu conselho. Se eu fingir não estar nem um pouco interessada, posso evitar os olhares humilhantes que volta e meia Peter lança na minha direção, cheios de pena e culpa.

Lá fora, Dakota do Sul está quente e seca, tão diferente da neve do dia anterior quanto se pode imaginar. Saímos do estacionamento do motel e entramos na rua principal, e sinto uma pontada de dor ao ver a Casa de Millard ao longe e lembrar que estava prestes a contar a Peter como me sentia quando ele declarou sua falta de interesse. Meu lado racional me manda relaxar, não me desesperar por um garoto que só conheço há poucos dias. Mas é mais forte do que eu: a sombra do apocalipse próximo intensifica minhas emoções, faz a atração parecer mais forte, e a rejeição, mais amarga. Peter foi o primeiro garoto que me entendeu de verdade e gostou do que viu — e estou sentindo que também será o último.

Keystone mudou bastante nos últimos três anos. O que antes devia ser um aglomerado de lojas caras para turistas do Monte Rushmore agora é praticamente um parque temático da Igreja Americana. As construções ao longo da Rodovia 16-A são de madeira vermelha polida para imitar o Velho Oeste dos desenhos e da Disneylândia. Mas cada placa é uma mistura louca de patriotismo e Crença: O Restaurante da Família Cristã Americana, Produtos Finos de Couro Sagrado (TEMOS BOTAS DE COWBOY COM A BANDEIRA AMERICANA E PULSEIRAS DE JESUS), Jujubas Cristãs do Pequeno Ronnie Reagan. Seguimos com cuidado pela rua principal, cada vez mais voltada para os Crentes, e sinto um nó no fundo da garganta, me espetando como alfinetes. Não sei por que estou tão decepcionada, as chances não estavam exatamente a nosso favor, mas teria sido legal encontrar algum sinal dos Novos Órfãos por aí. Assim saberíamos que não estamos sozinhos.

Então, Peter, que está no banco da frente, de repente aponta e fala:

— Ali!

Na esquina de um cruzamento há um prédio de tijolos avermelhados, com telhado vermelho e inclinado e nada de crucifixos ou bandeiras à vista. É rodeado por uma cerca alta e ameaçadora de arame farpado e dois guardas armados até os dentes estão parados diante de uma pequena abertura. Há uma enorme placa branca improvisada presa no gramado da frente, na qual alguém pichou em tinta vermelha: SOMOS OS NOVOS ÓRFÃOS. Harp suspira.

— Juro que arranco a cabeça de alguém se ouvir um acorde sequer de violão. Estou falando sério — esclarece ela, virando-se para Edie. — Não é brincadeira. Vou trucidar esses hipongas.

Dizer que não era isso o que esperávamos é pouco. Imaginei que a sede dos Novos Órfãos seria uma enorme fazenda verdejante no interior, cheia de mulheres de cabelos compridos fazendo pão na cozinha. Se não isso, imaginei que encontraríamos algum grupo de jovens impotentes, como nós, se escondendo em um porão. A verdade é muito mais impressionante. É difícil afirmar o que o prédio era, mas Spencer G. e seu bando tomaram conta dele, e a construção se ergue ousada e implacável sobre Keystone, como um desafio direto. Ao vê-lo, sinto um calor no peito, algo que não sentia há dias, semanas, meses. Esperança. Se esse lugar existe no meio de uma fortaleza da Igreja Americana, significa que Spencer G. deve ser muito mais impressionante do que qualquer um de nós poderia imaginar.

Estacionamos na esquina e tentamos desCrentizar nosso visual o máximo possível; achamos que os guardas não levariam numa boa serem abordados por quatro devotos. Apenas Edie continua com a mesma roupa, dizendo que se sente confortável assim. Andamos até os guardas com as mãos para o alto, e eles apenas nos observam por trás dos óculos escuros espelhados com expressões indecifráveis.

— Oi — começa Peter, ao que me parece, não se saindo muito bem ao tentar agir com naturalidade diante de uma enorme metralhadora. — Será que a gente pode entrar? Não somos membros oficiais nem nada, mas viemos em paz. Não somos, tipo, terroristas secretos da Igreja Americana nem nada assim, ha, ha, ha.

Harp dá um grunhido suave atrás de mim. Sei que eu deveria estar fingindo indiferença e que, mesmo que não estivesse, deveria ficar ligeiramente preocupada com o péssimo trabalho que Peter está fazendo em nos manter seguros, mas não consigo evitar: acho o nervosismo dele muito fofo. Um dos guardas suspira. O outro, com o rosto seco e descascando por causa do sol, parece ficar ainda mais irritado. Ele não fala, mas seu lábio superior se curva em um esgar, muda o apoio da arma de um lado do quadril para outro, e todos nós nos encolhemos.

— Nós temos dinheiro... — sugere Harp. Olho para ela, que dá de ombros, ainda de mãos erguidas. — Pô, temos uns trocados, se vocês querem que a gente pague para entrar.

Penso na quantia que carrego nos bolsos — pouco mais de 150 dólares, e Harp não deve ter muito mais do que isso. Não sei se será o bastante para subornar os guardas. Se não for, o que faremos? Quanto do nosso dinheiro podemos gastar aqui?

— Vince — chama uma voz atrás do guarda, que se vira, deixando duas pessoas à vista, um cara e uma moça de idade indefinida parados atrás da cerca, nos olhando com interesse. — Ficamos curiosos pra saber com quem você estava conversando.

— Estão dizendo que *não* são terroristas — responde Vince, então ele e o outro guarda caem na gargalhada, como se estivessem segurando o riso durante todo aquele tempo. Peter faz uma careta.

A garota dá um passo à frente e fica entre os dois guardas. Ela está no fim da adolescência e tem cara de que vive na praia, torrando no sol — tem cabelos compridos cor de mel que batem nas costas, ombros sardentos e está de chinelos. Ela tem nas mãos um monte de flores recém-colhidas. O garoto, um pouco mais novo, tem o cabelo liso e preto cobrindo as orelhas, usa um casaco verde com capuz e anda descalço. Carrega uma cesta de rabanetes mirrados ainda sujos de terra. Faz um gesto para que a gente abaixe os braços e se aproxime. Quando o fazemos, sentimos um cheiro inconfundível de maconha.

— Sejam bem-vindos — cumprimenta ele. — Vocês são Órfãos?

Harp, Peter e eu assentimos, inseguros, sem saber se ele está querendo dizer "órfãos" ou "Órfãos".

— Você é Spencer G.? — pergunta Peter.

Os dois se entreolham e riem. Peter olha para mim, confuso, e eu viro o rosto depressa.

— Foi mal, cara — responde o garoto. — Na real, meu nome é Gallifrey. Me sinto honrado em ser confundido com Spencer G. por aqui. Mas ele não é mais conhecido por esse nome. Mas podem entrar, por favor. Nós vamos mostrar o lugar pra vocês.

Nós quatro passamos pelos guardas, que perdem o interesse na mesma hora e voltam a encarar o centro de Keystone. Fica claro que aqueles homens não são Crentes nem Órfãos — devem ser mercenários que oferecem suas armas para qualquer um que pague bem. Seguimos Gallifrey e a garota pelo jardim empoeirado até a entrada do prédio.

— Desculpa — começa Harp —, mas você disse que seu nome é Gallifrey?

— Não é meu nome de batismo — explica o rapaz. — É uma iniciativa recente dos Novos Órfãos. Na falta dos nossos pais, precisamos nos reerguer como novos indivíduos, como pessoas completas, em vez de parte de uma família. Então todos nós descartamos os nomes que recebemos e escolhemos palavras que descrevem melhor as pessoas que nos tornamos por conta própria. Dedici por "Gallifrey", que, para mim, representa conhecimento. Você já viu *Doctor Who*?

Harp balança a cabeça. Ele parece desapontado.

— Bem — continua —, é uma referência à série.

Entramos no prédio. O interior é fresco, por causa do ar-condicionado, e escuro, pois as janelas da frente foram bloqueadas com tábuas de madeira. Gallifrey e a garota, que se apresenta como Daisy, explicam que estamos no que antes era um museu de cera em homenagem aos presidentes, um lugar popular para os turistas que vinham de longe até o Monte Rushmore e descobriam que, depois de vinte minutos olhando para aqueles quatro rostos de pedra, não havia mais o que fazer. Conforme a cidade foi se convertendo, os donos abandonaram o prédio, e Spencer G., um garoto daqui que estava ficando cada vez mais incomodado com o comportamento dos pais, transformou-o em base e esconderijo. Estamos na antiga lojinha de presentes, que agora é uma sala de refeição comunitária, com uma pequena cozinha em um canto e uma mesa comprida onde três Novos Órfãos comem cereal e acenam para nós. Gallifrey e Daisy nos levam para conhecer o prédio — as velhas exposições de dioramas foram transformadas em quartos, mas as paredes pintadas como ambientes presidenciais continuam, então vemos diversas réplicas do Salão Oval, só que com camas onde deveria haver mesas, e Novos Órfãos espalhados nelas. Alguns estão dormindo, outros leem livros ou costuram, e ainda há gente deitada com membros do sexo oposto, em vários estágios de nudez. Vemos uns trinta Órfãos no total, e todos parecem transbordando de felicidade.

— Vocês vão ficar por muito tempo? — pergunta Daisy.

— Só viemos falar com Spencer — respondo. — Quer dizer, com o cara que se chamava Spencer.

Gallifrey aponta para uma exposição vazia no fim do corredor, onde há duas enormes camas vazias e desarrumadas iluminadas pelos refletores do museu.

— Esse cômodo já foi um encontro de Reagan e Gorbachev — explica. — Mas pode ser o quarto de vocês, se quiserem.

Balanço a cabeça e olho para meus amigos em busca de ajuda.

— Não, tudo bem, obrigada. Só queremos falar com ele e depois vamos embora.

— Mas vocês precisam ficar para o jantar — insiste Daisy. — Golias vai querer que fiquem para o jantar.

Fico olhando para Daisy, seu rosto lindo e suplicante. Eu me pergunto se ouvi direito.

— Golias? — repete Peter.

O rosto de Gallifrey se ilumina.

— É o nome do nosso líder. O homem que vocês conheciam como Spencer G. Vamos levá-los até ele, mas Daisy está certa, ele vai querer que fiquem para o jantar.

Eles nos conduzem pelo corredor, que de repente faz uma curva em U e segue na direção oposta, pelo que vejo, dando na sala comunitária de onde acabamos de sair. Enquanto andamos, Edie segura minha mão e a aperta de leve. Ao olhar para ela, vejo todos os meus sentimentos estampados no seu rosto. Ela parece aterrorizada, esperançosa e confusa. No fim do corredor nos espera um garoto tão poderoso e destemido que foi capaz de criar uma base no meio de um Lugar Sagrado e assumir o nome de Golias. No fim do corredor estão as respostas e o caminho para a Califórnia. Para a minha mãe e o meu pai. Não parece mais tão impossível. Eu me sinto da mesma forma de quando dei de cara com os Novos Órfãos pela primeira vez, em Nova York, antes de Harp e Peter me contarem suas desilusões. Pela primeira vez, sinto que essa viagem não foi a empreitada mais inútil, idiota e perigosa em que quatro adolescentes já se meteram. Quando Gallifrey e Daisy chegam lá, viram-se para nós e sorriem.

— Golias — diz ela, apontando para quem quer que esteja sentado na última sala de exposição, que ainda não conseguimos ver —, gostaríamos de apresentá-lo a alguns Novos Órfãos novatos.

Nós quatro nos aproximamos. Ao contrário dos outros Salões Ovais pelos quais passamos, este não foi reformado para virar um quarto. No centro ainda há uma enorme mesa de madeira avermelhada com o selo presidencial. O garoto que chamam de Golias está sentado na cadeira atrás dela, digitando vigorosamente em um laptop, mas fica de pé assim que paramos diante da mesa. Golias é alto — mais alto do que Gallifrey e Peter —, tem ombros largos, maçãs do rosto proeminentes e cabelo loiro cacheado que vai até um pouco abaixo das orelhas. Parece o astro de um filme sobre um surfista muito bonito.

— Irmãos. Irmãs — cumprimenta ele. — Órfãos. Sejam bem-vindos.

CAPÍTULO 13

GOLIAS SORRI PARA NÓS COM seus dentes perfeitos. Estende os braços e segura minha mão direita entre suas mãos grandes. Deve ter quase 18 anos, mas seus gestos têm a confiança e a simpatia de um executivo de meia-idade. Golias está vestido como se tivesse que ir a uma reunião do conselho, com calça social listrada, uma gravata vermelha e camisa de botão com as mangas dobradas. Nenhum de nós sabe o que dizer. Ele é tão bonito que chega a ser ridículo.

— Sou Vivian — começo. — Estes são Harp, Peter e Edie. Nós...

— Vivian — repete Golias, me olhando nos olhos. Então ele dá um passo até Harp e segura a mão dela como fez com a minha. — Harp.

Ela dá uma risadinha e pisca seus cílios negros. Golias faz bem o tipo dela — Harp sempre preferiu os caras que tinham uma beleza padrão e confiança pra dar e vender. Foi o que me fez passar tantos meses com medo de que ela sofresse a Madalena. Golias deve ter notado o interesse dela, porque leva um segundo a mais encarando Harp antes de passar para Peter e Edie. Quando termina, se senta à escrivaninha e se inclina na cadeira, apoiando os pés na mesa à frente.

— Por favor — começa, balançando a mão mais ou menos na nossa direção —, sentem-se.

Não tem nenhuma cadeira à vista. Daisy e Gallifrey correm até a sala comunitária para buscá-las. Chegamos um pouco mais perto da mesa de Golias.

— Viemos aqui para saber se você pode nos dar algumas informações — explica Peter.

— Posso tentar! — responde Golias, educado.

— Estávamos... Estamos indo para a Califórnia — continua Peter. — Ouvimos dizer... Bem, temos certeza de que Frick já teve um complexo pessoal lá, ao norte de São Francisco. — Ele espera um pouco, mas Golias apenas o observa. — Queremos ir até lá para ver o que conseguimos descobrir. Quem sabe encontramos Deixados Para Trás. Ou ficamos sabendo que as pessoas nem mesmo sumiram.

O chefe dos Novos Órfãos junta as mãos à frente do rosto e nos observa por trás dos dedos entrelaçados. Enquanto isso, Gallifrey e Daisy arrumaram cadeiras dobráveis em um semicírculo. Golias espera até que todos estejamos sentados, então dispensa os dois da sala com um gesto. Ele se levanta e caminha até um carrinho de bebidas com algumas garrafas pela metade, as quais aposto que pegou do armário de bebidas dos pais depois que eles foram Arrebatados. Tem uísque, Amaretto e Bristol Cream. Golias mistura um pouco de Amaretto e Gatorade de laranja em um copo. Os olhos de Peter procuram os meus antes de ele fazer uma careta.

— Foi mal, galera — começa Golias, virando-se para nós. — Querem beber alguma coisa?

Todos recusamos, menos Harp, que aceita o drinque de Gatorade com Amaretto e o bebe como se fosse água. Golias se inclina por cima da mesa e se vira na nossa direção outra vez. Tenho um bom pressentimento, como se ele estivesse prestes a nos dizer algo importante, alguma informação realmente útil.

— Peter, estou interessado em saber quem confirmou a existência do complexo da Califórnia para você — diz ele, por fim. — Mas, obviamente, apenas se você estiver disposto a revelar suas fontes.

Olhamos para Peter.

— Meu pai foi Crente por muitos, muitos anos. — Ele só diz isso.

— Várias pessoas tiveram pais Crentes — retruca Golias —, mas nunca ouvi ninguém afirmar com toda a certeza que Frick tem alguma relação com a Califórnia.

Após ouvir isso, Peter olha para a frente e não responde nada. Golias apenas ergue uma das sobrancelhas, mas não continua insistindo.

— Bem, para falar a verdade, ouvi rumores. Li alguns tuítes de pessoas no aeroporto de San Jose alegando a chegada simultânea de pequenos grupos de Crentes no último ano. Um comissário de bordo me contou que atendeu pelo menos uma dúzia de Crentes na Véspera do Arrebatamento, mas, quando tentamos conseguir mais informações, ele se fez de desentendido. É um desses que pretendem embarcar na segunda balsa. Então um barbeiro em Point Reyes Station me mandou uma mensagem dizendo que corta o cabelo de Frick a cada seis semanas faz uns vinte anos, e não entende por que o Pastor diz que mora na Flórida.

Peter pega um caderninho.

— Você disse Point Reyes Station?

— Isso — confirma Golias, franzindo a testa ao ver que ele está anotando a informação. — Mas vou repetir, Peter... Nada disso é garantido. Durante meses, ouvi rumores de que ele estava vivendo em alguma mansão numa floresta na Califórnia. Uma vez me deram o nome de uma estrada... Não consigo lembrar. King Arthur Lane? Ah, de qualquer forma, não passam de boatos. Logo antes do Arrebatamento, o site da Igreja Americana transmitiu sem parar imagens ao vivo que mostravam Frick rezando o tempo todo na casa dele na Flórida.

— Mas, tipo — começo, quando ele faz uma pausa para que a gente absorva a informação —, existe a chance de a transmissão ser... sei lá, mentira? De eles estarem tentando plantar uma pista falsa? Considerando que Frick estava na Flórida antes do Arrebatamento e logo depois ele não estava mais...

— Então com certeza acharíamos que o cara foi Arrebatado — completa Peter.

— Acho que é *possível*, Vivian — incentiva Golias, parecendo estar em dúvida. — Mas, como eu disse, só ouvi rumores. Ninguém nunca apareceu com provas de que Frick estava na Califórnia. A verdade é que acabamos ouvindo todo o tipo de teoria louca, com uma rede tão grande quanto a nossa. — Ele dá uma piscadela para Harp. — Uma vez recebi um e-mail enorme e exaltado alegando que Frick na verdade era o papa, e que tudo era uma conspiração para conseguir mais fiéis para a Igreja Católica. Para mim, tanto essa teoria quanto a de vocês sobre a Califórnia têm o mesmo peso. A única prova que tenho é a palavra de alguém.

— Já pensou em mandar gente até lá? — pergunta Peter. — Convocar Novos Órfãos em São Francisco para tentar encontrar Frick?

Golias balança a cabeça e dá um sorriso meio triste para o garoto.

— Peter, vou ser bem sincero, nunca pensei nisso. E vou dizer por quê. Talvez no começo os Novos Órfãos fossem um grupo tentando derrubar a Igreja. Eu tinha vários contatos ex-Crentes passando adiante todos os podres dos pastores locais. Descobri inúmeros escândalos sexuais e tal. Quer dizer, fui eu quem começou a hashtag #beatonfrickbbk, que ficou nos trending topics mundiais por uma semana em fevereiro, então pode acreditar que entendo esse impulso niilista de vocês. Naquela época eu estava puto da vida. Mas, quanto mais gente me procurava, quanto mais gente da nossa idade vinha me contar que os pais estavam prestes a trocá-los pela glória eterna, mais eu percebia que não era uma questão de Nós contra Eles. Estamos tentando reconstruir as coisas, pessoal. A Igreja Americana ficou no passado. Nós somos o futuro. Dá pra sacar?

— Mas eles *não ficaram* no passado — retruca Peter. — Ainda estão na ativa. Parece que nunca teve tanta gente na Igreja.

— Acho que parece mesmo, quando se está lá fora, Peter. — Golias assente. — Eu concordo, sério. Mas acho que, se você passar um tempinho com a gente, vai perceber que não precisa mais se preocupar com a Igreja. Temos uma comunidade maravilhosa aqui. Nos alimentamos e cuidamos uns dos outros. Damos apoio emocional, espiritual e, se for preciso, financeiro. Sei que algumas outras facções dos Novos Órfãos têm metas destrutivas. O pessoal de Nova York estava planejando uma invasão violenta ao prédio da NASDAQ antes do furacão, e, no início da semana, a galera de Chicago sequestrou a família do prefeito, na tentativa de fechar permanentemente as lojas de departamentos da Igreja Americana na área. Não deu certo, e no final das contas a esposa do prefeito e três Novos Órfãos acabaram morrendo. — Golias para de falar e abaixa a cabeça de leve, como se fizesse uma prece. — Nunca fui um cara violento. Nunca incitei a violência. Desde o começo, defendi que é possível mudar as coisas agindo de forma pacífica. Nós somos jovens e inteligentes, então vamos dar um jeito. Aqui em Keystone, nós ficamos felizes com a ideia de seguir em frente. De deixar a Igreja para trás. De amar uns aos outros. Está vendo a comunidade que criei? Isso nunca teria sido possível sem a existência da Igreja. Entende o que estou querendo dizer? À sua maneira, a própria Igreja *me* criou. E conheço muita gente por aqui que é grata por isso. Então não vamos focar na destruição, e sim em construir algo juntos.

O que ele descreve parece impossível. Basta dar alguns passos para além da cerca e entrar na meca dos Crentes lá fora para ter certeza. Mas a autoconfiança de Golias é estranhamente magnética. Sua atenção sobre nós é tão intensa, tão amigável e calorosa, que sinto como se fosse possível — como se para mudar o mundo bastasse um bando de jovens espertos que se importam. Golias fica de pé e junta as mãos.

— Gallifrey e Daisy já mostraram o lugar? Por que não damos uma volta?

Golias nos leva para dar outra volta pelo prédio, mas dessa vez somos apresentados a cada um dos Novos Órfãos. Todos saem de suas camas, param de lavar a louça ou largam seus laptops e videogames para falar com a gente. Eles contam histórias, não muito diferentes das nossas, sobre mães, pais e amigos desaparecendo de repente e os deixando sem ter para onde ir. Amam este lugar. Amam Golias. As histórias sempre terminam com declarações de que sem os Novos Órfãos eles estariam perdidos. Mortos. Crianças mais novas se agarram aos joelhos de Golias quando ele se aproxima, como se o líder fosse um tio querido. Golias nos leva para a parte de fora do prédio, nos fundos, onde antes ficava um campo de minigolfe, mas agora há uma estufa funcionando de forma bem razoável e um pequeno jardim que sobrevive com dificuldade.

— Algum de vocês é bom com plantas? — pergunta ele.

No instante em que Edie ergue a mão, timidamente, ele fica muito animado e começa a apontar para as diversas plantas que estão tentando cultivar no solo seco da Dakota, pedindo conselhos. Ela parece constrangida, mas feliz.

Todos ali estão felizes, e — garantem eles — seguros. A cerca e os guardas são apenas uma precaução. Os Crentes que infestam a cidade em números cada vez maiores não estão interessados em sacrificar adolescentes rebeldes para chegar ao Reino dos Céus. Eles estão passando férias muito caras com as famílias, tentando visitar todos os Lugares Sagrados antes do próximo Arrebatamento. Uma vez, segundo Golias, alguns Crentes ficaram bêbados no Restaurante da Família Cristã Americana e foram até a comunidade tentando arrumar briga, mas acabaram vomitando na mesma hora em frente aos guardas e voltando com o rabo entre as pernas para seus hotéis. Tirando aquela vez, os Crentes mal reparam nos Novos Órfãos.

No fim do tour, já posso sentir: esses caras conseguiram transformar um museu de cera presidencial abandonado em um lar de verdade, vibrante. De repente, sou tomada por um desejo que estava reprimindo havia meses. Só o que quero é ficar um tempo no mesmo lugar, sentir como se fizesse parte de alguma coisa.

Quando Golias pergunta se queremos passar a noite ali e Harp lança para mim um olhar suplicante e travesso, não procuro o rosto de Peter em busca de aprovação. Digo que sim, e ficamos.

Primeiro acho que vai ser apenas uma noite, depois já considero passar duas. Aí penso em ficar um fim de semana, e quando vejo acabamos passando três semanas em Keystone, sem a menor previsão de ir embora. É fácil ficar, não ter mais que sentir que estamos constantemente fugindo ou correndo contra o tempo. É como imagino que seja ficar em um alojamento na faculdade, logo no momento em que você chega e começa a se adaptar. Não temos ninguém a não ser uns aos outros. Posso passar o dia inteiro, cada segundo, cercada por aquelas pessoas sem me cansar. Tomamos café da manhã juntos todos os dias, depois nos dividimos para cuidar das tarefas que recebemos. Durante a tarde, cada um tem sua atividade, até que, de noite, nos reunimos na sala comunitária para preparar o jantar. Golias sempre faz um discursinho antes da refeição — é como uma prece, só que mais ensaiada. Sou grata a ele por ter criado este lugar, mas às vezes é um pouco difícil levá-lo a sério. Depois de um tempo ele começa a parecer uma daquelas pessoas ambiciosas da minha antiga escola, quando ainda valia a pena ser ambicioso. Eu o noto observando o ambiente animado das festas pós-jantar, frequentadas por todos menos Edie e as crianças bem pequenas, e imagino que ele esteja vendo a comunidade que construiu através dos olhos do comitê de admissões de Yale.

Mas posso estar só com inveja. Na primeira noite que passamos aqui, depois de algumas doses da tequila do pai Arrebatado de alguém, ele e Harp começaram a se agarrar na parede onde antigamente ficava uma mostra dos Presidentes Não Eleitos. Estavam tão entretidos que Harp nem notou — ou não deu bola — quando a rodinha de violão começou. Parece que os dois estão com as bocas coladas desde então. Toda noite, assim que acha que já estou dormindo, Harp pula da cama que dividimos, na exposição de Gorbachev, e vai para seja lá onde fica o quarto de Golias.

— Você o chama de Golias quando estão transando? — pergunto, numa manhã, ao escovar os dentes.

— Não sei do que você está falando. — Harp funga. Suspeito de que esteja tentando manter esses encontros em segredo o máximo que puder, que goste da aura de mistério. Nem mesmo os Órfãos sabem onde Golias dorme, nunca o viram vestir qualquer coisa que não fosse um terno e não sabem muito sobre quem ele era antes de virar Golias. Tenho a impressão de que ela gosta de ter um segredo, de que ainda acha que precisa bancar a adolescente rebelde perto de mim.

Enquanto isso, Edie está se divertindo muito mais do que eu esperava. Apesar das festas constantes e de todos terem adotado alegremente princípios do amor livre nível Woodstock, ela parece cada dia mais feliz. Toma conta dos Novos

Órfãos mais jovens, faz com que comam verduras, lê os poucos livros infantis que eles trouxeram e, ao terminarem todos, passa a inventar novas histórias. Toda noite, ela entra na sala comunitária com cara de sono, parecendo enorme sob o pijama listrado, e pergunta, com uma voz doce, se podemos abaixar um pouco o volume. Na primeira vez, tive medo de os Novos Órfãos se voltarem contra ela, ficarem putos com sua aura maternal, mas eles obedeceram, ansiosos para agradá-la. Descobrimos que um dos caras daqui, Estefan, é enfermeiro registrado em Wyoming, e passa dia e noite ao lado de Edie. Estefan diz que, quando chegar a hora de dar à luz, ele estará lá para ajudá-la. Edie fica radiante aqui, feliz, sendo útil e amada por todos.

Se Peter está doido para cair na estrada outra vez, não demonstra. Ele prova ser um excelente cozinheiro e ajuda a preparar todas as refeições — faz chilli com batata-doce, pão de abóbora, massa de pizza, tacos e, certa noite, prepara uma torta de mirtilo do zero. Nos fins de tarde, se senta com Gallifrey e os outros, que tentam aprender carpintaria com alguns vídeos no YouTube, mas quase sempre acabam fazendo pequenas esculturas de bichos. Golias é o queridinho das Novas Órfãs, mas um pequeno grupo de garotas, não muito diferente de mim no jeito tímido e desajeitado, fica cercando Peter quando ele toca violão na mostra Andrew Jackson, no fim do corredor. Elas ficam sempre pelos cantos, preocupadas, toda vez que ele se oferece para sair do complexo em busca de mantimentos. Na primeira noite, enquanto Harp se agarrava com Golias durante a festa, Peter se sentou ao meu lado, na mesa com Gallifrey e os outros, e me entregou uma cerveja.

— Sabe — sussurrou ele, bem no meu ouvido —, eu realmente acho que uma hora alguém tem que contar a ele que o Golias *morre* no final.

Não respondi. O calor de sua respiração na minha orelha fez todo o meu corpo se arrepiar de desejo, mas eu estava seguindo o conselho de Harp, ignorando-o. Dei um sorrisinho e tomei um gole da cerveja.

— Viv, você está chateada comigo? — perguntou Peter.

Olhei para ele, que parecia chateado de verdade, como se a culpa fosse minha.

— É claro que não.

Eu deveria ter pedido desculpas. Poderia simplesmente ter explicado: é difícil estar perto de alguém de quem eu gosto e que sei que gosta de mim, sem poder ficar com essa pessoa por motivos dramaticamente nobres.

Mas é claro que foi mais fácil não dizer nada. Os Órfãos mais próximos começaram a aumentar o barulho — estavam conversando sobre seriados de ficção científica, mas então a discussão mudou de repente para o que fariam se pudessem viajar no tempo.

— Não dá para simplesmente voltar no tempo e matar o Pastor Beaton Frick quando ele ainda era um bebê — disse Gallifrey com desdém para uma menina de cabelo curtinho chamada Eleanor que estava fumando um cigarro mentolado.

— Por que não? — perguntou ela. — Desde quando existem regras sobre viagem no tempo?

— Desde sempre! — retrucou ele. — Não se pode interferir no passado de jeito nenhum, porque não há como saber o impacto que isso pode causar. O nome disso é efeito borboleta.

— Quer saber? — pronunciou-se um Órfão chamado Kayne. — Eu não iria atrás do Frick. Se pudesse matar qualquer um deles, mataria Adam Taggart.

— Ninguém está ouvindo o que eu digo? — perguntou Gallifrey, incrédulo. — Vocês teoricamente fariam um buraco no tecido do espaço-tempo!

Peter pigarreou.

— Por que Taggart?

Havia uma espécie de desafio na voz dele. Lembrava o Peter com quem conversei da festa da Véspera do Arrebatamento: pensativo, curioso e contido.

— Porque o Adam Taggart era o mais merda de todos, cara — respondeu Kayne. — Frick só tinha umas histórias loucas, um monte de lendas e baboseiras. Taggart que era perigoso.

Eu nunca tinha pensado daquela forma, mas assenti ao ouvir Kayne. Adam Taggart sempre teve mais visibilidade do que Frick: o site da Igreja vendia camisetas com a foto dele e o título "O Executor" abaixo. Algumas das declarações perturbadoras desse cara nos três anos anteriores ao Arrebatamento me vieram à mente: "A taça da Ira de Deus foi derramada sobre nossa nação, onde mulheres exigem o aborto e aplaudem o infanticídio", dissera ele em nome da Igreja no último aniversário dos atentados de 11 de setembro. Harp e eu lemos a frase na internet várias vezes, até decorá-la, e começamos a recitá-la em voz alta em momentos aleatórios, para fazer graça. Às vezes bastava eu pegar uma taça vazia e fingir derramá-la para que Harp morresse de rir histericamente.

— Quem você mataria, Peter? — perguntou Eleanor, com uma baforada de fumaça adocicada.

Peter deu de ombros e tomou um longo gole de cerveja.

— Ninguém. — Ele me olhou de soslaio, então se levantou. — Não quero foder com o espaço-tempo.

Desde então, ele tem me evitado o máximo possível em um pequeno museu de cera reformado com outras trinta e tantas pessoas. Às vezes posso sentir sua presença perto de mim, parecendo em dúvida se vem falar comigo ou não, mas nunca consigo me forçar a virar para ele e sorrir. Parece que já fui longe demais e não tem volta. Seria muito constrangedor falar com ele como se nada tivesse acontecido. E, de qualquer forma, nas últimas noites reparei que Daisy está se aproximando cada vez mais dele na mesa do jantar ou no sofá onde Peter costuma ficar durante as festas. Já os vi juntos, sentados, conversando com as cabeças próximas, e, na noite passada, o vi jogar a cabeça para trás e dar uma gargalhada.

Começo a me sentir sozinha. Depois que a novidade dos Novos Órfãos passa, depois que conheço cada um dos seus dramas e tragédias individuais, passo a ficar inquieta. Certo dia, pego emprestado o laptop de Gallifrey e gasto algumas horas procurando informações sobre todos aqueles que perdi. Meus pais. Meus avós. Dylan e Molly. Nada. Tem muita gente desaparecida, e encontro longas listas de nomes em blogs e jornais. Todo mundo procura apenas por sua própria família. O nome e o e-mail da Wambaugh continuam no site da escola, mas isso não quer dizer nada. Só sei que estou esperando de novo. Estou sentada aqui, na Dakota do Sul, com os Novos Órfãos, esperando para ver se o mundo vai ou não acabar. Então envio um e-mail para minha antiga professora:

Wambaugh,

Espero que você esteja em segurança. Não sei se continua em Pittsburgh ou se foi para outro lugar. Estou com Harp Janda em uma comunidade dos Novos Órfãos na Dakota do Sul. Já ouviu falar dos Novos Órfãos? Acho que ia gostar deles.

Sei que você afirmou que o mundo não ia realmente acabar em setembro, mas seja sincera comigo: você acredita mesmo nisso? Se o mundo vai acabar, tem alguma coisa que a gente possa fazer para impedir? Ou será que devo só continuar aqui? O lugar é bem legal, tem comida e estamos seguras.

Não queria incomodá-la, mas agora você é a única adulta que conheço.

Viv

Só depois de enviar o e-mail é que lembro que isso não é verdade. Ainda há a irmã do meu pai em Salt Lake City, tia Leah. Não a conheci, nem o tio Toby, mas não importa como eles sejam, estão a oeste daqui. Mais perto da Califórnia. Procuro o que acredito que seja o nome deles — Leah e Toby Meltzer — na internet e encontro um endereço em Salt Lake City que só pode ser o deles. Anoto num papel e o junto às páginas do meu diário, para não perder.

Um dia depois do aniversário de três semanas da nossa chegada em Keystone, decido que quero ver o Monte Rushmore. Visto minhas roupas de Crente e pergunto se Edie quer ir comigo, porque não consigo encontrar Harp em lugar nenhum e não tenho coragem de chamar Peter. Edie fica muito feliz em ir junto, é claro, afinal de contas, ainda há uma parte Crente nela, mesmo depois de tudo o que aconteceu, mas ela acaba ficando bastante ofegante durante a viagem. Quando Edie tem um vislumbre dos rostos gravados na montanha, perde o fôlego.

Pagamos o ingresso e seguimos a multidão que se espreme pela entrada de pedra até o Terreno Sagrado. Quando chegam o mais perto possível da pedra, as pessoas caem de joelhos, rezando e se balançando. Vejo uma mulher arrancar a touca medieval e começar a gesticular como uma doida, gritando insanidades — as pessoas ao redor, em vez de se afastarem, se aglomeram em volta dela como se suas palavras fossem pérolas de sabedoria. Nos ajoelhamos com a multidão no terraço de granito. Todos ao meu redor estão rezando ou chorando, com as mãos no peito enquanto encaram a montanha com olhos arregalados, brilhando. Ao meu lado, Edie murmura suas preces para que eu não escute. Olho para aqueles rostos. Exceto pelos Crentes tardios, que apenas fingem ter renascido para não perder a próxima balsa para o Reino dos Céus, todos ao meu redor podem sentir uma vibe boa aqui. Amor. Admiração. Sentem que não estão sozinhos no universo. Não há nada que me venha à cabeça capaz de me fazer sentir mais em paz com tudo isso. O melhor que sempre consigo são os raros momentos de felicidade livre, leve e solta — que normalmente passo com Harp, mas que senti uma ou duas vezes com Peter, durante a viagem — os quais me dizem que está tudo bem. Que, se vim a este mundo por alguma razão especial, foi para experimentar amor e alegria, como todo mundo. Ninguém me deu uma vida apenas para destruí-la.

Caminhamos pela trilha que leva ao pé da montanha. No fim, Edie fica parada olhando para cima, com a cabeça inclinada para trás, admirada e sem palavras. Paro ao lado dela, me esforçando para parecer recatada. Sem querer, acabo entreouvindo uma conversa entre dois pais Crentes ali por perto, enquanto as esposas tentam fazer as crianças ficarem juntas e quietas para uma foto.

— ... São uns caras de pau! Ficam lá bem na avenida principal.

— É, eu vi.

— Mas são uns assassinos! Basta olhar as notícias da Igreja para saber. É mais fácil matarem um de nós do que conviverem conosco. Muitos Crentes morreram nas mãos dos Órfãos. Sabemos que são mártires e que serão recompensados, mas...

— Foi em outras cidades, irmão. Você acabou de chegar a Keystone. Faz um mês que estou aqui com minha família. Esperando a Segunda Balsa. E posso dizer que estes Órfãos não são ameaça pra ninguém.

— Não?

O outro homem ri.

— Você acha que deixaríamos que eles ficassem se fossem perigosos? São só um monte de crianças idiotas. Têm medo das próprias sombras. Não esquenta, meu amigo. Os Novos Órfãos não representam ameaça nenhuma para nós.

CAPÍTULO 14

De volta ao complexo, encontro Peter à mesa da cozinha esculpindo alguma coisa que não consigo identificar em um pequeno toco de madeira. Daisy dança ao redor dele, girando um bambolê nos quadris e cantarolando:

— Você não me pega! Você não me pega!

— Peter — chamo, me esforçando para ser ouvida acima dos gritos de Daisy. — Posso falar com você rapidinho?

Ele olha para mim e abaixa a faca.

— Daisy, você pode nos dar licença?

Ela sai do cômodo batendo os pés e fazendo um bico exagerado. Quando ela sai, Peter me olha com uma expressão neutra. Ele tem todo o direito de estar com raiva de mim, se é esse o caso. Não sei como pedir desculpas pela forma como agi nessas últimas semanas.

— Não consigo mais ficar aqui — digo. — Estou começando a me sentir confortável demais. Quero pegar a estrada amanhã. Encontrei o endereço da minha tia, em Salt Lake City. Quero que a próxima parada seja lá. Ela pode não ter nada pra dizer sobre os meus pais, mas sinto que quero encontrar alguém da família. É óbvio que você é bem-vindo, mas entendo se...

— Não precisa dizer mais nada. — Ele sorri e pega a faca outra vez. — Já fiz as malas. Amanhã, então? De manhã?

— É o que eu estava pensando.

Ele assente, satisfeito, e volta para seu projeto. Vou para o corredor do museu procurar Harp entre as exposições, com o coração batendo um pouquinho mais depressa.

Consigo encurralá-la depois do jantar, antes de ela fugir para o quarto de Golias. Harp parece menos animada com o plano.

— Amanhã? Para que a pressa? O mundo vai acabar mais devagar quanto antes a gente chegar à Califórnia?

— Não estamos fazendo nada aqui, Harp. Lembra quando combinamos que íamos ser implacáveis? Bom, ficar parada aqui não é nem um pouco implacável.

— Você não está gostando? É por isso?

— Estou sim, Harp. — Suspiro. — Sério. Estou gostando até demais. Só não quero passar o fim do mundo nesse lugar.

Harp me observa de cima a baixo, estreitando os olhos. Há muitas coisas que quero dizer. Mas, principalmente, gostaria de perguntar por que ela anda tão distante. De que isso adianta? Mas só a encaro de volta, esperando uma resposta. Harp suspira.

— Tá — diz. — Mas amanhã é cedo demais. Vamos esperar até o fim da semana e aí a gente vê.

Ela já está olhando para além de mim, tentando chamar a atenção de Golias com um olhar significativo, mas não deixo minha amiga escapar.

— Estou indo amanhã, Harp. Gostaria muito que você viesse, mas, se preferir ficar, não vou te culpar. Vamos sair às nove da manhã, então tem tempo para decidir.

— Vivian Apple — começa ela, com um tom de falsa surpresa —, você está me dando um ultimato?

— Eu te amo, Harp — respondo, baixinho. — Quero que você vá aonde quiser, ou fique onde precisar. Mas não posso deixar que tome essa decisão por mim. Preciso me decidir sozinha.

Os Órfãos já ligaram o som e largaram garrafas de bebida na mesa comunitária. É uma festa de despedida para mim, Peter e quem mais quiser vir com a gente. Mas não estou com muita energia para essas pessoas esta noite. Vi a cara deles quando contei que ia embora. Acham que sou louca. Louca por sair dali, por acreditar que tem qualquer coisa a se fazer lá fora além de me esconder, esperar e morrer. Talvez eles até estejam certos. Deixo Harp na soleira da porta, com a festa bombando às minhas costas, parecendo ficar mais alta a cada passo que dou, e me deito na cama para passar o que talvez seja minha última noite em segurança, meu último sono seguro entre hoje e o momento em que o mundo finalmente decidir parar de girar.

Na manhã seguinte, Peter e eu esperamos no jardim, no meio do caminho entre a porta e a entrada da cerca, e os Novos Órfãos fazem fila pra se despedir. Não vi Harp quando acordei, nem depois. Os Novos Órfãos beijam minhas bochechas e dizem que vamos nos encontrar em outra vida. Não sei o que isso significa para eles, mas soa bastante esperançoso. E também um pouco dócil. Quero lhes dizer que não há a menor garantia de que isso vá acontecer, mas acho que eu acabaria parecendo ingrata, o que eles já devem achar de qualquer jeito.

Edie vai mesmo ficar, como eu já suspeitava. Ontem à tarde, quando contei que iria embora, na mesma hora ela avisou que não iria com a gente. Não tenho como culpá-la. Acho que este é o lugar perfeito para ela, onde vai continuar em segurança com o bebê. Ela exerce certo poder sobre os Novos Órfãos — acabou se tornando uma autoridade serena que faz todos irem até ela em busca de conforto e orientação. Todo mundo ficaria arrasado se Edie partisse, e com certeza vão protegê-la. Ela está parada diante de mim, sorrindo e chorando, e então me abraça apertado.

— Obrigada por me trazer até aqui, Viv — sussurra para mim. — Acho que eu teria morrido se não tivesse conseguido vir para cá.

— Imagina, Edie.

Quando ela se afasta, abre um sorriso caloroso para Peter e eu.

— Na verdade, meu nome não é mais Edie. Ou pelo menos não vai ser, depois da minha cerimônia oficial de troca de nome amanhã.

— Qual você escolheu? — pergunta Peter.

Edie parece ficar constrangida e abaixa a cabeça.

— Estefan me ajudou a procurar nomes na internet, ontem à noite. Vou me chamar Umaymah. Quer dizer "jovem mãe". Vocês acham legal?

— Achei perfeito — respondo. — Combina com você.

Ela abraça Peter, parecendo muito orgulhosa de si mesma, e se afasta. Harp ainda não deu as caras. A ideia de que minha melhor amiga não apareça nem mesmo para se despedir foi subindo até a minha garganta e se instalou lá, por isso fica cada vez mais difícil respirar. Acho até que estou um pouco ofegante.

— Ela não vem — digo a Peter, que segura minha mão.

Daisy e Gallifrey surgem em seguida. Ela parece completamente indiferente diante da visão de Peter segurando minha mão. Me abraça tão apertado quanto todos os outros e, ao se afastar, diz:

— Gallifrey e eu queremos dar uma coisa para vocês se lembrarem de nós.

Sorrindo, Gallifrey enfia a mão na bolsa de lona presa ao quadril e pega um revólver.

— Uou — exclama Peter. Assim como eu, ele tem o instinto de erguer as mãos. Mas Gallifrey, rindo, balança a cabeça e entrega a arma para ele. Para mim, dá uma caixa de munição.

— As coisas estão perigosas lá fora — explica ele. — Pode acreditar, eu gostaria que todos os nossos problemas pudessem ser resolvidos com nada mais que a razão e o reconhecimento de que somos todos seres humanos, mas com aquelas pessoas isso é impossível. Não é muito inteligente sair sem proteção. Para ser sincero, quando vocês chegaram aqui e contaram de onde tinham vindo, ficamos surpresos por terem conseguido.

Peter e eu trocamos olhares.

— Bem, valeu — diz ele.

Gallifrey assente.

— Tranquilo, irmão. Vá em paz.

Durante a conversa, reparei que Golias veio para a frente da casa. Ele está com a blusa social com as mangas dobradas de sempre e olha feio para nós, do outro lado do gramado. A princípio, fico achando que ele só está puto porque decidimos ir embora — no jantar da noite passada, quando anunciei o plano, ele comentou, surpreso e insatisfeito, que era a primeira vez que alguém fora parar no complexo dos Novos Órfãos e resolvera não ficar para sempre. Devemos estar estragando seu experimento social, diminuindo-o por não amá-lo. Imagino o entrevistador de Harvard perguntando a ele: "E qual foi o seu maior fracasso?" Golias cruzaria as pernas, olharia, desejoso, para o horizonte e diria: "Teve duas pessoas na minha comunidade..." Mas aí me dou conta de que não é por isso que está irritado. Harp finalmente apareceu ao lado dele, em um vestido preto e brilhante, blazer e enormes óculos escuros. É um visual completamente inapropriado para qualquer lugar nos Estados Unidos pós-Arrebatamento, mas fico muito animada ao vê-la vestida assim. Porque, atrás de si, Harp arrasta sua mala. Não se despede de Golias e ignora a fila de Órfãos que se voltam para ela. Harp anda diretamente até onde Peter e eu estamos e sacode o cabelo preto e bagunçado.

— Quando você quiser, chefe — diz ela.

Levamos dez horas e meia para atravessar Wyoming, um estado que, da estrada, não se parece com nenhum outro lugar que eu já tenha visto. É difícil acreditar que tem mesmo gente morando aqui — ao nosso redor só há terra, pedra e céu. Harp está indignada.

— Passamos dezessete anos em Pittsburgh, vivendo todos amontoados, e esse tempo inteiro havia este estado vazio no meio do nada? — berra.

Passamos quilômetros e quilômetros de estrada sem cruzar com ninguém. Mais para o fim da viagem, quando o sol começa a se pôr à nossa frente e já estamos sem ver o menor sinal de vida há horas, me bate uma sensação estranha, como se estivesse sonhando acordada, de que o apocalipse já aconteceu. O mundo já está vazio, mas por acaso se esqueceu de nós, e agora ficamos presos aqui para sempre, neste carro, em meio à poeira.

Com Harp aqui, cheguei a pensar que a distância entre nós duas, que eu só sentia aumentar desde o começo da viagem, finalmente diminuiria. Mas eu estava errada. Ela não se oferece para dirigir nenhuma vez. Pouco depois de cairmos na estrada, ouço um chacoalhar e, quando olho pelo retrovisor, percebo que minha amiga está sacudindo umas pílulas em um vidrinho laranja.

— O que é isso? — Minha voz sai mais ríspida do que eu pretendia. — Harp, o que você está tomando?

Ela levanta os óculos escuros para que eu possa vê-la revirar os olhos.

— Relaxa, Viv, é só Xanax. Golias me deu um pouco para me ajudar a lidar com a ansiedade.

— Ansiedade? — repito, confusa.

— É — retruca Harp, falando arrastado. — Eu sei, grandes merdas, né? Mas é que vou morrer em alguns meses. Todos nós vamos, na verdade. O mundo inteiro vai morrer. E acho que estou *um pouquinho* estressada com isso.

Fico sem resposta. Não posso culpá-la, mas gostaria que ela tivesse arranjado o remédio com um médico de verdade. Percebo que sinto falta da presença tranquilizadora da Edie, da bondade no coração dela, que ajudou a conter Harp, mesmo que temporariamente. Sei que minha amiga está sofrendo, que está com medo, mas não é justo. Porque eu também carrego sofrimento e medo dentro de mim. Da mesma forma que Peter, Edie e todo mundo. E mesmo assim a gente continua aguentando firme.

Já é noite quando chegamos em Salt Lake City. Peter começa a apontar para as placas dos motéis.

— Não quero esperar até de manhã — respondo. — Quero ir para lá agora mesmo.

— Viv, ela não sabe que você está indo — argumenta ele. — Não sabe nem que você está viva. Por que não telefona para lá hoje, e fazemos uma visita de manhã?

Mas balanço a cabeça. Preciso acabar logo com isso. Desde que encontrei o endereço na internet e decidi visitar meus tios, meu cérebro começou a se encher de imagens dos possíveis resultados. Imagino que tia Leah tenha virado uma Crente fervorosa, que vá me arrastar para dentro da casa pela orelha e me torturar até eu me converter. Imagino que ela esteja morta, desaparecida, escondida. Imagino uma mulher com o mesmo rosto bondoso do meu pai, me fazendo sentar no sofá da sala e dizendo exatamente como devo levar minha vida daqui para a frente. "Ouça, criança", dirá ela. "Roma não foi construída em um dia." E então me servirá comida caseira de jantar e me oferecerá uma cama para dormir, e será diferente de quando fiquei em Keystone porque ela é adulta, da família e vai saber o que é bom para mim de uma forma que os Novos Órfãos nunca saberiam. Não sei qual dessas possibilidades é a correta, e essa dúvida me dá náuseas. Por isso, balanço a cabeça.

— Quero ir agora — repito.

— Você ouviu a chefe — comenta Harp, do banco traseiro, em seu tom debochado.

Os Meltzer moram em uma rua arborizada em um bairro na zona oeste da cidade. Estou dirigindo, então Peter diz os números das casas em voz alta — 562, 564, 568, 570. É uma casa de um andar com uma bandeira dos Estados Unidos na janela e uma velha antena de satélite no telhado. O gramado está verde, a não ser em um pedaço grande de grama morta. Tem uma van meio acabada na entrada da garagem. Estaciono na frente, e nós três olhamos pela janela em busca de um sinal. Ficamos aqui ou vamos embora? Me parece impossível que dentro daquela casa more uma mulher que conhecia meu pai quando ele era jovem, antes de Crer em qualquer coisa. Eu me viro para Harp e Peter.

— Não sei o que vai acontecer agora. Não sei quanto tempo isso vai levar. Se vocês quiserem ficar aqui fora, tudo bem.

— E perder a reunião de família extremamente urgente? — provoca Harp. — Até parece.

Então atravessamos juntos o gramado quase morto. Subo no primeiro degrau e toco a campainha. Peter fica um degrau atrás de mim. Harp espera a um metro de distância, os óculos escuros de novo no rosto, de braços cruzados. Imagino o que os vizinhos que espiam por trás das cortinas estão pensando da gente. Eu me pergunto se eles são Crentes, Novos Órfãos ou absolutamente nada. Eu me pergunto o que acham que somos.

A porta se abre apenas uma fresta e parte do rosto de uma mulher aparece. Ela estreita os olhos quando me vê ali parada.

— O que foi?

— Leah? Seu nome é Leah Meltzer?

— Quem quer saber? — retruca ela, abrindo mais um pouquinho a porta. É uma cinquentona, alguns anos mais velha que meu pai, e tem cabelos acobreados demais para serem naturais.

Basta olhar por mais um segundo para saber que ela deve ser minha tia, porque é como olhar para uma pintura de como serei no futuro. Tia Leah tem minhas sobrancelhas grossas, meus olhos escuros e meu espacinho entre os dois dentes da frente. O corpo dela é o que meu pai chamava de o "corpo dos Apple": peitos pequenos, quadris largos, braços finos. Eu poderia chorar só de olhar para Leah. Ela é da família.

— Meu nome é Vivian Apple. Sou sua sobrinha — explico.

Na minha imaginação, essa era a parte em que ela me tiraria do desconhecido e me acolheria. Em que prepararia uma xícara de chocolate quente e conversaria sobre garotos. Mas tia Leah continua parecendo desconfiada. Ela olha por cima do meu ombro, para Peter e Harp, e de volta para mim.

— O que você está fazendo aqui?

— Estamos... — *O que* estamos fazendo aqui? As semanas em Keystone tornaram nosso objetivo mais bobo, menos possível. Não sei por onde começar. — Meus amigos e eu... estamos indo de carro para a Califórnia. E aí eu lembrei que você morava em Utah.

— Seus pais sabem que você está aqui? — interrompe Leah.

Balanço a cabeça.

— Eles foram Arrebatados.

Minha tia respira fundo. Ela ainda está olhando pra minha cara com uma leve desconfiança. Talvez pense que vim atrás de grana. Não sei como explicar: não quero seu dinheiro, tia Leah. Só quero ficar um pouco com alguém que os conhecia. Por fim, escancara a porta e também a tela de proteção. Não nos convida para entrar. Apenas espera eu colocar a mão na porta, mantendo-a aberta, e volta para dentro da casa.

Eu a sigo, e Peter e Harp vêm atrás de mim. Passamos pela sala de estar e entramos em uma sala de tevê, que está berrando uma reprise de um seriado antigo. Tem um homem sentado numa poltrona reclinável comendo em um prato equilibrado na barriga redonda. Ele põe a tevê no mudo e nos observa com curiosidade. Leah se senta no sofá. Ainda está franzindo a testa e olha para mim como se eu fosse de uma espécie desconhecida pra ela.

— Lee? — pergunta o homem. — Quem são esses?

Tia Leah comprime os lábios.

— A filha do *Ned*.

— Minha nossa — exclama o cara. Ele coloca o prato na mesa em frente e se levanta. É um homem enorme, careca e com uma grande barba preta. Tem olhos gentis que analisam o rosto de cada um de nós com bastante curiosidade. Por fim, acho que chega à conclusão de que sou a candidata mais provável, pois se aproxima e me puxa para um grande abraço, a barba fazendo cócegas no meu rosto de um jeito agradável. — Olha só para você. A cara do seu pai. Leah, ela não é mesmo igualzinha ao Ned?

Minha tia me encara, mas não responde.

— Sou o tio Toby — continua ele. — Nunca nos vimos. Dá pra acreditar? Você deve ter o quê? Uns quinze anos? E nunca nos encontramos! Seu nome é Vicky, né?

— Vivian — respondo, corando, um pouco culpada por corrigi-lo quando ele está sendo tão legal. — E na verdade tenho dezessete.

Tio Toby dá um tapinha na própria testa.

— Vivian! — exclama. — Mas é claro! Nossa! Seus pais estão lá fora? Não nos vemos há...

— Eles se foram, Toby — interrompe Leah. — Foram Arrebatados.

Ele absorve a notícia aos poucos. Vejo as emoções passando por seu rosto — surpresa, e logo em seguida tristeza. Tio

Toby direciona toda a força do seu olhar para mim. Ele me observa como se visse através de qualquer máscara que dei um jeito de colocar depressa, no último ano, e enxerga dentro de mim, onde está enterrado todo meu sofrimento. Então coloca a mão pesada em meu ombro.

— Ah, Vivian — diz ele. — Pobrezinha. Eu sinto muito, muito mesmo.

Sou pega de surpresa por minhas lágrimas, e assim que me dou conta delas começo a implorar a mim mesma para parar, porque a última coisa que quero é começar a chorar na sala de tevê de dois estranhos, mesmo que sejam meus tios. Eles só estavam tentando jantar nessa quarta-feira à noite, e aqui estou, uma órfã de verdade, já grande, ferida e em luto de tanta tristeza. Minha visão fica embaçada, e faço um barulhinho baixo e patético de choro antes de meu tio me levar até o sofá e me colocar sentada ao lado da sua esposa. Tia Leah parece desconfortável me observando secar os olhos com a manga, mas não faz nada.

— Isso seria uma perda independente da idade — balbucia tio Toby, sentando-se de qualquer jeito na beirada da mesa de centro. — Mas nessa idade... É bem difícil. Ficar sozinha assim tão jovem. Não é uma idade fácil para ficar só.

Faço que sim com a cabeça. Agora estou sem graça por ter chorado na frente deles e me sinto mal por Peter e Harp, que estão parados, ansiosos, atrás de nós, e também pelo tio Toby, que claramente revira a mente em busca de conselhos. Ele não para de lançar olhares suplicantes para tia Leah, ao meu lado, mas tudo o que ela faz é ficar reclinada no encosto do sofá de braços cruzados.

— Mas é claro — comenta ela, depois de um tempo, e sua voz parece diferente. Mais fria. — Não foi novidade para a sua mãe, não é mesmo? Abandonar uma filha.

— Leah — diz Toby, em tom de aviso.

Imagino que estejam falando de algum assunto particular, algo entre eles, que não tem nada a ver comigo. Mas sinto uma coisa meio bizarra, como uma onda fria de pânico subindo pelos meus pulmões.

— O quê? — pergunto.

— Só estou dizendo que não deve ter sido muito difícil — continua minha tia. — Talvez seja como andar de bicicleta. A pessoa acha que esqueceu como é, mas quando vai ver é fácil.

— Do que você está falando? — pergunto. Meu tio se levanta de repente. Ele pega o prato da mesa e o leva para outro cômodo. Ouço um zumbido no ouvido. — Tia Leah. — Agarro o braço esquerdo dela, para fazê-la me encarar. — Do que você está falando?

Ela livra o braço da minha mão e me olha de um jeito meio magoado e irritado.

— Você tá de brincadeira? É claro que estou falando do bebê.

— Que bebê?

— Como assim, que bebê? — Tia Leah parece muito puta, mas também confusa. — Você sabe muito bem. A primeira filha da sua mãe. Sua irmã.

PARTE 3

CAPÍTULO 15

SINTO APENAS COMO SE O mundo estivesse se desmanchando. Como se nada fosse real. Como se eu olhasse para os meus dedos e percebesse que estão sumindo.

— Não tenho ideia do que você está falando — digo a tia Leah.

Ela se vira para mim, com uma sobrancelha erguida, mas no instante em que olha para o meu rosto sob a luz azul oscilante da tevê, sua expressão fica mais suave.

— Você não sabe mesmo?

Balanço a cabeça. Sinto Harp e Peter se aproximando e parando um de cada lado meu, prontos para me proteger. Harp aperta meu ombro com força, me consolando.

— Porra, minha senhora, qual é o seu *problema*? — pergunta ela, irritada, para minha tia. — É *assim* que você dá uma notícia bombástica dessas?

— Eu não fazia ideia — responde tia Leah, um pouco desesperada. — Não sabia mesmo. Teve uma época em que Mara não parava de falar sobre o bebê. Eu não a vejo faz vinte anos, como poderia saber quer ela tinha parado com isso?

— Não tenho ideia do que você está falando — repito. Minha mente vasculha um milhão de lembranças da minha mãe, da minha mãe comigo, passando as cenas depressa, em busca de qualquer indício de que eu não tenha sido a primeira. Mas não há nada. Tem minha mãe penteando meu cabelo depois do banho quando eu era pequena, minha mãe tirando uma foto no meu primeiro dia do jardim de infância, minha mãe me ensinando a fazer ovos mexidos, só minha mãe. A única coisa que me faz acreditar que tia Leah está dizendo a verdade é a lembrança de uma foto escondida em uma gaveta no apartamento dos meus avós. Um bebê anônimo em 1986. Do arrepio que percorreu minha espinha quando vi aquilo. Minha irmã.

Tia Leah suspira.

— Você sabe alguma coisa sobre como seus pais se conheceram?

— Eles se conheceram na faculdade — respondo, prontamente, porque a história de amor deles me foi contada várias vezes, como um conto de fadas. Foram obrigados a ir a um encontro às cegas pelos seus colegas de quarto insistentes. Foram ver um filme fora do campus, dividiram chocolates e Coca-Cola. Meu pai estava nervoso, enquanto minha mãe, toda fofa, pensava: *é com este homem que vou me casar.*

Mas tia Leah balança a cabeça.

— Não, eles se conheceram em Nova York no fim do ensino médio. Você não sabe mesmo?

— Não, ela *não* sabe — responde Harp, entre os dentes.

— Escute — diz tia Leah. Ela pega o controle remoto e desliga a tevê. — Vou contar o que aconteceu: no fim do último ano do ensino médio, Ned viajou para Nova York com um grupo da escola para participar da ONU Jr. Ele teve que implorar para nossos pais deixarem, mas só porque nunca tinha saído de Pittsburgh sozinho. Até essa viagem, meus pais nunca tiveram motivo para não confiar no meu irmão. Eu já tinha terminado a faculdade e trabalhava na cidade. Toby e eu estávamos casados havia dois meses. Eu estava na casa dos meus pais para o jantar de domingo quando Ned voltou. E mal tínhamos perguntado como havia sido a viagem quando ele contou que conheceu uma garota.

"Bem, ele conheceu uma garota. E daí, né? Disse que se conheceram no parque, que o nome dela era Mara e que morava em Nova York. Só isso. Foi tudo o que ele nos contou, então era tudo o que sabíamos. Mas de repente começou a ficar quatro, cinco horas no telefone com ela, toda noite. Passava oito horas dentro de um ônibus, indo e voltando de Nova York nos fins de semana. E ela nunca vinha para a *nossa* casa. Não sei o que meus pais pensaram, mas imaginei que Ned estivesse com vergonha da gente. Achei que ele tivesse convencido a namorada chique de Nova York de que tinha vindo de uma família de caipiras, ou coisa do tipo.

"Mas não foi isso. A verdade era que sua mãe estava grávida. Ela já estava com uns cinco meses quando eles se conheceram. Acho que não sabia quem era o pai. Mais tarde, Ned explicou que ela havia começado a andar com más companhias e a sair com caras mais velhos, que a maltratavam. Talvez se drogasse, não sei. Os pais tinham expulsado Mara de casa, e ela estava morando com uns amigos que Ned não aprovava. Durante todos aqueles fins de semana em Nova York, ele tentou encontrar um apartamento para ela, pagando com o dinheiro que ganhava trabalhando numa farmácia. Então ela completou 18 anos, depois ele também, e os dois se casaram. Antes mesmo da nossa família ver a cara dela.

"Ele finalmente trouxe a garota para nos conhecer. Ela já devia estar no oitavo mês, enorme. Estava com uma cara horrível, a pele toda ensebada e o cabelo com as pontas azuis. Um alfinete enorme enfiado no meio do nariz. Achei que minha mãe fosse morrer do coração, juro. A gente perguntava para eles: por que vocês fizeram isso? Por que não contaram nada? E Mara só ficava lá sentada, roendo as unhas, sem dizer uma palavra. Ned respondeu que eles se casaram porque *estavam apaixonados*. Que não tinham nos contado porque *não entenderíamos*. Meu pai perguntou se ele tinha noção de quanto trabalho um bebê dava. Será que realmente se achava capaz de criar o filho de outro homem?

"Foi aí que Mara finalmente falou. Contou que iria dar o bebê para adoção, que queria começar de novo. E dava para ver pela cara de Ned que ele não estava feliz com a decisão. Devia cultivar alguma fantasia dos dois brincando de casinha. Eu o conheço desde que nasceu, sei como ele pensa. O garoto até podia se apaixonar por uma adolescente punk grávida, mas passava o tempo inteiro fantasiando em ter uma grande família feliz. Duvido muito de que tenha sido a sua mãe quem fez pressão para que eles se casassem aos 18 anos. Se dependesse dela, ainda teria muitos anos loucos pela frente. Mas ele deve ter conseguido convencê-la de que seria ótimo largar tudo e ser uma boa menina, porque foi o que ela fez.

"A outra coisa que aconteceu, se você quer saber a verdade", continua Leah, e parece que sua voz recebe uma nova leva de frieza, alimentada por raiva e recriminação antigas, "é que a gente disse que queria ficar com o bebê. Toby e eu. Não tínhamos filhos, não por escolha própria, e dissemos que criaríamos a criança e a amaríamos como se fosse nossa. E Mara negou. Disse que seria muito doloroso ficar tão perto da filha e saber tanto sobre a vida dela. Então deu à luz e entregou o bebê para estranhos. O que também não fez sentido, porque ela manteve contato com os pais adotivos por vários anos. Até que paramos de nos falar, pois doía demais ouvir sobre aquilo. Ela dizia coisas como: 'Os Conroy me mandaram uma foto da Winnie!' ou 'Winnie está aprendendo a andar de bicicleta!', como se estivesse falando da filha de algum amigo, não do sangue de seu sangue. Um dia, acabei dizendo: 'Mara, não quero mais ouvir sobre Winnie, porque toda vez que você fala dela eu me lembro de que não deixou que ela fosse minha.' Isso a fez calar a boca. Ned me ligou depois, aos berros, falando que eu deveria ter vergonha. Mas não tive na época, e continuo não tendo. Então, uns dez anos depois, você nasceu. Meus pais que me contaram, porque Ned e Mara não falavam mais comigo. Eles já estavam casados havia dez anos quando você nasceu. Na minha opinião, é tempo demais. A pessoa acaba entrando numa rotina depois de dez anos. Como vai abrir espaço para um bebê? E, se tratando dela, como poderia ter certeza de que sequer queria um filho?

"Então é isso", completa ela, cruzando os braços. "Você tem uma irmã e nenhuma prima. Por isso, não me surpreende saber que Mara se meteu nessa história de Arrebatamento e sumiu. Porque ela nunca teve qualquer problema em abandonar uma filha."

Quando tia Leah termina de falar, eu pergunto onde fica o banheiro. Ela aponta para o corredor com uma expressão meio preocupada, como se esperasse mais perguntas ou gritos. Mas não quero mais falar com ela. Não quero mais ouvi-la falar, nunca mais. Harp faz menção de me seguir, mas a dispenso com um gesto.

No banheiro, fico apenas parada sob a luz fluorescente e examino meu rosto no espelho. Tenho as sardas da minha mãe e o cabelo escuro do meu pai. Sou a pessoa que eles escolheram criar juntos. Sou o recomeço dos dois. Uma criança nascida após tomarem uma decisão de serem bons. Estou com raiva. Nunca senti tanta raiva. Não é por causa da minha irmã, do sexo sem proteção da minha mãe cheia de piercings nem por meu pai corajoso e burro bancando o herói. Estou com raiva porque não sabia nada daquilo. Porque tive que ouvir, sentada no sofá, tia Leah contar aquela história toda. Porque eles foram embora. Eles me disseram que iam e foram mesmo, e ainda fizeram parecer que tiveram que partir porque me faltava algo. Agora eu sei: essa sempre foi a história deles. Se eu sequer cheguei a fazer parte dela, foi apenas como uma nota de rodapé.

Quando saio do banheiro, tio Toby está me esperando. Ele me entrega uma coisa, uma foto antiga. É um retrato dos meus pais na formatura da faculdade. Estão abraçados, usando túnicas e chapéus azul-marinho. Parecem tão felizes. De acordo com a linha do tempo que minha tia traçou, naquela época já estavam casados fazia quatro anos. Winnie já se fora havia muito tempo, e logo Toby e Leah iriam também. E, mais tarde, os pais da minha mãe. Por fim, eu.

— Leah amava seu pai — diz Toby, baixinho. — Amava mesmo. Era o irmãozinho dela. Eu me lembro de como ela falava sobre ele quando começamos a sair. Fazia o garoto parecer um gênio, um astro do cinema. E ele não passava de um moleque desengonçado. Ela ficou magoada quando seus pais não quiseram que a gente criasse Winnie, mas isso não foi nada comparado a quando os dois pararam de falar com a gente. Ela passou semanas ligando três vezes por dia, todos os dias, implorando perdão. Mas eles não queriam mais saber dela. — Ele estala os dedos, para demonstrar como foi rápido e fácil para meus pais. — Não consigo imaginá-los Crentes. Não posso nem imaginar o que você passou nesses últimos anos. Mas eles já foram bem divertidos. E nunca conheci um casal mais apaixonado. Achei que você merecesse a chance de se lembrar dos dois dessa forma.

Na foto, o cabelo da minha mãe não está mais azul. E sim loiro-acobreado como sempre. Olhando para ela, não dá para saber que já esteve grávida, que algum homem a maltratou. Ela parece uma jovem normal no dia da formatura, animada e amada.

— Posso usar sua internet? — pergunto ao tio Toby.

Primeiro busco o nome dela. "Winnie Conroy." Há páginas que não levam a lugar algum: registros históricos de inundações, incêndios, um obituário de uma mulher de Dallas nascida em 1943. Então encontro o que tanto desejava: uma página em uma rede social com quase todas as informações bloqueadas, mas com uma foto de perfil que mostra uma mulher perto dos trinta sorrindo ao sol, o rosto quase todo coberto por enormes óculos escuros. Winnie Conroy. Mestranda na Universidade de Berkeley. A pessoa que, certa noite, no mês passado, deve ter descoberto o número de telefone dos avós biológicos e ligado para eles. Só para ver o que aconteceria. Só para ouvir como era a voz deles. Não foi o silêncio da minha mãe que eu escutei. Foi o da minha irmã.

Olho meu e-mail, e vejo que Wambaugh me respondeu. Ela fica feliz em saber que estou segura e acompanhada de Harp também. Wambaugh entregou a carta de demissão quando a escola virou Crente e se mudou para Sacramento, com os pais. Ela me passou seu telefone e pediu para eu ligar caso precisasse de alguma coisa, mas também disse:

Viv, você vai viver uma vida plena e feliz. Eu ainda acredito nisso, apesar de tudo o que tem acontecido no país nos últimos dois meses. Mas seria negligente com meus deveres de Adulta Responsável se não a encorajasse a ficar onde está, na Dakota do Sul. Parece um lugar seguro, e a essa altura não há muitos locais assim. Só fique escondida até tudo isso passar.

Ops. Anoto seu telefone em um pedaço de papel e guardo no bolso. Escondo a foto que ganhei do tio Toby no meio de uma pilha de contas perto do teclado. Não quero essa foto. Não conheço aquelas pessoas, nunca conheci. Não me importa quem vai encontrá-la, Leah ou Toby, nem quando, nem o que eles vão pensar quando isso acontecer. Eu já terei ido embora há muito tempo, serei só uma garota que chegou e interrompeu o jantar em uma quarta-feira de junho qualquer.

Harp anda de um lado para outro na sala de estar, ajeitando a saia do vestido, toda nervosa, enquanto Peter aguarda encostado na parede com as mãos nos bolsos. Quando entro, ele se estica e Harp para de andar. Os dois olham para mim com medo. Ouço alguém revirando coisas na cozinha, o barulho de panelas e pratos se chocando.

— Ela quer que a gente passe a noite aqui — murmura Peter. — Está se sentindo mal. Pediu uma pizza pra gente.

Balanço a cabeça.

— Quero dar o fora daqui — sussurro.

Peter abre a boca como se fosse questionar minha decisão, e provavelmente tem razão em fazer isso — eu não deveria culpar minha tia por coisas que meus pais nunca me contaram. Mas, antes que ele possa dizer alguma coisa, Harp para ao meu lado e entrelaça o braço no meu.

— Não vamos esquentar a cabeça nos despedindo, tá bom? — diz ela. — A essa altura, estou achando que a sua tia vai começar a lavar roupa suja na nossa frente... literalmente.

CAPÍTULO 16

JÁ É NOITE QUANDO SAÍMOS de Salt Lake City. Eu me ofereço para dirigir, já que estou privando meus amigos de cama e pizza, mas Harp não me dá ouvidos. Ela abre a porta de trás para me deixar entrar e larga a garrafa de vodca ao meu alcance, então vai para trás do volante. Não dá para ver muita coisa pela janela, mas, depois de um tempo, Peter, que andou estudando o mapa, diz que estamos nas salinas — segundo ele, toda a área a nossa volta está coberta de sal e, se fosse dia, tudo estaria brilhando em branco e prata. Isso me faz querer voltar aqui algum dia, se o mundo continuar girando. Gostaria de ver essas coisas, essas coisas que nunca vi, sem toda a confusão de raiva e ansiedade martelando na minha nuca que nem um gongo. Para meu alívio, Harp e Peter não falam comigo. Eu não saberia o que responder. Não consigo nem me forçar a contar a eles que deve ter sido de Winnie, minha meio-irmã, a ligação que atendi lá em Nova York. Que também deve haver alguma explicação lógica para a correspondência que Peter recebia. Que essa viagem só pode acabar mal para todos nós. Sei disso agora. Mas, mesmo assim, não conto nada a eles.

A única coisa que menciono é Wambaugh. Conto para Harp sobre o e-mail que mandei e a resposta dela, e ela é legal o bastante para não me sacanear quando digo que Wambaugh recomendou que continuássemos na Dakota do Sul.

— Podemos parar em Sacramento no caminho — sugere Harp, animada, e sei que ela só está tentando compensar pela forma como se comportou antes e pela bomba que minha tia soltou em cima de mim mas acho fofo mesmo assim.

Cochilo e acordo várias vezes, sem conseguir ignorar o barulho inconstante e cada vez mais alto que o motor está começando a fazer, depois de rodarmos metade do país com este carro. Em alguns momentos, ouço Peter e Harp conversando, preocupados.

— Mas o que a gente vai fazer quando chegar lá? — pergunta Harp.

No estado que estou, nem dormindo nem totalmente acordada, confundo meus amigos com meus pais — estamos voltando de carro depois de um passeio no parque de diversões ou após ver um filme que acabou mais tarde do que o esperado, e, quando chegarmos em casa, os dois vão me colocar na cama, e ouvirei suas vozes diminuindo enquanto seguem pelo corredor até o quarto deles. Estarei tão sonolenta e segura que vou perdoá-los. Essa traição vai simplesmente derreter como gelo. Sinto uma tristeza insuportável, uma espécie de asfixia, quando acordo e percebo que estava enganada.

Desperto porque o carro parou e alguém bateu a porta do carona. Lá fora, pela janela, vejo uma placa de motel e observo Peter andar até a recepção. Atrás dele brilha um letreiro néon de cassino, com os dizeres: *Pecadores: vocês vão pro inferno, mas não precisam ir à falência*. Harp se vira para trás, bocejando. O relógio do rádio indica que são duas e meia da manhã.

— Foi mal, cara — diz ela. — Eu não aguentava mais dirigir.

— Onde estamos?

— Winnemucca, Nevada. — Harp dá de ombros. — Parece tranquilo. Tipo, se o Cassino dos Pecadores ainda está inteiro, acho que vamos conseguir passar a noite em segurança.

Odeio ter nos trazido para cá, para o meio do nada, por causa de um palpite bem duvidoso. Odeio ter me enganado tanto nesse palpite. Não posso deixar que Harp continue pensando que acredito naquilo.

— Olha...

Mas ela levanta a mão.

— A gente deveria ter uma conversa séria em algum momento, eu concordo. Mas agora vamos apenas concordar que seremos melhores amigas para sempre. E não estou dizendo isso só porque existe a chance de esse para sempre durar só até setembro, ouviu?

Faço que sim com a cabeça. Ela sorri e sai do carro. Peter já está de volta com a chave, que entrega para Harp. Então senta-se no banco de trás, ao meu lado. Harp pega sua bagagem no porta-malas e vai de costas até as escadas, erguendo as sobrancelhas para mim de forma sugestiva. Olho para Peter.

— Foi mal — diz ele. — Só queria conversar a sós com você.

— Sem problema? — Minha intenção não era que a frase soasse como uma pergunta, mas fico imediatamente nervosa por ele estar tão perto e por estarmos sozinhos.

Peter me olha, prudente, preocupado.

— Você está bem?

— Não sei.

— O que aconteceu hoje foi escroto — diz ele. — E tudo bem se você não quiser falar sobre isso agora, nem nunca. Eu só queria perguntar como você estava sem Harp por perto para ela não fazer nenhuma piadinha. Sabe, eu só queria dizer que o que você está sentindo, não importa o que seja, é completamente normal.

— É mesmo? — Fico irritada na mesma hora. Não com ele, com tudo. É tão fácil ficar com raiva, é tão mais confortável do que todas as outras emoções que estou sentindo. — Ufa! Sabe, eu pretendia buscar no Google "reações normais ao descobrir que toda a sua vida tem sido uma mentira", mas esqueci completamente.

— Sua vida não é uma mentira — diz ele, suavemente.

— É, sim, Peter! — grito. — É claro que é! Desde que eu era criança eles viviam contando histórias sobre como se conheceram, onde deram o primeiro beijo e como sempre foi tudo tão fácil. Eles sempre formaram um casal, uma dupla invencível, e passei muito tempo achando que se eu fosse boa o bastante, muito, muito boa, eles me deixariam entrar para o clube. Mas nunca deixaram, Peter. E agora eu sei que isso sequer passou pela cabeça deles. Porque eu era só uma prova. A prova de que minha mãe havia se regenerado, e de que meu pai tinha sido a salvação dela.

Estou chorando, mas Peter só se aproxima um pouco mais. Segura a minha mão.

— Você era mais do que isso para eles, Viv. Eles amavam você.

— Como pode saber disso? Impossível.

— Eles tinham que amar você — retruca ele, com firmeza. — Porque você é a Vivian Apple, porra.

O carro fica em silêncio, exceto pelas minhas fungadas. Peter ergue o braço, e olho para ele, sem entender. Então usa a manga para enxugar meu rosto.

— Olha só — começa ele. — Você está puta com os dois, e com toda a razão. Eles mentiram. Contaram uma versão inventada de quem eram e das coisas que viveram. Não deviam ter feito isso. Mas, Viv, se tem uma coisa que aprendi nos últimos oito anos, é que as pessoas gostam de inventar histórias sobre sua origem. Não conseguem evitar. Elas não confiam no mundo ao redor, ou ele é bom demais para elas ou não é bom o bastante, então inventam histórias. Dizem a si mesmas que um velho mago que vive no céu as moldou do barro e as colocou aqui até dar na telha que deve pegá-las de volta. Seus pais não gostavam do mito da criação deles, só isso. Tinha muita dor e caos envolvidos, e eles mesmos sentiam vergonha. Então contaram a si próprios uma história que era parcialmente verdadeira, sobre duas boas pessoas que mereciam de fato levar uma vida feliz. E, em algum momento, eles devem ter começado a acreditar nessa versão inventada da história.

"Mas o negócio é que isso não importa. Para os seus pais ou para qualquer outra pessoa. Não importa de onde viemos, para onde vamos ou quando isso vai acontecer. A única coisa que importa é o que a gente precisa fazer enquanto estamos aqui, e se a gente faz isso bem."

A única luz iluminando o carro vem do letreiro piscante do Cassino dos Pecadores, então o contorno do rosto de Peter some e reaparece sem parar enquanto ele fala. Não estou mais chorando. Fico olhando para seu rosto gentil, e ele olha de volta para mim.

— E o que a gente precisa fazer? — pergunto.

Ele abre um pequeno sorriso.

— Bem, Viv, não sei. Provavelmente temos que amar uns aos outros.

Me aproximo uns dois centímetros dele, acabando de vez com o espaço que havia entre nós, e encontro seus lábios sob a luz intermitente. Ele me beija de um jeito tão suave que me pergunto se é uma forma gentil de me rejeitar, de me preparar para o momento constrangedor em que terei que me afastar. Mas então ele toca meu cabelo, meu pescoço. Passa a mão esquerda pelo meu braço direito nu. De repente, estou me agarrando com Peter Ivey no banco de trás de um carro roubado no estacionamento de um motel em Winnemucca, Nevada, quase às três da manhã. E a melhor parte é que é tão fácil. Meu cérebro fica em silêncio — todas as preocupações, dúvidas e temores que não saíam da minha cabeça há menos de um minuto se tornam um ruído de fundo. Eu rio, com a boca ainda colada à de Peter.

— É foda — comenta ele, se afastando. — Uma risada. Exatamente o que todo cara quer ouvir num momento desses.

— É só que... Isso é divertido. — Beijo o canto da sua boca, o queixo, a mandíbula. Ele toca minha bochecha com a mão quentinha.

— Concordo. — Ele me beija outra vez. — Mas assim, só pra constar: quando falei que precisávamos amar uns aos outros, não quis dizer neste exato momento, aqui no estacionamento.

Nós apenas nos beijamos. Me dá vontade de ir mais longe, de me sentar no colo dele neste banco apertado e ver o que acontece, mas resisto. Não sei se essa vontade vem de um desejo real ou apenas de um instinto autodestrutivo. De uma vontade de abafar a dor deste dia com o máximo de alegria inconsequente possível. Então, saio do carro meia hora depois me sentindo feliz. Ele carrega nossas malas para o quarto e, ao chegarmos à porta, coloca tudo no chão e segura meu rosto para me beijar uma última vez sem fazer barulho. Harp deixou a porta destrancada e uma luz acesa. Ela já está na cama. Peter faz um gesto indicando para que eu me deite com ela. Há um sofá perto da janela, onde ele vai dormir. Eu me acomodo silenciosamente ao lado da minha amiga enquanto Peter vai escovar os dentes.

Harp abre os olhos na mesma hora. Não consegue esconder um sorriso.

— Oi, Viv! — sussurra. — Seu nariz está um pouco vermelho. Será que devo perguntar como isso aconteceu?

Eu levo a mão ao nariz. Parece um pouco arranhado pelo contato com a barba por fazer de Peter. Não preciso responder: Harp já está rindo baixinho ao meu lado. Abro um sorriso e fecho os olhos.

Quando acordo, as luzes estão apagadas e ainda está escuro lá fora. Mas alguém bate com força à porta, fazendo um estardalhaço. Eu me sento na cama, assustada. Posso ver os olhos de Harp arregalados, brilhando sob a fresta de luar que atravessa as cortinas. Peter está agachado perto da porta, ouvindo. Ele leva um dedo aos lábios que beijei ainda há pouco.

— É a gerência — grita uma voz masculina do outro lado da porta. — Abra agora mesmo.

O relógio diz que são cinco da manhã. Não sei o que vamos fazer. Peter fez o check-in sozinho. Se o gerente encontrar Harp e eu aqui e for minimamente Crente, nem imagino a merda que pode dar. Podemos acabar feridos. Podemos acabar mortos. O homem não para de bater. Peter faz gestos frenéticos mandando a gente se esconder em algum lugar, mas onde? É só uma suíte. Harp se levanta sem fazer barulho e entra no guarda-roupa, e eu corro para me juntar a ela. Peter fecha a porta com a gente lá dentro e o ouvimos ligar o abajur e abrir a porta.

— Desculpa. — Nós ouvimos Peter bocejar. — Eu estava apagado. Algum problema?

— Você está sozinho? — pergunta o homem.

— É claro — responde Peter, e mesmo de dentro do guarda-roupa sei que ele foi rápido e enfático demais. Não consigo respirar direito. No escuro, a mão de Harp encontra a minha.

Há um momento de silêncio, e ficamos um tempo apenas esperando indefinidamente. Quando ouvimos outra vez a voz do cara, noto que está perto demais. Percebo que ele passou por Peter para fazer uma inspeção no quarto todo. Aperto a mão de Harp com tanta força que fico com medo de quebrar os dedos dela.

— Desculpe — diz o homem, com a voz um pouco mais tranquila. — Recebemos um telefonema de outro hóspede dizendo que tinha alguém fornicando aqui. Isso pode ser permitido em outros motéis de Winnemucca, mas o Shady

Pines não tolera esse tipo de comportamento. Nem agora nem nunca.

— Eu entendo — responde Peter, solene.

— Mas, agora que estou aqui... — continua o homem, falando um pouquinho mais alto. Ele deu outro passo na direção do guarda-roupa. — Vejo que você é só um jovem cristão como qualquer outro. Não é mesmo?

— Sim. É claro.

— Sim — concorda o homem —, é claro. Só tem uma coisa estranha... Você trouxe um monte de malas, não trouxe?

Consigo visualizá-las ao pé da cama. Minha mala e a da Harp, além da do Peter. Ele só precisa pensar em uma explicação convincente para ter tanta bagagem, e depressa. Depois disso tudo o que teremos que fazer é esperar o gerente ir embora e dar um jeito de nós três sairmos de fininho do quarto e voltarmos para o carro. Não paro de pensar: *É culpa minha, é culpa minha, é culpa minha*. Estou fazendo tanto esforço para ouvir a resposta de Peter que levo um segundo para perceber que as portas do guarda-roupa estão sendo abertas e o gerente do motel, um homem de rosto vermelho e cabelo loiro-claro, arranca Harp aos berros de lá. Tento chutá-lo quando ele me pega, mas é inútil. Ele agarra meu cabelo e sinto uma dor horrível no couro cabeludo. Ninguém nunca me machucou assim de propósito; fico tão surpresa que nem consigo gritar.

Em um universo alternativo, a cena é quase engraçada — o gerente está usando um pijama azul listrado com uma plaqueta de identificação presa de qualquer jeito no bolso. Aparentemente, o nome dele é Chip. Com um dos braços, segura Harp, que está se contorcendo, e puxa meu cabelo com mais força toda vez que ela tenta chutá-lo no saco, o que acontece inúmeras vezes. Chip murmura versículos do Livro de Frick entre os dentes, passando por os que parecem justificar aquela agressão.

— *Não a poupes do chicote, ou ela cuspirá palavras venenosas como uma víbora por toda a vida.*

Peter parte para cima do gerente, socando a cara e o pescoço dele, e o homem solta nós duas.

— *Ela que profana o corpo com atos impuros arderá nas chamas divinas* — diz ele, imperioso, ao empurrar Peter, que tropeça na alça da minha mala e cai para trás, permitindo que Chip avance.

Meu couro cabeludo está pegando fogo. Meus olhos estão cheios de lágrimas. *Vamos morrer aqui*, percebo. Vamos morrer aqui, vamos morrer do mesmo jeito que o Raj e a Melodie Hopkirk — com violência e medo. Acho que estou em estado de choque. Posso ouvir uma voz dentro de mim dizendo *Levanta, Viv, levanta*, mas, quando tento ficar de pé, meus joelhos fraquejam. Então percebo que a voz não é minha, é de Harp. Ela está tentando me escorar com o próprio corpo, quase me arrastando para a porta. Chip está sendo distraído por Peter, que se recusa a continuar caído. Eu vejo o gerente dar um, depois dois socos fortes na cara do Peter, que percebe minha hesitação.

— Vai logo! — grita ele.

Corremos.

Descemos ruidosamente a escada até o estacionamento e disparamos para o carro dos meus avós. Harp foi a última a dirigir e ainda está com as chaves. Durante o segundo que ela leva para encontrar a chave certa, fico olhando para a porta do nosso quarto. Ainda ouço Chip murmurando orações, o som da luta. Ainda vejo silhuetas passando pelo batente da porta. Harp entrou no carro e dá partida. Ela abre a porta do carona.

— Vamos! — grita, mas não consigo me mexer. Não até ver o rosto dele. De repente, Peter sai correndo do quarto e desce dois degraus de cada vez. Chip vai atrás dele com uma velocidade surpreendente. Entro no carro, e Harp logo dá ré até as escadas, tentando encontrar Peter. Estico o braço para trás para abrir a porta para ele, mas chegamos um segundo atrasadas. Chip já o alcançou, e o agarra pelo pescoço. Ele começa a arrastá-lo até a recepção.

— Merda, merda, merda, merda — sussurra Harp, mas não diminui a velocidade.

— Harp!

— Não podemos *ficar*, Viv! Quanto mais tempo a gente demorar aqui, maior a chance de uma multidão de Crentes aparecer para ajudar. Vamos resgatar Peter, eu juro, mas primeiro precisamos descobrir como fazer isso. Temos que tomar cuidado!

— Eu tenho um plano! Dá a volta.

O rosto de Harp continua contorcido de preocupação, e ela age como se não tivesse me ouvido.

— Dá a volta! — grito.

Ela sai do estacionamento e dá a volta pela entrada. Chip arrastou Peter até quase a porta da recepção, e, embora ele esteja lutando para se soltar do gerente, dá para ver que está perdendo. Seu olho direito está em carne viva e inchado, e sangue escorre do nariz dele para os braços grossos de Chip, apertados em volta do pescoço de Peter. Sem pensar muito no que vou fazer em seguida, pulo do carro ainda em movimento, fazendo Harp berrar de susto.

— Ei! — grito.

Chip para de arrastar Peter, que deixa de se debater. É difícil entender a expressão na cara machucada dele, mas acho que consigo captar uma leve preocupação de que eu tenha ficado completamente maluca.

Talvez eu tenha mesmo. Por um instante, penso na marreta que está largada no porta-malas. Penso no revólver que Gallifrey nos deu quando saímos do complexo dos Novos Órfãos. Peter o enfiou no porta-luvas, parecendo sem jeito só de encostar naquilo. Eu podia ir até o carro e usá-lo, segurá-

-lo com confiança suficiente para dar a Peter o momento de distração de que ele precisa para percorrer os quase quatro metros até o banco de trás do carro. Mas não consigo justificar esses atos para mim mesma, não importa quanto eu queira beijar o garoto que estou tentando salvar. Eu estaria fazendo o jogo dos Crentes: dizendo a mim mesma que não tem problema usar violência, ou ameaçar usar violência, para conseguir o que se quer. *E Deus amava tanto o mundo*, diz o Livro de Frick, *que nos deu armas para proteger nossos lares e mulheres*. Segundo Frick, Eva — que era fraca — temia a lança de Adão e a destruiu, quando na verdade Deus a criou especialmente para Adão. A serpente foi apenas a gota d'água para o Criador. Não. Não vou pegar o revólver. Vou improvisar. Eu me pergunto se coragem é isso: adrenalina mais amor mais estupidez absoluta.

— É sério, garotinha? — pergunta Chip, dando risada. Ele quebrou a cara do Peter, mas não está nem suando. — Você ganhou o que chamamos de *prorrogação*. É melhor aproveitar.

— O Livro de Frick, capítulo 78, versículo 22 — grito para ele. — "*E Thomas Jefferson pôs a mão sobre a fronte de Frick. E Thomas Jefferson disse: Homem algum tem o direito natural de cometer quaisquer agressões ao direito natural de outro homem. E é sobre isso e somente isso que as leis devem legislar.*"

De repente algo brilha no olhar do Chip — desconforto ou incredulidade, não sei. Ele não responde. Não solta Peter. No carro, ouço Harp, sem fôlego, murmurar:

— Uau.

— Você leu o Livro do começo ao fim — continuo —, não leu?

— É claro que li a porcaria do livro! — retruca Chip, e faz o sinal da cruz bem depressa no ar com a mão livre. — Você está tirando esse trecho do contexto!

— Estou, é? — pergunto a ele. É claro que estou. Faz meses que folheei o Livro de Frick que meus pais me deram, e só me lembro das partes mais bizarras e de uma ou duas passagens que faziam sentido. Mas tenho a sensação de que o gerente não sabe disso. — Vamos torcer para que você esteja certo, Chip, porque o que acha que o Profeta Jefferson diria se olhasse aqui pra baixo e visse você fazendo isso? Bem enquanto a lista dos passageiros para a Segunda Balsa está sendo feita?

Chip afrouxa o aperto só um pouquinho. Peter, que não está mais arquejando, tenta recuperar o ar e limpa o sangue do rosto com a manga.

— Mas e aquela parte — retruca o homem, quase pensativo —, a que diz: "*A estrada para o Reino dos Céus é estreita e está cheia de condenados?*" Esse trecho também está lá.

Sem pensar direito, recito a próxima citação relevante que passa pela minha cabeça:

— "*Eu, porém, vos digo: amai a vossos inimigos, bendizei os que vos maldizem, fazei bem aos que vos odeiam e orai pelos que vos maltratam e vos perseguem.*"

Assim que termino de dizer a frase, sei que fiz besteira. Nada no Livro de Frick seria tão sensato. Chip fica sério.

— Isso não é do Frick. O Pastor não falou isso.

Ele joga Peter no chão e pressiona o joelho nas costas dele com força. Ouço Harp gritar atrás de mim, e minha voz se junta à dela:

— Não!

Eu me viro para o carro sem nem pensar, a imagem da arma no porta-luvas gravada na minha mente, mas então ouço a voz de Peter, tão baixinha que mal dá para escutar direito.

— Minha carteira — diz ele.

Chip balança a cabeça, dando outra joelhada nas costas de Peter.

— Não quero seu *dinheiro* — retruca com desprezo.

— Não. — Peter balança a cabeça. — Meu pai. Me dê minha carteira. No meu bolso de trás. Meu pai.

Não sei qual é o plano dele. Quero pegar o revólver e apontá-lo para Chip até que Peter esteja em segurança no banco de trás. Quero protegê-lo, esse garoto gentil que eu um dia poderia amar. Quero machucar cada pessoa que já fez mal a ele. Mesmo contra sua vontade, Chip está intrigado e pega a carteira de Peter no bolso de trás, abrindo-a com uma só mão. Examina algo lá dentro e solta Peter de repente, como se a pele do garoto queimasse. Ele cai de joelhos.

— Não foi com esse nome que você fez o check-in — afirma Chip com a voz falhando.

Peter assente. Pega a carteira das mãos de Chip e tira um pedaço de papel dobrado, quase do tamanho de um cartão de visitas. Ele o entrega ao gerente, que o desdobra. Fico só observando seus olhos se arregalarem. Ele segura o que quer que seja junto ao peito.

— Meu filho — diz Chip, sua voz ficando de uma hora para outra muito baixa e respeitosa —, preciso lhe dizer que sinto muito mesmo por ter feito algumas suposições infundadas sobre você...

— Deixa pra lá — responde Peter, levantando-se com dificuldade.

— Você consegue entender que eu estava preocupado! — Chip se aproxima para ajudá-lo, mas hesita. Ele agora parece estar com medo de Peter, do que o garoto vai fazer. — São tempos perigosos, você sabe muito bem disso. Espero que me mantenha em suas orações.

Peter finalmente consegue ficar em pé, com uma careta de dor, a mão apertando a lateral do corpo. Ele começa a mancar até o carro, mas para e olha para mim. Parece prestes a vomitar.

— Me desculpe — pede, baixinho.

— Seu pai era um grande homem! — grita Chip atrás dele, mas Peter o ignora, abre a porta de trás e se arrasta para dentro do carro. — Era um patriota! Senhorita — continua ele, mais baixinho, após Peter ter batido a porta —, você acha que ele se importaria se eu ficasse com isso?

Chip dá um passo à frente para me mostrar o que Peter lhe entregou. É uma foto pequena, do tamanho certo para caber na carteira, com marcas que indicam que já foi dobrada e desdobrada inúmeras vezes, enfiada em carteiras, bolsos e entre páginas de livros por sabe-se lá quantos anos. É uma foto de um homem carregando um garotinho. O menino tem olhos azuis e está todo feliz. O homem tem cabelo loiro e grosso, pés de galinha e lábios finos e sorridentes. O retrato é velho, mas ainda assim sinto um calafrio ao reconhecer o pai do Peter. É Adam Taggart. O porta-voz da Igreja Americana. O Executor. Não há como ligar aquele homem ao garoto que beijei esta noite no carro dos meus avós. É surreal. O sol está nascendo em Winnemucca, e Harp buzina. Eu me viro e vejo que Peter escorregou para fora do meu campo de visão. Ele passou oito anos carregando essa foto pra tudo quanto é canto. E esta foi a primeira vez que ela serviu para alguma coisa.

— É toda sua — digo a Chip.

CAPÍTULO 17

— Seu pai é um *babaca*! — grita Harp.

Ela está nos tirando de Winnemucca a toda, as mãos agarradas ao volante. Quando entrei no carro e disparamos para fora do estacionamento do Shady Pines, minha amiga estava apavorada e confusa.

— O que foi aquilo? — gritou ela para nós dois. — Por que ele deixou a gente ir embora? — Eu ainda estava chocada demais pra responder, e Peter finalmente teve que explicar tudo. Que estamos indo para a Califórnia porque ele acha que seu pai está lá. Que seu pai é um psicopata desprezível, o braço direito de Beaton Frick.

— Eu sei disso — responde Peter, rouco. — É claro que ele é.

— Você não acha que poderia ter mencionado um pouco mais cedo? — continua Harp. — Talvez, sei lá, antes de se juntar a nós em uma viagem de carro pelo país?

— E o que eu ia dizer? — pergunta ele. Sua voz está fraca, mas há certa acidez nela. — Obrigado pelo convite. Ah, aliás, meu pai é um monstro detestável. Espero que não seja genético!

— É, isso mesmo! Bem por aí! Mas pelo visto você não fazia a menor questão de contar, já que nem nos disse a porra do *seu nome verdadeiro*. De onde veio Ivey, aliás? É alguma maluquice da Igreja?

Peter fica em silêncio por um momento.

— Era o nome de solteira da minha mãe.

— E, por falar nisso, qual era o problema *dela*? — retruca Harp. — Como foi que ela chegou à conclusão de que seria uma boa ideia se casar com um fundamentalista doido que na verdade odeia mulheres?

— Harp — intervenho, ríspida.

Ela suspira.

— Está bem. Me desculpe. Mas, Viv, sério. Você vai me dizer que isso não te incomoda nem um pouquinho? Que o cara com quem você anda se agarrado pelos cantos é filho do maior babaca do mundo? "A taça da Ira de Deus"? Aquele cara?

— Ele não é igual ao pai — digo, baixinho. — É óbvio que não é igual ao pai.

— Não, mas...

— Estamos viajando com ele há semanas, e Peter não encostou um dedo na gente. Ele nos ajudou. Não nos contou de quem era filho, mas, se eu fosse filha daquele cara, também não teria contado. E se for *mesmo* Taggart que estava mandando cartas para ele da Califórnia, quer dizer que temos bem mais do que um palpite. Significa que estamos mesmo no caminho certo.

Harp fica quieta. Eu me viro para olhar o rosto de Peter. Ele está deitado, encostado na porta com o corpo todo tenso, o braço esquerdo caído em cima do peito. Mesmo com a luz fraca da manhã, dá para ver os hematomas se formando no seu rosto e os resquícios de sangue seco em seu queixo. Ele aceitou levar uma surra para que pudéssemos fugir. Olha para mim de um jeito tão triste e assustado.

— Podemos confiar em você? — pergunto.

— Podem — responde ele, com um suspiro. — Sempre.

Já estamos na Califórnia quando percebermos que deixamos as malas para trás.

Isso significa que, além dos trajes excêntricos da Harp ("Eu tinha uma saia rodada vintage na mala!", reclama ela), perdemos grande parte do nosso dinheiro. Cada uma de nós estava carregando uns duzentos dólares quando fugimos do estacionamento do Motel Shady Pines, e temos mais uns 650 dólares escondidos em vários lugares do carro, mas a maior parte do dinheiro que Harp sacou da conta dos pais estava dividido entre a minha mala e a dela. E o preço da gasolina só aumenta. No primeiro posto pelo qual passamos depois de cruzar a fronteira da Califórnia, o galão custava 13,72 dólares. Precisamos de comida e de um lugar para dormir. Estou preocupada com Peter — ele se recusa a ir a um hospital, dizendo que isso só vai nos atrasar e nos deixar vulneráveis. Quando cai em um sono inquieto, conto a Harp sobre Winnie, digo que ela mora em São Francisco e provavelmente foi quem ligou naquela noite. Harp tenta ver o lado positivo, dizendo que é um sinal de que minha irmã sabe da minha existência e está tentando me encontrar, mas nós duas entendemos o que isso significa. O meu palpite — a intuição me dizendo que meus pais estavam vivos em algum lugar, e que foi o que iniciou essa viagem — estava errado. Estamos exaustas e falidas, Peter está fodido e o mesmo pode acontecer com nós duas — a qualquer momento, em qualquer lugar. Para sobreviver, precisamos parar um pouco e recuperar o fôlego. Precisamos de um adulto. E, por sorte, conhecemos alguém nesta costa estranha. A adulta em quem mais confio.

Harp sai da estrada e entra em uma cidade turística chamada Truckee, para nos recuperarmos e comermos alguma coisa. Quando paramos, o clima é deprimente — uma neblina densa, fria e úmida cobre quase tudo. São apenas oito da manhã, e o único lugar aberto, por algum motivo, é um BurgerTime minúsculo e deprimente, pintado de um rosa nauseante e cheio de ferrugem nas partes que um dia foram cromadas. Na mesma hora que entro, meu olhar vai direto para o caixa, como se esperasse encontrar Edie ali. Mas a garota atrás da máquina registradora é uma adolescente loira e magricela mascando chiclete e quase dormindo. Harp leva o celular de Peter e o pedacinho de papel com o telefone para o lado de fora, porque lá o sinal é melhor, enquanto eu vou até o balcão comprar uma porção pequena de batatas fritas com cachorro-quente e um saco de lixo com o máximo de gelo que ela puder nos dar. Peter, de olho roxo e todo duro na mesa mais próxima, ri ao me ver arrastando o saco, depois faz uma careta de dor. Eu me sento ao lado dele, que pega o gelo das minhas mãos e o segura junto às costelas.

— Ei — começa ele —, você se lembra daquela vez que um Crente chamado Chip me encheu de porrada num quarto de motel em Winnemucca, Nevada?

Finjo pensar por um momento.

— Não. Não lembro.

— Que bom. O que restou da minha dignidade agradece muito. — Há uma longa pausa, e parece que nenhum de nós sabe o que dizer, então Peter volta a falar: — Me desculpa. Eu deveria ter contado antes, mas é como você disse... Não gosto de pensar nele.

— Eu entendo. Sério. Eu só preferia não saber.

Ele parece desapontado.

— Eu não culpo você. E juro que vou entender se quiser fingir que a noite passada nunca chegou a acontecer, de verdade. Quer dizer, as partes boas, é claro. Se você achar que fica muito estranho agora, eu...

— Não foi isso que eu falei. — Toco de leve a bochecha machucada dele. — Eu preferia não saber, porque agora temos que ficar sérios, fazer cara feia e ter Conversas Importantes sobre isso. E na verdade eu preferia... Você sabe, que a gente continuasse se beijando.

É tão fácil acreditar nele quando vejo seu rosto se iluminar de surpresa, com uma expressão confusa, porém feliz.

Ele começa a se inclinar na minha direção, tão devagar que chega a dar agonia, mas, antes que consiga me beijar, Harp aparece na nossa mesa, balançando as chaves do carro no dedo indicador.

— Mais respeito, vocês dois. Este é um restaurante de família — diz ela, enfiando uma das batatas gordurosas na boca. Ela analisa o cardápio néon e grita para a moça no caixa: — Ei, pode mandar um milk-shake de banana com chocolate pra cá? E um sanduíche de frango empanado?

— E o dinheiro? — lembro a Harp, que se senta à nossa frente. — Não esquece que estamos ficando sem dinheiro.

— Tá bom, mãe — responde ela com um suspiro, revirando os olhos. — Enfim, você vai ficar feliz em saber que Wambaugh pareceu muito animada com meu telefonema e terá muito prazer em nos receber na casa dos pais dela, pelo tempo que a gente precisar. Quando contei que estávamos na merda, Wambaugh disse que, enquanto conversávamos, ela estava literalmente fazendo uma limonada com os limões que a vida nos deu. Tipo, ela estava preparando uma jarra de limonada. Ela disse isso, Viv.

— Eu sei, Harp. — É típico da nossa professora, e bobo pra cacete, mas não consigo deixar de sorrir. — Ela diz esse tipo de coisa.

A viagem de carro até a casa dos pais de Wambaugh leva menos de duas horas, e seguimos por uma estrada cheia de neblina em que só consigo ver as bordas indistintas dos pinheiros e dos picos nevados das montanhas. Harp fica no banco do carona, contando meticulosamente cada nota que ainda temos, e Peter se deita no banco de trás, quase sem fazer barulho, a não ser quando muda o saco de gelo de posição. Estou preocupada com o tanto de dor que ele deve estar sentindo. Fico com medo de ele ter quebrado as costelas, de estar com hemorragia interna. Mas Wambaugh vai saber o que fazer. A perspectiva de vê-la me energizou de repente, embora eu esteja exausta e de barriga vazia, a não ser por um terço de uma porção de batatas fritas com cachorro-quente, e mesmo considerando que o clima não melhorou desde Truckee e tudo que conseguimos ver da Califórnia é uma névoa densa. Penso em Wambaugh no dia seguinte ao Arrebatamento, em como ela me fez acreditar que ainda não era o fim. Eu preciso que ela me faça sentir assim outra vez.

Conforme nos aproximamos, Harp passa a ler em voz alta as orientações meticulosas que Wambaugh passou pelo telefone. É difícil dizer nossa posição exata em qualquer momento; a neblina é tão densa que cobre as placas da estrada. Mas acabamos chegando à rua que, segundo Harp, é a certa. Por trás de todo o nevoeiro, parece ter árvores e talvez casas antigas em estilo vitoriano. Mas não temos certeza. A névoa aqui é tão densa que quase me pergunto se é fumaça.

Estaciono perto de onde deve ser o meio-fio, e saltamos do carro. Quando Peter sai do banco de trás, fico aliviada ao ver que está andando um pouco mais reto e fazendo menos caretas de dor. Da calçada, fica mais fácil ver os contornos escuros das casas. Mas não há ninguém à vista, nem qualquer som — devemos ser as únicas pessoas idiotas o suficiente para dirigir por aqui.

— Wambaugh disse que a casa deles fica na metade do quarteirão — conta Harp, parecendo em dúvida. Olhamos para trás, tentando descobrir quanto avançamos pela rua, mas não há como saber. Seguimos em frente, hesitantes, e sinto toda a minha animação e o meu otimismo sumirem, pois como aquela mulher vai me convencer de que estou fazendo a coisa certa se nem mesmo consigo encontrá-la?

De repente, Peter levanta a mão, e paramos de andar. Ouço passos, o som de sapatos batendo na calçada.

— É ela? — sussurra Harp. — E se não for?

Não estou disposta a ficar parada, a esperar.

— Wambaugh! — grito. — Wambaugh!

Harp dá um puxão no meu braço para me fazer parar. Ouvimos os passos ficando mais altos e pesados. Grito o nome dela outra vez, e minha amiga tenta me puxar de volta para o carro, mas, antes que ela consiga ir muito longe, uma figura praticamente se materializa na nossa frente, surgindo diante de nós em meio à névoa, como se passasse de uma dimensão para outra. Harp solta meu braço. A onda de alívio que sinto ao vê-la logo passa.

Wambaugh parece ter comido o pão que o diabo amassou. Tem olheiras profundas e sete centímetros de raiz castanho-acinzentada no cabelo pintado de loiro. Ela está de calça jeans, roupão e chinelos, e deve ter perdido uns cinco quilos. Mas continua com as covinhas e o mesmo sorriso caloroso que agora direciona para nós. Ela abre bem os braços magros, como se apontasse para o mundo que nos cerca.

— Amigos! — grita ela. — Bem-vindos à Califórnia.

Enquanto nos leva com cuidado para a casa dos seus pais, Wambaugh explica que a névoa começou na semana anterior como uma espécie de neblina fina que foi ficando cada vez mais densa com o passar dos dias. Ela nos conta, com seu jeito animado de sempre, que poderia ser muito pior. É quase impossível dirigir, e é uma pena que a gente não vá conseguir ver as palmeiras enquanto estivermos aqui, mas a atividade Crente diminuiu *muito* desde o início do nevoeiro.

— Muito *mesmo* — repete Wambaugh, para enfatizar.

Ela dá uma guinada abrupta para a esquerda e nos conduz ao que acaba se revelando a entrada de uma grande casa antiga com todas as janelas bloqueadas com tábuas. Enquanto destranca a porta da frente, olho para Harp e Peter. Os dois parecem um pouco nervosos. Harp só teve uma aula com ela, e sabe mais sobre a professora pelo que contei. Peter não a conhece, e posso imaginar o que ele vê: uma mulher de meia-idade que parece ferida, assustada e sozinha. É nessa pessoa que deposito minhas esperanças de nos pôr de volta no caminho certo.

— Mãe! Pai! — grita Wambaugh quando entramos em um vestíbulo decorado à moda antiga, com todas as luzes apagadas. — Meus alunos chegaram!

Não sei o que esperava dos pais dela. Olhando para Wambaugh, sua testa franzida e seus movimentos nervosos ao fechar a porta, imagino que seus pais sejam o completo oposto da filha. Frios e implacáveis. Porém, ouvimos uma movimentação mais para o interior da casa, e então dois velhinhos aparecem com calorosos sorrisos de boas-vindas.

— Ora, mas que surpresa agradável! — diz a mãe de Wambaugh. Ela me dá um abraço apertado e faz o mesmo com Harp. Enquanto isso, o pai dela aperta a mão de Peter com vigor.

— Queria ver como o outro cara ficou! — diz ele, rindo, e Peter também ri, surpreso.

— Faz *anos* que não conhecemos um aluno da Matilda — comenta a Sra. Wambaugh, para mim. — Costumávamos conhecê-los o tempo todo, quando ainda morávamos em Pittsburgh, mas nos aposentamos e viemos para cá, *anos* atrás. É claro que também não vimos muito a própria Matilda nesse período.

— Desculpa, mãe — diz Wambaugh. De uma hora para a outra, ela parece muitos anos mais nova, apenas por estar sendo repreendida pela mãe.

— Eu entendo! — responde a Sra. Wambaugh, erguendo as mãos em súplica. — É claro que entendo que uma professora de ensino médio pode ser muito ocupada! Não tanto quanto seria se você tivesse nos dado netos, mas...

— Por que não vamos para a sala? — interrompe ela, animada, indicando o cômodo à nossa esquerda. — Já preparamos o almoço para vocês.

Como resposta, meu estômago ronca. Wambaugh e sua mãe levam Harp e eu para a sala, seguidas por Peter e pelo Sr. Wambaugh, que passou o tempo inteiro tentando conversar sobre beisebol.

— Bem, eu *entendo* que foram meses cansativos — posso ouvi-lo dizer —, mas já estou farto dessa droga de liga da Igreja Americana. Eles precisam mesmo comemorar cada *home run* com "Ave Frick" pelo estádio inteiro? Quero ver beisebol de verdade!

Peter murmura, concordando. A sala está escura, a não ser por um abajur, e nela há vários sofás que parecem tão confortáveis que já posso me imaginar caindo no sono. No meio da sala tem uma mesa de centro com uma jarra de limonada e uma bandeja de sanduíches. A lareira está acesa, e, acima da cornija, penduraram um crucifixo grande. Vê-lo faz meu estômago se revirar. Paro de andar, mas o Sr. Wambaugh apenas passa por mim, me contornando, e chama Peter para se sentar enquanto relembra algum jogo clássico da World Series da década de 1970, e Harp não repara em nada porque está seguindo direto em direção aos sanduíches.

— Viv — chama Wambaugh, dando tapinhas no lugar ao seu lado. — Venha se sentar.

Quando o faço, a mãe da minha professora me dá um copo de limonada e diz:

— Então, por que vocês não contam como vieram parar aqui?

Começo a falar. Não quero que Harp nem Peter contem a história, pois nenhum deles parece alarmado diante da enorme peça de decoração Crente pendurada a menos de dois metros de onde estamos sentados, e não confio que vão deixar as partes perigosas de lado — como, por exemplo, aonde vamos e o que planejamos fazer lá. Conto a eles sobre os meus pais e os de Harp, meus avós, Melodie Hopkirk e Raj. Falo um pouco sobre Edie e sobre como Peter se machucou. Wambaugh e sua mãe ouvem, solenes, com os olhos brilhantes de lágrimas. Minha mente não para durante esse tempo. Não surpreende que minha professora pareça nervosa e deprimida, presa nesta casa com um casal de Crentes enganadoramente simpáticos. Com certeza deve haver um jeito de tirá-la daqui — agora somos quatro contra dois, e os pais dela, embora bem animados, parecem um pouco frágeis. Vamos tirá-la daqui esta noite, abriremos caminho pela névoa e, amanhã, ela vai conosco para São Francisco e nos ajudará a encontrar o complexo de Frick. Quando conto a história, faço parecer que viemos para a Califórnia porque não tínhamos mais outro lugar para ir. Harp, já em seu terceiro sanduíche, não está prestando atenção, a não ser para aceitar as condolências dos Wambaugh quando chega a hora. Mas Peter me observa com atenção e curiosidade com o olho roxo.

— Bem — começa a Sra. Wambaugh, quando termino de falar, assoando o nariz em um guardanapo. — Acho que nunca *ouvi falar* em um grupo de jovens mais corajoso que vocês.

— Faz bem para a alma — intervém o pai da minha professora — ver a juventude da América florescer dessa forma. Faz o futuro parecer um pouco melhor, não é, Tillie?

— Com certeza — responde Wambaugh.

Ela está sorrindo para mim, cheia de orgulho, e sinto uma certa aura de prazer emanar de mim quando penso em como vai ficar ainda mais orgulhosa quando descobrir nossas verdadeiras intenções. Ouvimos um tinido vindo de outro cômodo, e a Sra. Wambaugh se levanta de repente.

— A minha torta! Espero que gostem de cereja. Quando Matilda nos avisou que vocês estavam a caminho, pensei que talvez precisassem de um docinho. Querido, pode me ajudar a limpar a cozinha? Devíamos dar a Matilda um tempo a sós com as crianças.

O Sr. Wambaugh dá uma cotovelada divertida em Peter.

— A patroa chama! — diz ele, sem notar a careta de dor de Peter.

Ele segue a esposa até a cozinha, e, quando tenho certeza de que estão a uma distância segura, eu me viro para minha professora.

— Você deveria ter nos falado antes que eles eram Crentes! — sussurro para ela. — Teríamos vindo mais rápido! Não teríamos deixado você aqui sozinha com os dois.

— Crentes? — repete Wambaugh.

Indico o crucifixo atrás dela com a cabeça. Quando Wambaugh entende o que quero dizer, ri.

— Ah, Viv, sinto muito. É um mal-entendido. Meus pais não são Crentes. São muito, muito católicos.

— É um crucifixo católico — confirma Peter. — Sei disso porque os olhos do Jesus morto não ficam nos seguindo pela sala, como os dos Crentes.

— Bem — respondo, inflexível —, mas os católicos também são Crentes, não são? Quer dizer, tecnicamente, todo mundo que Crê é Crente. Por que eu deveria rejeitar alguns e aceitar outros? Todos recebem ordens de um cara invisível no céu.

— Viv — começa Wambaugh, mas a interrompo.

— Não é como se fossem mais legítimos porque estão aqui há mais tempo. Na verdade, assim eles só tiveram mais tempo para fazer merda. E as Cruzadas? E todas as clínicas de aborto que foram bombardeadas? E *você*, Wambaugh? Está péssima. Não parece mais a mesma. O que eles fizeram com você?

— *Eles* são meus pais e são velhinhos — retruca minha professora, de repente com a rispidez de uma educadora de volta à voz —, e *você* precisa parar com isso agora mesmo.

Fecho a boca com firmeza e paro de falar. Sei que me deixei levar, mas ainda estou preocupada. Harp engole um pedaço do sanduíche.

— Wambaugh — começa ela, com cautela —, você também é católica?

Ela respira fundo.

— Bem, não que seja da conta de vocês — responde —, mas sou, sim. Desde que tinha um mês de vida. E nunca bombardeei uma clínica de aborto nem taquei fogo na casa de alguém. Então ficaria muito feliz se você não me confundisse com as pessoas que fazem isso.

— Como é possível? — pergunto. — Como pode acreditar nessas coisas?

Wambaugh me encara, e seu olhar fica mais compreensivo.

— Poderíamos ficar horas aqui conversando sobre o porquê das minhas crenças e o tipo de consolo e orientação que minha fé me proporcionou durante a vida, mas não ia fazer a menor diferença para você, Viv, porque você não crê. E tudo bem! Não é meu papel dizer no que você tem que acreditar. Isso é uma coisa que precisa descobrir sozinha. Mas vou lhe dizer uma coisa: você não pode passar a vida dividindo o mundo entre Crentes e Descrentes para determinar quem é digno do seu amor e confiança. Não é tão simples assim, Viv, e você sabe disso. Não seja uma dessas pessoas que vê grupos em vez de indivíduos. Esse é o tipo de coisa que Beaton Frick faz.

Parece que Wambaugh não entendeu muito bem — Beaton Frick canaliza seu ódio em destruição e violência, enquanto tudo o que eu faço é odiar com uma raiva impotente. Mas a deixei chateada e me arrependo. Por isso não respondo.

— Então — continua ela —, por que você não me conta o que veio fazer aqui na Califórnia? Algo me diz que a Vivian Apple que conheci não sairia em uma viagem de carro pelo país bem durante o fim do mundo só por diversão.

Explico as cartas misteriosas do Peter e o que Golias nos contou sobre o complexo florestal secreto do Frick. Deixo de fora o telefonema, porque estou com muita vergonha disso agora. Wambaugh me escuta com uma expressão preocupada. Ela não para de mordiscar o lábio inferior. Mais para o fim da explicação, eu me dou conta de que comecei a dar de ombros várias vezes, que passei a usar muitos "você sabe" e "sei lá", como se confirmasse, como diz sua expressão, que tudo foi uma péssima ideia.

— A gente tinha que fazer alguma coisa — explica Harp. — Não podíamos só ficar esperando sentados.

Wambaugh sorri para nós.

— Acho que vocês são muito corajosos. E entendo a frustração. É só que... Não sei, gente. Tudo é bastante complicado, mesmo as coisas que parecem muito simples. Um monte de gente desapareceu, e por isso vocês querem descobrir onde é que essas pessoas foram parar. Mas e se no final das contas odiarem a resposta? Ou só encontrarem parte dela? Vocês podem passar anos tentando resolver esse mistério e mesmo assim nunca ficarem satisfeitos.

— Mas...

— Precisam tentar — completa Wambaugh, assentindo. — Eu entendo, de verdade. É por isso que tenho orgulho de vocês. Só espero que o que quer que encontrem seja satisfatório. Espero que, no final, não tenham mais perguntas do que respostas.

— Você poderia vir com a gente — sugiro.

— Não posso, Viv, mas obrigada. Eu gostaria, mas realmente preciso ficar aqui.

— Mas você obviamente está infeliz aqui — deixo escapar. — Parece superdeprimida!

Wambaugh arregala os olhos e dá uma gargalhada escandalosa muito familiar.

— Viv, eu tenho quarenta anos, estou desempregada e morando com meus pais. O apocalipse está batendo na porta. É claro que estou deprimida.

Os Wambaugh insistem que a gente passe a noite ali, Peter e Harp ficam aliviados quando aceito o convite. Ficamos o resto do dia conversando e rindo com Wambaugh, assistindo à cobertura de um tsunami no Japão. A Sra. Wambaugh é enfermeira e faz o melhor que pode por Peter. Eles nos oferecem um jantar enorme, frango assado recheado, cenoura, salada e a torta de cereja de sobremesa. O Sr. Wambaugh nos serve grandes taças de vinho e ri do olhar de desaprovação da filha.

— Eles passaram por tanta coisa, Tillie! — implora a Sra. Wambaugh. — Deixa os garotos tomarem um gole, pelo amor de Deus!

O vinho nos deixa sonolentos, e a família nos dá boa-noite e vai cada um para seu quarto no segundo andar. Harp, Peter e eu nos acomodamos na sala de tevê, onde os Wambaugh abriram o sofá-cama. Peter pega um livro encadernado em espiral de uma mesa de canto — é um mapa das estradas da Califórnia.

— O Sr. Wambaugh me disse que nós podemos levá-lo com a gente — explica, abrindo o livro em um mapa da Califórnia. Ele aponta para Sacramento. — Nós estamos aqui... — Passa o dedo pela curta distância até chegar em um ponto perto do oceano Pacífico. — E aqui fica Point Reyes Station, onde aparentemente um barbeiro cortava o cabelo de Frick. E, se você olhar para esta parte com mais atenção... — Ele vira algumas páginas e então entrega o mapa para nós duas, mantendo o dedo em uma estrada marcada na Route 1: a Sir Francis Drake Boulevard.

— King Arthur Lane. — Harp balança a cabeça ao repetir a informação errada que Golias nos deu. — Meu Deus, ele era um babaca.

— Então é isso — digo. — Né? O complexo deve ficar em algum canto de Point Reyes.

— É o nosso melhor palpite — concorda Peter.

No mapa, a área marcada como Point Reyes parece pequena, apenas uma minúscula fresta verde envolvendo a costa da Califórnia. Mas sei que será diferente quando estivermos lá — maior e mais densa, mais um mistério a resolver. Olho para Harp e Peter.

— Os Wambaugh nos deixariam ficar, vocês sabem disso, né? Devem propor isso logo amanhã de manhã. Eles nos manteriam em segurança, aliás. Não seria vergonha pra ninguém querer ficar.

Harp me lança um olhar fulminante e se levanta.

— *Você* vai ficar?

— Não — respondo. — Vou ver o que tem lá fora.

— Então é claro que seria uma vergonha — responde ela, andando até a porta. — Acha que eu vou ficar aqui na boa com a minha professora de história enquanto minha protegida está por aí, lutando pelo que é certo, vivendo uma aventura? Boa tentativa, Viv. — Harp boceja. — Mas você não vai se livrar de mim tão fácil.

Ela sai da sala, e logo ouço seus passos na escada que leva ao quarto de hóspedes que vamos dividir no segundo andar. Peter ainda está debruçado sobre o mapa, traçando a estrada com a ponta do dedo. Ele nem percebe minha presença. Eu me pergunto se falei algo errado. Ou se fiz a ideia de ficar em Sacramento parecer muito tentadora para ele. Sei que poderia passar horas aqui, sentada, desejando que ele falasse comigo, surtando ao especular por que não diz nada. Mas não vou me permitir fazer isso. Fico de pé.

— Então — digo —, boa noite.

Eu me viro para ir embora, mas Peter estende o braço e segura minha mão, me puxando para seu lado.

— É assim que você vai me dar boa-noite? Ridículo.

Ele segura meu rosto com ambas as mãos e me puxa para si. Seus lábios são quentes e macios e fazem meu corpo todo vibrar.

— Pensei que você estivesse chateado comigo ou coisa do tipo — digo, entre os beijos. — Estava todo quieto e misterioso.

— Isso não é ser misterioso, é ser tímido. — Peter inclina a cabeça e beija meu pescoço. — Sou eu não sabendo dizer: "Viv, fica aqui mais um pouco para eu beijar você."

— Você devia dizer exatamente isso — sugiro. — Soou muito bem.

Quando o beijo, o tempo parece passar de um jeito novo, vertiginoso. Cada segundo é mais doce, mais preguiçoso e, de alguma forma, mais curto que o anterior. Quando nos afastamos, Peter encara meu rosto por um momento, então sorri, satisfeito com seja lá o que vê nele. É uma da manhã.

— Vá descansar um pouco, Vivian Apple — diz ele. — Amanhã será um longo dia.

— Não posso ficar aqui?

O que quero dizer é que estou sonolenta por causa do vinho, do cansaço e do prazer. Mas, depois que pergunto isso, percebo o que a frase parece sugerir, e sinto o rosto corar. Peter arregala os olhos só um pouquinho.

— Acho que não. — Ele disfarça um sorrisinho. — Mas só porque acho que os Wambaugh não aprovariam.

Eu me levanto outra vez, e Peter se levanta comigo. Ele me envolve em seus braços e afunda o rosto no meu cabelo.

— Aliás, tenho uma coisinha para você. Está no carro. Amanhã, me lembra de entregar.

— O que é? — pergunto.

Mas ele balança a cabeça.

— Amanhã — responde.

Na manhã seguinte, depois de termos dormido o bastante e tomado um banho maravilhoso, Wambaugh e seus pais esperam na porta com uma enorme bolsa térmica, onde colocaram sanduíches, frutas, pretzels e garrafas d'água. A Sra. Wambaugh também deixou para nós um pequeno kit de primeiros socorros, que mostra para Peter com um olhar significativo.

— Não entendo por que vocês precisam ir embora *tão cedo* — diz ela, enquanto se despede de nós com abraços. — Ficaríamos felizes em tê-los aqui pelo tempo que precisarem.

— Obrigada, Sra. Wambaugh — agradeço. — Mas Peter tem família mais para oeste.

— Bem, vocês são bem-vindos aqui sempre que quiserem — responde ela. — De verdade.

— Mas apareçam antes de o mundo se escafeder! — diz o Sr. Wambaugh, com uma risada, e sua esposa lhe dá uma cotovelada, exclamando:

— Howard!

Wambaugh nos acompanha até o carro. A névoa ao redor da casa está ainda mais densa e fria, mas, quando olhamos para cima, conseguimos notar um leve vestígio do sol pálido bem no alto. O carro continua são e salvo onde o deixamos. É difícil imaginar, como Wambaugh nos contou, que essa vizinhança algum dia tenha sido um grande point da atividade Crente. Peter se oferece para dirigir — ele parece um pouco melhor hoje, se movendo com mais facilidade. Quando me abraça, minha professora diz:

— Espero que você acabe com mais respostas do que perguntas.

— Tem certeza de que não quer vir conosco? — pergunto.

Wambaugh assente.

— Essa briga não é minha, Viv.

Eu a observo pela janela do banco do carona enquanto nos afastamos. Em um segundo ela está lá, na calçada, com seu roupão, os braços cruzados. No seguinte, foi engolida pela névoa. Uma vozinha na minha cabeça, uma que não quero ouvir, diz que não vou vê-la outra vez. Essa pessoa, uma das mais fundamentais na minha formação... Nunca mais vou vê-la.

CAPÍTULO 18

A NÉVOA SOME POUCO DEPOIS de sairmos de Sacramento, mas o céu continua nublado. A estrada é larga e sinuosa, com acres vazios de ambos os lados. Não demora muito para começarmos a ver placas indicando o caminho para São Francisco e Point Reyes. Ao meu lado, dirigindo, Peter parece inquieto e distraído. Sei que ainda acredita que encontrará o pai no fim desta estrada, e ele tem tanto direito de tentar quanto eu. Estendo o braço e seguro a mão dele. Atrás de mim, ouço o chacoalhar indistinguível do frasco de Xanax de Harp. Nenhum de nós sabe bem o que esperar. Me pergunto se Harp e Peter, assim como eu, pensam que a pior das hipóteses seria não encontrar nada.

A estrada que pegamos saindo de Sacramento leva, depois de duas horas, direto para Point Reyes Station, uma cidade abandonada, com prédios pequenos, baixos e vazios. Alguns têm telhados e varandas meio chamuscados, como se as pessoas lá dentro tivessem sido queimadas. Passamos pela barbearia da qual Golias falou — as janelas estão todas quebradas, e, como na casa de Harp, em Pittsburgh, a palavra "PECADO" foi pichada na porta da frente.

Já passa do meio-dia quando finalmente chegamos a Sir Francis Drake Boulevard. A estrada é longa, estreita e sinuosa, cercada por vegetação densa de ambos os lados. Não sabemos como prosseguir a partir daqui. Não fazemos ideia de a que altura da estrada teremos que parar, nem do quanto precisaremos nos embrenhar na floresta quando isso acontecer. Não sei nem o que estamos procurando. Olho para as árvores quando passamos, pensando que verei... O quê? Procuro luzes, fumaça, indícios de movimento. Qualquer sinal ou símbolo que possa indicar que não somos os únicos aqui. Depois de um tempo, por acidente, acabamos saindo da estrada e entrando em outra, que nos leva um pouco mais para o sul. Esse novo caminho é estreito e não parece ser muito utilizado, e a floresta ao nosso redor fica mais alta e ameaçadora. Depois de mais ou menos uma hora avançando, somos obrigados a parar, pois há uma árvore caída no meio da estrada, bloqueando a passagem. Nós três saímos do carro para examinar a situação.

— Não vi nenhum outdoor dizendo: "Bem-vindos à Base Secreta da Igreja Americana" — comenta Peter. Seu tom é leve, mas ele parece desapontado. — Você viu?

— Isso vai mesmo levar a algum lugar? — pergunto. — É enorme aqui. Como vamos encontrar um complexo escondido?

— Não deve ser assim tão isolado — retruca Harp —, porque Frick precisa ser capaz de encontrá-lo. E ele era muito velho e possivelmente senil.

Peter assente e passa por cima de galhos e montes de folhas até a base da árvore caída.

— Além disso — grita ele —, esta árvore foi serrada. Não caiu naturalmente. Acho que pode ser um bom sinal, uma cerca de segurança secreta. A gente devia continuar a pé.

Harp enche uma sacola com garrafas d'água e comida da bolsa térmica de Wambaugh, e eu pego a marreta no porta-malas — só por precaução. Passamos por cima da árvore e seguimos pela estrada, a vegetação ficando cada vez mais densa e impenetrável. A grama bate nos nossos joelhos, mas não parece selvagem o bastante para uma estrada abandonada — pelo contrário, é verde e viçosa, aparada de modo uniforme, até onde podemos ver. Há uma certa calma sinistra ao nosso redor. Não ouço nada, nem mesmo o canto dos pássaros ou a estrada ao longe, e não dá para escutar sequer o vento correndo entre as árvores. Há alguma coisa estranha nesta floresta. Algo artificial. Além disso, tenho a sensação esquisita de que nós três estamos sendo observados.

Andamos devagar por bem mais de uma hora, olhando sempre ao redor em busca de sinais de vida. Fazemos uma pausa perto de um córrego para comer os sanduíches, mas sinto um nó no estômago, e as mãos de Peter estão tremendo. Harp dá uma mordida no dela e o embrulha novamente no plástico. Enquanto ficamos sentados, o sol aparece por cima da copa das árvores, mas isso só me faz lembrar de que não vai demorar muito para se pôr. Seguimos em frente, mas não paro de pensar na noite que se aproxima. Não temos barraca, não temos cobertores nem muita comida. Achamos que, em algum momento, teremos que sair da estrada e avançar pela floresta — mas quando? E se já tivermos passado do complexo? E se nunca o encontrarmos? Estou mais assustada agora do que jamais fiquei na presença dos Crentes. Crentes são apenas pessoas — sei o que são e que tipo de perigo representam. Mas esta floresta é diferente, desconhecida. Tenho medo de que vá nos engolir.

— Talvez a gente devesse voltar — sugere Peter, depois de mais uma hora. Ele tirou o moletom e o pendurou em um dos ombros, e o cabelo da nuca está molhado de suor. Harp dá tapas nos próprios braços para espantar os mosquitos. Estou tentando recuperar o fôlego. — Acho que já devemos ter passado pela entrada.

— Pode ser que a gente tenha passado, mesmo — respondo. Minha garganta está apertada e as palavras saem ofegantes. — Ou talvez seja mais adiante. Podemos continuar andando e ter passado direto pela entrada ou podemos dar a volta e nunca vê-la.

— Viv.

Sinto o medo encher meus pulmões como fumaça. Engulo o choro.

— Nunca vamos encontrar. Tem um motivo para estar escondida. É para gente como nós não achar.

— Vamos encontrar — diz Peter. Ele avança para me puxar para um abraço. — Não estamos com pressa.

— É claro que *estamos* com pressa — grito, empurrando-o. — O mundo vai acabar em três meses, e ainda vamos estar nesta floresta, racionando mordidas nos sanduíches de Wambaugh e procurando um lugar secreto que talvez nem exista!

— Hã... gente — começa Harp, baixinho. Ela deu alguns passos para fora da estrada e está parada entre duas árvores brancas e finas. — Não quero interromper o ataque de pânico da Viv, mas vocês não acham que isso poderia ser um sinal?

Vamos até a beira da estrada e olhamos para baixo. Lá, na camada de folhas mortas que cobrem o chão da floresta, seis pedras brancas e lisas formam um padrão: quatro estão dispostas em uma linha vertical que vai até os pés da Harp, e outras duas foram arrumadas uma de cada lado da linha, formando o desenho inconfundível de uma cruz. Minha amiga aponta vários metros à frente, na floresta, onde há outra cruz de pedra. Quando olhamos mais adiante, entre as árvores, vemos outra e mais outra, formando um caminho que leva a um ponto fora do nosso campo de visão.

— Puta merda — sussurra Peter.

— Vou levar o crédito por essa descoberta, né? — comenta Harp, risonha. — Tipo, quando nos lembrarmos desse momento, vocês vão dizer: "E foi a Harp quem se manteve lúcida e encontrou a trilha de cruzes entre as árvores." Né?

— Você vai receber todo o crédito! — Peter a agarra e a puxa para um abraço de um braço só. — Vou me encarregar pessoalmente de que essas sejam as palavras exatas gravadas na sua lápide.

Os dois olham para mim. Meu rosto ainda está molhado por causa das lágrimas. Dou um passo à frente e passo um braço em volta da Harp e outro ao redor do Peter, formando um triângulo.

— Foi mal, gente — digo, olhando para o chão. — Fiquei com medo.

— Está tudo bem, Viv — responde Peter. — A gente entende, pode deixar.

— Totalmente — concorda Harp, animada. — Agora vamos achar esse complexo maldito?

Seguimos as pedras em cruz, nos embrenhando cada vez mais fundo na floresta. A princípio, há uma distância de três ou quatro metros entre elas, mas, conforme avançamos, ficam mais e mais esparsas. Ao passarmos por uma, precisamos andar por alguns minutos cheios de incertezas até aparecer outra para confirmar que ainda estamos no caminho certo. Mais de uma vez, tivemos que parar e voltar para a cruz anterior e então avançar em outra direção. Quando já estamos bem dentro da floresta, as cruzes fazem uma curva abrupta para a direita, nos levando vários quilômetros para o sul e para o leste, até que acho que não devemos estar longe de onde deixamos o carro. Ninguém fala nada. Cada vez que vemos uma nova cruz, um de nós aponta para ela e seguimos em frente. As conversas e brincadeiras pararam. Não seguro a mão do Peter nem dou o braço a Harp. Começa a anoitecer, mas não sinto mais medo do escuro. Sei que estamos sendo levados ao fim da jornada, e, mesmo que eu ainda não saiba o que nos aguarda, há certo alívio em ter certeza de que o fim está próximo.

É cada vez mais difícil ver Peter e Harp no escuro, e passamos pela última cruz há uns dez minutos, quando do nada as árvores se abrem em uma clareira. No escuro, é difícil saber o tamanho, mas vemos uma construção de madeira grande e bonita, como uma cabana de caça ou o chalé de uma pessoa muito, muito rica. Ainda estamos um pouco distantes, com um gramado à nossa frente, mas todos os galhos e folhas diante da casa foram afastados. Em frente à construção, guardando-a como sentinelas, há um pequeno jardim cheio de estátuas de pedra quase em tamanho real. Avançamos em silêncio pelo chão de terra nova e remexida para examiná-las melhor.

Peter inspira, surpreso, quando nos aproximamos da primeira.

— Bem — comenta ele, baixinho —, acho que estamos no lugar certo.

Mesmo no escuro, é impossível olhar para a estátua e não reconhecer logo de cara que é o Frick. O escultor fez um bom trabalho ao capturar o penteado distinto de homem de negócios e cada um dos seus dentes brancos. Frick está parado com as mãos atrás das costas, observando o céu como se fosse um velho amigo. Uma plaquinha a seus pés informa: *Beaton Frick, profeta e messias.*

— Eca — resmunga Harp.

Apesar de não vermos luzes acesas na casa, nós três nos movemos com muito cuidado, tentando não fazer barulho, falando apenas aos sussurros. Há diversas outras estátuas do Frick, e todas parecem reproduzi-lo de forma reverente, claramente como um homem santo. *Frick recebe inspiração divina*, diz a placa na estátua que o retrata escrevendo, empenhado, em um caderno de pedra enquanto três anjos alados sem sexo definido estão parados atrás dele, olhando-o de cima com expressões amáveis. *Frick tem uma visão da Terra Santa* representa o capítulo do Livro de Frick em que

Jesus o leva para o Lincoln Memorial, e o próprio Lincoln aparece para conversar com eles. Nessa representação, o Pastor parece preocupado e determinado, gesticulando com a boca aberta enquanto Jesus e Lincoln passam a impressão de estarem interessados e pensativos, como se não tivessem nada melhor para fazer. Depois há diversas estátuas de homens de terno, mas não reconheço nenhum de seus nomes, e sua ligação com a Igreja não é explicada. Quando chegamos à última estátua, Peter solta um resmungo irritado.

O homem tem lábios finos e sorridentes e pés de galinha. Está parado com o peito estufado e as mãos nos quadris, como um super-herói. Atrás dele, algumas mulheres foram esculpidas juntas na rocha. *Adam Taggart*, diz a placa. *O Executor.*

— Isso é nojento — murmura Peter.

— Acho que Frick gostava *mesmo* do seu pai — sussurro.

Peter balança a cabeça.

— Não é isso. Estou falando das mulheres.

Olho outra vez para as figuras femininas reunidas atrás de Taggart. Elas são as únicas mulheres representadas no jardim, e todas são cartunescas, voluptuosas e de quadris largos. O escultor as fez com roupas curtas, então imagino que devam representar a visão da Igreja sobre as prostitutas, ou seja, a maioria das mulheres. Olho o rosto de cada uma com mais atenção, e fico surpresa com as expressões realistas de dor e agonia. E só então percebo que há chamas de pedra envolvendo a metade inferior do corpo delas. Em um círculo ao redor do grupo, o artista gravou as palavras: *Ela arderá nas chamas divinas*... Aquela estátua representa o pai de Peter queimando mulheres vivas.

— Essa porra de religião — reclama Harp.

Sinto arrepios, embora não esteja com frio. Agora que chegamos, tenho certeza absoluta de que não deveríamos estar aqui. Sei que foi um longo caminho, em meio à violência, fome e hippies, mas, se algum dos meus amigos sugerisse que voltássemos neste exato momento... Eu faria isso sem pensar duas vezes. Peter e Harp sobem os degraus que levam à casa, até a porta da frente, e vou atrás deles. *Por favor, que esteja trancada*, peço ao Universo. *Que a gente não consiga entrar.* Está trancada, mas Peter não hesita. Ele pega a marreta das minhas mãos e quebra a janela mais próxima. Então deixa a arma apoiada na parede e entra pela janela, depois ajuda Harp e eu a passarmos por entre os estilhaços. Lá dentro, ficamos parados, tentando deixar nossos olhos se ajustarem à escuridão, pois o sol já se pôs por completo.

— Tem algum interruptor? — pergunta Harp. Ela tateia a parede mais próxima. — Ou será que eles usam tochas, à moda bíblica?

— Harp — respondo, nervosa —, não sei se é uma boa ideia...

Mas ela encontra e aperta o interruptor, e tudo à nossa frente de repente é banhado pela luz.

Esqueço toda a dor de ansiedade na barriga e olho ao redor, maravilhada. A parte de dentro é completamente diferente de tudo que já vi. Estamos em um enorme espaço aberto, iluminado por um imenso candelabro no teto alto e abobadado. O chão é feito de pedra polida, e as paredes, de madeira vermelha. Parece o interior de uma casa de árvore magnífica. Ao longo das paredes vemos passagens e escadas que levam a diversos andares com portas fechadas, a cômodos que não consigo nem imaginar como são. Bem na nossa frente há uma enorme lareira de pedra, e, acima dela, uma gigantesca e inexplicável tela de cinema.

— Que maneiro — comenta Harp, claramente admirada. Peter e eu olhamos para ela. — Bem, é verdade, não é? Parece um hotel chique no meio da floresta.

— A Igreja Americana é uma corporação multimilionária — relembra Peter. — Frick era podre de rico.

— Não entendo — digo. — Ele morava aqui?

— Eu achava que sim — responde Peter, avançando para examinar o que parece ser um pequeno escritório por trás de um painel de vidro. — Mas acho que este lugar é mais do que isso. O que são todos esses quartos?

Harp e eu vamos para o outro lado, investigando a fileira de portas ao longo da parede esquerda da construção. Conforme nos aproximamos da última porta, notamos que há uma placa escrita à mão pendurada em um prego no meio da parte superior. Nela está escrito "Ulrich-Zaches". Harp olha para mim, e dou de ombros. Ela tenta abrir a porta, que está destrancada.

Entro primeiro. O quarto está escuro, mas a luz do candelabro no outro cômodo revela três beliches simples encostados nas paredes. As camas foram arrumadas com capricho, e não há nada nelas que sugira que alguém dormiu ali recentemente. Eu me viro e vejo um espelho pendurado na parede atrás de mim, junto a uma pequena escrivaninha. Não há papéis em cima da escrivaninha, nem lápis ou canetas. É como se o quarto estivesse à espera de seu morador. Mas quem? Passo o dedo pelo tampo da mesa, que sai sujo de poeira.

— Isso é meio assustador — comenta Harp. Ergo os olhos e noto que ela não passou pela porta, mantém a mão ainda na maçaneta. Seu rosto está tenso, inquieto. — Não tem nada aqui. Vamos embora.

Voltamos para o saguão principal bem na hora em que Peter está saindo do escritório. Ele faz a mesma expressão que a Harp, mas olha bem para mim. Sinto minhas mãos começarem a suar.

— Tem alguns cubículos vazios ali — explica ele, ao se aproximar. — E telefones, todos desconectados. Mas também... Viv, não sei dizer se isso significa alguma coisa.

— O que tem lá?

— Um arquivo. Trancado. Tentei arrombar, mas... — Ele balança a cabeça. Seus olhos azuis estão arregalados. — As etiquetas nas gavetas têm apenas sobrenomes anotados. De A até D, de E a J, de K a M. O primeiro sobrenome, na primeira gaveta, é Apple.

— Bem, isso pode significar qualquer coisa — digo. Posso ouvir o pânico na minha voz, mas não o sinto. Não sinto nada. Parece que minha mente se desconectou do corpo e está flutuando vários metros acima de nós. — Podem ser só registros da Igreja ou... O que você acha que significa?

— Eu não sei — responde Peter.

— Vamos dar o fora daqui — diz Harp, mais uma vez. — Estou falando sério. Eu... Este lugar me dá calafrios. Acho que temos que ir embora. Acho que a gente precisa chamar a polícia.

— Ah, não ia adiantar nada — diz alguém atrás de nós. — A delegacia fica a quilômetros e mais quilômetros de distância.

Harp dá um grito. Nos viramos depressa, e, mesmo sabendo quem e o que vou encontrar, sinto o chão abaixo de mim ficar um pouco menos sólido.

Ele está parado diante da lareira com um sorriso agradável no rosto enrugado, emanando uma aura que parece de outro mundo, uma coisa sobrenatural. É alto, tem uma presença forte e parece maior do que o mundo.

— Frick — sussurro.

CAPÍTULO 19

FRICK DÁ UM PASSO À frente, e, na mesma hora, nós três recuamos. Então consigo ver que, logo atrás dele, curvando-se como se quisesse se esconder, está o pai do Peter.

— Vocês me conhecem — comenta Frick, com a voz generosa, em resposta ao meu sussurro, ainda se aproximando. — Mas acho que não conheço nenhum de vocês. Ou conheço? Será que já tive esse prazer?

— Pai? — chama Peter. Quando Taggart ouve a voz dele, sai de trás de Frick. Ele parece desgrenhado, com a barba por fazer, e um olhar vazio. Adam geme e cai no chão ao ver Peter, que corre e se ajoelha ao lado do pai. — O que houve? — pergunta ele, mas Taggart apenas olha para o nada. — Sou eu, Peter. Pai?

Frick assiste à cena com um brilho nos olhos que percebo, assim que ele olha para mim e Harp, serem lágrimas.

— Reencontros de pais e filhos — comenta ele, baixinho. — Sempre me emocionam. Fazem eu me lembrar de uma visão que tive há pouco tempo, sobre meu futuro reencontro com meu Pai do Céu. Mas... sejamos pacientes. Vocês me conhecem?

Harp e eu assentimos. Não consigo falar. Estou apavorada, mas a verdade é que também fico um pouco deslumbrada pela presença do Frick. Não é apenas por estar perto de uma celebridade, mas também porque ele tem uma aura palpável de poder e certeza. Ficar aqui, parada, sob seu feitiço enquanto ele se aproxima, me faz entender como esse homem conseguiu convencer tanta gente de que o que dizia ver era certo e verdadeiro.

— Mas eu não conheço vocês — diz ele. — Como se chamam?

— Viv-Vivian Apple — consigo responder, com um guincho. — Meus pais se chamavam Ned e Mara Apple, de Pittsburgh.

Não há nenhum brilho de reconhecimento nos olhos dele quando digo os nomes.

— E você? — pergunta ele, para Harp.

— Harpreet Janda — responde minha amiga.

Frick assente.

— Pessoas de todos os lugares me procuram — explica, principalmente para mim. — Não apenas dos Estados Unidos. "Dai-me os seus fatigados, os seus pobres, as suas massas encurraladas..." Isso está no Livro de Frick, mas também aos pés da Estátua da Liberdade. Essa sua amiga veio lá do Oriente Médio, e tudo porque Crê. Você já leu meu livro?

— Hã, algumas partes — respondo, ao mesmo tempo que Harp murmura ao meu lado, indignada:

— Sou indo-americana.

Agora que Frick está a apenas alguns centímetros de mim, começa a soar um alarme na minha cabeça. Ele é Beaton Frick — não resta dúvidas —, mas o homem de negócios eloquente de aparência impecável que eu costumava ver nas coletivas de imprensa sumiu. Aquele sorriso branco e ofuscante não existe mais — seus dentes estão amarelados e com manchas de café. O Frick parado diante de mim está velho e grisalho, e também perdeu peso. Pelo cheiro, não toma banho há semanas, e um músculo na bochecha se contrai a intervalos regulares. Mas são seus olhos que me deixam mais preocupada — aqueles olhos verde-claros que nos encaravam através das tevês ou das fotos nas revistas agora parecem arregalados, confusos e insanos. Eles me observam com o máximo de atenção, mas não veem nada. Sempre acreditei que Frick devia ser meio desconectado da realidade, mas pensei que fosse apenas um golpista manipulador e megalomaníaco. Mas estou começando a entender. Ele é muito mais perigoso do que isso. É um verdadeiro Crente.

— Você tem alguma pergunta para mim, Vivian Apple?

Balanço a cabeça.

— Tem, sim! — Ele sacode o dedo diante do meu rosto. Então se vira de repente e se afasta alguns passos. Percebo, pela primeira vez, que Frick está descalço. — Sempre sei quando alguém quer fazer uma pergunta. Vá em frente!

Eu olho para Peter, balançando a mão devagar diante do rosto do pai, que não reage, e para Harp, que me encara de volta. No fundo não quero perguntar. Não quero saber a resposta. Mas Frick está aqui diante de mim, vivo. E essa será minha única oportunidade de chegar a qualquer coisa próxima de uma resposta.

— Meus pais se chamavam Ned e Mara Apple, e moravam em Pittsburgh, Pensilvânia — digo outra vez. — Eles eram membros da Igreja Americana, eram Crentes. Em algum momento do dia 24 de março deste ano, desapareceram. Eu gostaria de saber o que aconteceu com os dois.

— Mas é claro! — Frick abre um sorriso quando se volta para mim, como se estivesse aliviado por eu ter feito uma pergunta tão fácil. — É claro que posso lhe contar. O que aconteceu foi que eles receberam a salvação. Enquanto o restante do mundo descia para o inferno, Deus abençoou seus pais e os aceitou em seus braços, no Reino dos Céus.

Tento manter a respiração controlada.

— Não acredito em você.

— Não mesmo — diz Frick, franzindo a testa. — Posso ver. Me diga uma coisa. Você acredita no Reino dos Céus?

Balanço a cabeça, negando.

— Acredita em Deus?

Eu hesito, então nego com a cabeça outra vez.

— E no que você *acredita*, Vivian?

A essa altura, já me perguntaram isso tantas vezes — e eu mesma já me fiz a mesma pergunta muitas mais — que eu deveria ter uma resposta pronta, algo que compreenda tudo o que acho importante no mundo em que vivo, o mundo que, na minha opinião, Frick piorou bastante. Acredito, como Peter disse, que devíamos amar uns aos outros. Acredito, como Wambaugh falou, que, antes de fazermos parte de algum grupo, somos seres humanos. Mas o que sinto nesse momento é mais profundo do que esses clichês. É uma coisa grande, primordial e completamente além da minha capacidade de compreensão. Acredito em Peter. Acredito em Harp. Acredito em mim.

— Acredito que você está mentindo — respondo, calma.

Frick dá uma risadinha. Ele passa a caminhar, dando pequenas voltas, murmurando coisas que não consigo ouvir. Faz isso por tanto tempo que me pergunto se esqueceu que estamos ali. Mas então começa a falar:

— ... E, na hora em que vi o anjo, *eu mesmo* não acreditei, se quer saber a verdade. Como era pecador, naquela época, sem Deus nem conhecimento, eu me levantei e perguntei: quem é você? Mas o anjo não precisou me dizer, porque de repente fui banhado por uma luz sagrada, que esclareceu tudo, que me fez ver a verdade de tudo. Eu estava errado, tinha rejeitado Deus, assim como meu país fizera. E nosso futuro era desesperador.

Frick olha para mim outra vez, e, assim que o faz, seu discurso se torna estranhamente lúcido.

— Veja só, o que eu não entendia sobre o Deus da Bíblia era por que ele se daria o trabalho de criar a todos nós apenas para nos ver fracassar e, um dia, nos destruir? Se você fosse Ele — Frick faz o sinal da cruz e murmura uma breve oração pedindo perdão por sequer ter sugerido a ideia — e decidisse criar uma raça de seres à sua imagem e semelhança, por que não os faria bons, sábios e fortes? Se nos amasse de verdade, por que não nos faria infalíveis? — o Pastor se aproxima de mim de repente e coloca as mãos em cada lado da minha cabeça. Estou chocada demais para me retrair. — Era isso que eu não entendia — explica, e começa a pressionar meu crânio. — Se Ele queria que vivêssemos para sempre — o Pastor aperta cada vez mais forte, o dedo mindinho entrando na parte debaixo do meu globo ocular —, por que nos fez tão frágeis?

Agarro os pulsos de Frick, tentando afastá-los, mas ele é surpreendentemente forte. Sinto que poderia esmagar minha cabeça como se fosse uma uva, se quisesse.

— Ei! — grita Harp. Ela de repente aparece ao meu lado e tenta empurrar Frick. Ele então parece recobrar a consciência e se afasta devagar, como se só estivesse parado diante de uma porta pela qual eu quisesse passar.

— Peço desculpas — diz. — Mas você entende. O primeiro anjo que vi, há tantos anos, me explicou. Nós apenas parecemos frágeis, foi o que ele disse, mas Deus deu a alguns de nós um dom especial. Ou, se você preferir, uma arma. Ele mandou nossas almas para os Estados Unidos. Nos ama tanto que nos deu isso. É por esse motivo que não me sinto tão mal pelos condenados, sabe. Serão torturados por toda a eternidade, mas pelo menos estarão *aqui*.

"De qualquer forma, foi aí que algo maravilhoso começou a acontecer. Eu tinha escrito meu livro e espalhado a palavra o máximo que podia, mas a verdade é que, a princípio, poucos ouviram. As pessoas estavam felizes, prosperando, não viam razão para atribuir seu sucesso a Deus. Alguns me procuraram e me seguiram, como o abençoado Adam. — Ele gesticula na direção de Taggart, que ainda está sentado, aparentemente em estado de choque, ao lado do filho abismado. — Além de outros poucos, mas a maioria caiu na tentação com o passar dos anos. Mas aí, há três anos, eu estava parado do lado de fora de um shopping em Omaha, espalhando a palavra da Igreja. As pessoas passavam por mim e me ignoravam, como sempre, então falei: 'O Arrebatamento está previsto para o dia 24 de março, daqui a três anos.' Naquela época, eu mesmo fiquei chocado. Não tinha planejado dizer aquelas palavras. Não tinha nem mesmo pensado nelas. E ainda assim vieram, naquele momento, como se comandadas por alguém. É claro que foi inspiração divina, agora eu entendo.

"Era a mensagem que Deus queria que os americanos ouvissem, então Ele começou a mostrar a extensão de Seu poder. Terremotos, enchentes, tornados, doenças. Tiroteios em massa, furacões, crise econômica. E mais uma vez, depois outra, eu disse a eles. O Arrebatamento está previsto para o dia 24 de março, daqui a três anos. E finalmente começaram a escutar."

Ele me lança um sorriso rápido e satisfeito. Parece uma criança, mostrando à mãe que comeu todas as verduras do prato. Frick não poderia estar mais orgulhoso de si mesmo.

— E, é claro, foi aí que os Três Anjos apareceram.

Ele se vira para olhar a tela de cinema apagada.

— Três Anjos? — pergunta Harp. — Como aqueles na estátua lá fora?

— Sim, isso mesmo! — exclama Frick, um tom mais alto, como se Harp não soubesse falar bem inglês. Ela revira os olhos para ele. — Os Três Anjos entraram em contato comigo e me disseram que eu tinha ido bem, mas não fizera o suficiente. Por exemplo, eu não havia enfatizado o bastante no Livro de Frick que o *motivo* pelo qual os americanos foram mais abençoados do que todas as outras nações foi o capitalismo!

— Mas é claro — murmura Peter, do chão.

— Eles me ajudaram a reescrever o Livro — explica Frick, recomeçando a andar de um lado para outro, mas agora dando um pulinho no segundo passo. — Então não havia nada a fazer senão espalhar a palavra o mais longe e o melhor que eu pudesse, tendo os Três Anjos como guia. Eles falavam comigo através daquela tela — ele indica a tela de cinema com um gesto —, e me disseram que eu só precisava esperar. Aguardar a devastação convencer a todos. Esperar que viessem a mim.

De repente, Frick para e cambaleia, como se tivesse ficado tonto. Ele se abaixa para se ajoelhar no chão, entrelaçando as mãos atrás das costas.

— Eles não eram como minhas outras visões — revela, baixinho. — Não todas as vezes. Nem sempre tinham o brilho ao redor. Eles testaram minha fé. Os anjos me perguntaram se eu tinha certeza de que aquilo aconteceria, e, quando respondi que sim, insistiram: *Como você sabe?* E a verdade era que eu não sabia como, mas o fato de que eles estavam ali diante de mim parecia prova suficiente. Não acha?

— Esperar que eles viessem a você... — repito, lentamente. Começo a sentir um peso. Como se as mãos de Frick estivessem novamente na minha cabeça, mas dessa vez fossem invisíveis e feitas de ferro.

— Os Anjos apareceram na tela — continua o Pastor — e me disseram que eu tinha interpretado errado a visão. Falaram que os salvos não subiriam ao Reino dos Céus, como eu esperava, mas que Deus levaria suas almas durante o sono. Disseram que Ele levaria apenas os Verdadeiros Crentes, aqueles que fizessem a peregrinação. Me contaram que eles trariam os Crentes até aqui. Que eu só precisava esperar. E fizeram mesmo isso. Alguns vieram semanas antes do Arrebatamento, outros só apareceram algumas horas antes. Mas precisava ser segredo. Era isso que os Anjos diziam a eles. A jornada precisava ser um segredo para que os Descrentes não pudessem segui-los. Em algumas noites, fiquei preocupado achando que era secreta demais. Porque centenas vieram, mas não todos. Isso me deixa de coração partido. Nem todas as pessoas vieram. Não sei onde estavam, mas não vieram para cá.

"Os anjos disseram que aqueles que seriam salvos teriam que dormir, que eu precisaria ajudá-los a dormir, teria que fazê-los dormir..."

Harp faz um barulho ao meu lado. Eu me viro para ela e vejo que minha amiga está chorando, e, mesmo sentindo uma pressão insuportável, apesar de o ar ao meu redor parecer me esmagar por todos os lados, não choro. Ainda não consigo entender por quê.

— Disseram que havia precedentes para isso. Para o sacrifício. Então Adam e eu... nós servimos a eles um vinho que os faria dormir, e os observamos deixarem seus corpos terrestres.

Nessa hora, Taggart, que estava sentado, cai para trás e bate a cabeça no chão. Peter não repara. Ele mantém uma das mãos na frente da boca e encara Frick, horrorizado, com o rosto pálido. Mas balanço a cabeça para ele e Harp. Faço o mesmo para Frick.

— É mentira. — Minha voz sai entrecortada.

— Nós... — O Pastor engole em seco. — Nós assistimos todos abandonando seus corpos terrestres, então queimamos os corpos. Os anjos apareceram na tela e viram que era bom, e nos disseram que seríamos recompensados. Mas ainda estamos esperando.

— Não! — exclamo. — Não foi isso que aconteceu. Isso não faz o menor sentido. Tinha buracos no teto do quarto dos meus pais!

— Eles tiveram que viajar em segredo — explica Frick, olhando para mim, nervoso. — Para que os Descrentes não pudessem segui-los. E os anjos viram que era bom...

Mas não deixo que ele termine. Vou depressa até onde está ajoelhado, no chão de pedra do lugar onde ele afirma que meus pais foram envenenados, e dou um soco na cara dele com toda a minha força. Nunca tinha socado ninguém, e dói mais do que eu imaginava. Na mesma hora, tenho certeza de que alguns ossos da minha mão se quebraram. Mas não me importo, nem um pouco. Soco a cara dele outra vez com a mão quebrada e dou um chute na sua barriga.

— É mentira! É mentira! — grito, enquanto o chuto, e ele também cai no chão, como o pai do Peter, os dois com os olhos sem vida, opacos.

Penso na arma no porta-luvas do carro dos meus avós. Se eu estivesse com ela aqui, sei que atiraria nesse homem, esse homem que diz ter matado meus pais. Mas a arma está longe demais, e a dor que quero causar a ele não pode esperar até eu ir buscá-la. Eu o chuto mais uma vez, antes de Peter me afastar dele.

— Ele está dizendo que envenenou meus pais! — grito para ele, lutando para me soltar. — Você ouviu o que ele disse? Ele disse que matou e queimou meus pais!

— Eu sei — responde Peter, prendendo meus braços na lateral do meu corpo. Minha mão lateja.

— Ele conquistou a confiança deles, depois os matou, Peter!

— Eu sei. Eu ouvi. Mas ele está louco, Viv. É um doente mental. Não sabia o que estava fazendo.

— Ele sabia muito bem o que estava fazendo! Falou em sacrifício!

— Não foi ele, Viv. Foram os... não sei. Química no cérebro, ou algo do tipo. Não foi ele. Mas a pessoa espancando um velho demente neste momento... é você.

Eu me viro e olho para Frick, deitado no chão onde o deixei. Seus olhos verdes estão cheios de lágrimas, e ele encara o candelabro no teto. O Pastor toca o rosto onde o acertei.

Ele parece velho. Não lembra nada o homem na foto acima da cornija da lareira dos meus pais, o sujeito em quem acreditavam. Parece cansado, confuso e pequeno. Não consigo mais vê-lo, porque estou chorando muito. Peter me abraça, e posso senti-lo inspirando fundo, tentando nos manter calmos.

— Meus pais — murmuro em seu ombro. Penso na foto do batismo dos dois, com os rostos tão felizes, cheios de alegria, mas não consigo lembrar aqueles rostos agora. Posso ver os contornos, os pescoços e clavículas, mas não sou capaz de ver os rostos. Não posso acreditar na história de Frick. Não vou acreditar. Vou inventar outra coisa, alguma outra história sobre como as vidas deles chegaram ao fim, mas não vou acreditar que acabaram aqui.

A iluminação no cômodo muda de repente. Além da luz fosca e amarelada do candelabro, um brilho azul forte de repente é lançado sobre Peter e eu, e sobre Harp, que está ao nosso lado com o olhar confuso, parecendo querer se enfiar no meio do nosso abraço. Olhamos para a tela de cinema, que parece ter sido ligada abruptamente. No começo, a tela não mostra nada além do azul, mas, também de forma inesperada, passa a mostrar uma imagem em movimento: uma sala de paredes brancas e sem janelas onde há uma mesa com três pessoas sentadas. Um homem de meia-idade careca, uma jovem mulher com o cabelo loiro preso em um coque severo e um terceiro homem, com olhos claros e uma testa grande e sinistra. Os homens parecem estranhamente familiares. Todos usam roupões brancos ridículos.

— Beaton! — chama a mulher, com a voz imperiosa. — Beaton, apareça.

Frick se sobressalta quando ouve a voz e tenta se arrastar para uma posição de súplica.

— Estou aqui! — grita. — Estou aqui! Já está na hora da minha recompensa?

— Sua recompensa virá! — troveja ela. — Mas primeiro... — A mulher para de repente. Estreita os olhos e se inclina para a frente no assento. — Tem alguém aí com você? — pergunta, em um tom de voz normal. — Quem são esses...

— Desliga — diz o homem careca, mais do que depressa. — Desliga tudo! — Há um momento de agitação em que a imagem fica meio embaçada. Ainda podemos ouvir o cara gritando: — Desliga! Desliga!

E, antes de a tela ficar azul outra vez, uma terceira voz soa, cortante:

— Mande alguém para lá! Agora!

Então nada. Frick está ajoelhado, rezando baixinho. Taggart continua inerte, mas noto que seus olhos estão bem fechados. Harp se vira para nós.

— Que *merda* foi essa?

Peter não perde tempo. Ele nos agarra pelos pulsos e nos puxa na direção da tela, até que ficamos logo abaixo dela. Ele olha para cima, os olhos semicerrados como se estivesse procurando alguma coisa, então assente e aponta. Seguimos seu dedo e vemos, no topo da tela, uma pequena esfera preta. Uma câmera.

— Eu não entendo — digo. Ainda estou chorando, mas agora parece muito mais de choque do que de qualquer outra coisa. — Aqueles eram os anjos? Mas eram só umas pessoas...

— Não acredito — diz Peter, balançando a cabeça. — Quer dizer, eu *acredito*, é claro que sim. A Corporação. A Corporação da Igreja Americana. Acho que o próprio Frick nos contou. As pessoas começaram a ouvi-lo, então os anjos apareceram. Disseram que era para falar mais sobre o capitalismo. — Peter começa a rir, embora esteja claro que não acha graça nenhuma. — Eles construíram uma empresa com a imagem do Frick e o usaram como marketing gratuito. Venderam revistas, armas, kits de sobrevivência e seguros de vida. Todos os Crentes acreditaram nele por pura sorte, porque coisas ruins aconteceram quando ele disse que aconteceriam. E também porque a Corporação o manteve distante o bastante para que ninguém pudesse perceber que ele era doido. Assim, quando o Dia do Arrebatamento se aproximou, perceberam que tudo iria pelos ares se as pessoas não sumissem. Então *fizeram* isso acontecer.

A teoria do Peter é horrível e impossível, mas, quando olho para Frick e Taggart, meu coração sente que é verdade.

— Puta merda — diz Harp.

— Peter. — Seguro a mão dele com a minha que não está ferida. — Se foi a Corporação que trouxe Frick para cá, devem estar vigiando este lugar. E acabaram de dizer para mandar alguém.

Ele arregala os olhos.

— Está bem — diz, depois de um longo instante. — Saiam daqui. Agora.

Harp não hesita. Ela passa correndo por Frick, que ainda está rezando, e sai pela porta da frente. Mas fico parada. Entendo o que Peter está dizendo. Mas não o motivo.

— A gente não deve ter muito tempo, Viv — diz ele.

— Eu sei. Por isso precisamos ir agora.

Ele comprime os lábios em uma linha triste. Então desvia o olhar, voltando-o para Taggart, que abriu os olhos outra vez, mas não fez qualquer som ou movimento.

— Não posso largá-lo aqui, Viv — murmura Peter. — Ele não está bem. Nenhum dos dois. E a Corporação está se aproveitando deles. Estão os obrigando a fazerem o que a Corporação quer. Olhe para ele, Vivian. Está em estado de choque, e completamente só. Eu sei, entendo o que ele é. Mas... ainda é o meu pai.

Tento sentir a empatia do Peter quando ele olha para os dois homens, perdidos em seu mundinho nesta enorme casa vazia no meio da floresta. Mas há uma fúria dentro de mim que é maior e mais intensa do que qualquer outra emoção, inclusive o amor que sinto por Peter.

— Seu pai pode ter ajudado a matar os meus pais — digo a ele.

— Não estou pedindo para você perdoá-lo — explica. — Só quero que me deixe cuidar dele. Estou pedindo para que vá pegar o carro com Harp e vá embora.

— Se eu fizer isso... — Minha voz falha por um momento, mas então consigo continuar: — ...talvez a gente nunca mais se veja.

— Talvez — concorda Peter.

— Com certeza.

E, quando parece que ele está prestes a ceder, prestes a me puxar para si e me beijar, dou um passo para trás, saindo do seu alcance. Não digo adeus. Apenas corro.

— O que Peter está fazendo? Cadê ele? — pergunta Harp, quando chego à porta, mas balanço a cabeça e faço um gesto para que me siga, e ela obedece. Tropeçamos na escuridão que nos aguarda, e a princípio penso que ficarei aliviada em me perder nela, em algum lugar que a Igreja Americana não consiga me encontrar. Mas não trouxemos lanterna. Harp começa a avançar pela trilha de cruzes, mas eu a seguro e na mesma hora dou um grito, pois a agarrei com a mão machucada.

— Viv — sibila ela. — O que foi?

— Nada — respondo. — Eu só... acho que quebrei a mão na cara do Beaton Frick.

Não consigo ver o rosto dela no escuro, mas sei que está sorrindo.

— Ah, Vivian Apple — diz ela. — Sua louca maravilhosa.

— Acho que a gente não deveria seguir esse caminho, Harp. Imagino que seja a rota da Igreja, e, se estão mandando alguém para cá...

— Não queremos encontrá-lo na metade do percurso — conclui ela. — Certo. Está bem. Então o que vamos fazer?

— Temos que sair do caminho e entrar na floresta — respondo. — Com certeza o carro está... — Olho ao redor, tentando me orientar. — Acho que está à nossa esquerda.

Há um breve silêncio.

— Você não está sendo muito específica, Viv.

— Eu sei — respondo —, mas...

Fico paralisada, assim como Harp, ao meu lado. Podemos ouvir, não muito longe de onde estamos, o som distante de um motor. Me viro para as árvores e vejo faróis dançando em meio a elas. Estão longe, mas não muito.

— Vamos — diz Harp.

Nos embrenhamos na floresta. O tempo todo, não paro de pensar *por favor, que ele esteja bem, que ele esteja bem, que ele esteja bem*. Parte de mim quer ficar por perto, observar da escuridão para ter certeza de que Peter vai sair de lá com o pai e Frick a tempo, antes de qualquer um tentar feri-lo. Mas ele não queria que eu ficasse. Me disse para ir embora. E, se eu ficar — há uma sensação estranha na boca do meu estômago que preciso reprimir, ignorar —, talvez tenha que vê-lo sendo ferido outra vez. Afinal, quais são as chances de Peter conseguir tirar dois velhos doentes daquela casa antes de a Igreja Americana aparecer? E quais são as chances de pouparem a vida dele, quando o encontrarem aqui?

Harp e eu tropeçamos pela floresta. É uma caminhada perigosa e caótica — não conseguimos ver os galhos no caminho até termos tropeçado. Estou com medo de afundarmos direto no riacho antes de conseguirmos escutar o som da água. Avançamos devagar, parando a cada vinte minutos, mais ou menos, para tentar ouvir passos nos seguindo, mas só escutamos o vento, o ruído de água corrente e nossa própria respiração irregular. Minha mão lateja. Em certo momento, dou de cara em um galho fino e afiado e sinto uma dor aguda na bochecha. Quando passo os dedos, eles ficam com cheiro de sangue. A temperatura caiu desde que chegamos, antes parecia um pouco com verão, mas agora está de noite e faz frio, e, embora correr aqueça o corpo, meu nariz está congelando. Não podemos parar. Não podemos dormir. Não temos nada além de sanduíches meio comidos na mochila, e não sabemos onde estamos.

Começo a perder a noção do tempo. Não sei mais se passaram horas ou apenas alguns minutos. Minhas pernas doem, e tudo o que consigo pensar é *Peter, Peter, Peter*. Quando tropeço em uma pedra e caio nas folhas úmidas abaixo de mim, fico no chão. Ouço os passos de Harp se afastarem, e está tudo bem. *Que ela continue em frente*, penso. *Que fique em segurança*. Vou me levantar de manhã, e meus pais estarão na cozinha, preparando panquecas. Harp, na casa ao lado, não terá ideia da minha existência. Peter será um sonho tão real que ainda poderei sentir os beijos e o calor da sua pele. Mas será apenas isso, um sonho.

Ouço passos vindo na minha direção. Eu me viro e fico de bruços, olhando para cima. Estamos em uma clareira, e o luar ilumina Harp, que se debruça sobre mim, o cabelo fazendo cócegas no meu rosto.

— Você está bem? — Sua voz soa assustada.

— Não consigo — sussurro.

Quero que ela entenda, que me deixe aqui. Mas minha amiga suspira e segura meus braços. Ela me puxa para cima.

— Vivian Apple. *Não* é hora de fazer drama, está bem? Eu entendo: você está cansada, perdida e com o coração partido. Bem, engole o choro. Porque você é minha melhor amiga, e eu te amo, mas não vamos morrer juntas nessa floresta, beleza? Hoje não. Então levanta!

Não tem como Harp conseguir me erguer sozinha, ela é pequena demais. Faço sua vontade e me levanto. Eu me lembro do que ela disse — há apenas alguns meses, mas parece que foram anos. Que sou a heroína da minha própria história. Que não é Peter, não é minha mãe, e não é Harp. Sou eu. Nós nos encaramos sob o luar.

— Tudo bem? — pergunta ela.

Faço que sim com a cabeça.

— Tudo.

Não sei quanto tempo passamos cambaleando pela floresta, mas por fim encontramos a estrada, e então rezamos para que o carro esteja à nossa esquerda enquanto avançamos pelo caminho de mato alto. Não trocamos uma palavra — estamos exaustas, e também tentamos ouvir o som do motor de algum carro atrás de nós, esperando a Igreja Americana surgir entre as árvores e partir pra cima da gente, brandindo enormes crucifixos brancos. Mas isso não acontece. O sol começa a subir no céu e, pouco depois, vemos a árvore caída ao longo da estrada à nossa frente e o carro dos meus avós parado onde o deixamos. Passamos por cima do tronco, e Harp se oferece para dirigir. Jogo as chaves para ela. Antes de entrar, fico um tempo parada ao lado da porta. É como em Winnemucca — estou observando um ponto distante na estrada por onde acabamos de passar, esperando que Peter apareça do meio das árvores, ensanguentado e sendo perseguido, mas vivo. Só que ele não vem. A floresta está silenciosa, exceto pelos pássaros grasnando no céu e o som do motor quando Harp gira a chave na ignição.

CAPÍTULO 20

NÃO PLANEJO CAIR NO SONO, mas é o que acontece, e, quando acordo, o sol brilha e estamos na estrada. Harp cantarola aos murmúrios no banco do motorista, com os óculos de sol. Ao reparar que começo a me mexer ao lado dela, se estica para pegar a bolsa térmica no isopor que Wambaugh nos deu. Ela a joga no meu colo — não está mais congelada, mas continua fria.

— Coloca na sua mão — manda Harp, e eu obedeço.

— Posso dirigir se você quiser fazer uma pausa — ofereço, mas minha amiga balança a cabeça.

— Não precisa, já estou no embalo — diz ela. — Além disso, não falta muito.

Me sinto sonolenta, e os acontecimentos da última noite — na verdade, os acontecimentos dos últimos dois meses — voltam aos poucos, me deixando desorientada. Não consigo lembrar qual é nosso próximo destino, mas nem tenho a chance de perguntar, pois Harp estende outra coisa para mim — um pingente de madeira pendurado em um colar que parece feito de fio dental.

— O que é isso? — pergunto.

— Eu não sei — responde ela. — Estava aqui na porta. Encontrei enquanto procurava um chiclete.

Eu olho o pingente com atenção — é um pedacinho de castanheira com uma pontinha angulosa. Parece, mais do que qualquer coisa, com uma pequena marreta. *Tenho uma coisinha para você*, dissera Peter. Eu devia ter lembrado a ele. Sinto uma dor agradável surgir no centro do meu peito e se espalhar até meus dedos.

— Peter que fez — conto a Harp. Passo o cordão pela cabeça e toco o pingente pendurado em meu peito. — Deve ter feito lá em Keystone. Na noite em que saímos de Pittsburgh, ele disse que a marreta combinava comigo.

Ele não pretendia que fosse uma mensagem, mas é assim que interpreto. Enquanto eu for forte e corajosa, a versão de mim que Peter conhecia melhor, ele ficará bem. Talvez eu nunca mais o veja. A minha vida não tem mais data de validade, se estende até onde vai minha imaginação, para sempre. Talvez eu passe o restante dela sentindo que meus joelhos vão ceder sempre que encontrar um par de olhos azuis na multidão. Mas, enquanto eu for a Vivian que ele beijou duas noites atrás, a Vivian para quem ele olhava com tanta satisfação, Peter vai ficar bem.

— Quer falar sobre ele? — pergunta Harp, com a voz mais gentil do que nunca.

Balanço a cabeça.

— Agora não. Algum dia, em breve, mas agora não.

Ela assente e respira fundo.

— Então acho que preciso dizer algumas coisas — revela. — Já faz tempo que gostaria de dizer isso. Se você quiser falar quando eu terminar, tudo bem. Mas me deixa terminar primeiro. Pensei bastante sobre o assunto e acho que o Golias pode estar sendo bancado pela Igreja Americana.

Fico boquiaberta.

— *O quê?*

Harp assente.

— Tinha um monte de coisas estranhas sobre ele que eu não conseguia entender. A principal era de onde vinha todo aquele dinheiro. Ele tem a nossa idade, sabe. Até parece que um dia aquele mané se levantou, entre um tuíte e outro, festas e videogames, e disse: "Quer saber? Vou fundar uma comunidade!" Não faz sentido. Eu perguntava coisas tipo: "Como você consegue bancar toda essa comida?", "Como paga os guardas armados?", "Como paga por toda essa cocaína?". Já falei que ele era muito viciado em cocaína?

— Hã, não, Harp. Que estranho, você deixou essa parte de fora.

— Bem. — Ela dá de ombros. — A luxúria me cega. De qualquer forma, ele nunca tinha boas respostas. Nem mesmo ensaiadas. Quando eu perguntava essas coisas, ele dava uma risada nervosa e tirava a blusa para me distrair. E sinto dizer que esse truque *sempre* funcionava. Lembra aquela explicação de merda que ele deu para nunca tomarem uma atitude? "Eles estão no passado, nós somos o futuro." Acho que estava sendo pago para manter o movimento de resistência o mais passivo possível.

— A Igreja *me* criou — digo, lembrando o que Golias tinha falado.

— Sim! — concorda Harp. — Isso aí!

— Uau — comento. — Queria que a gente pudesse contar isso ao Peter.

— Eu sei. — Ela fica em silêncio por um momento, então continua: — Tem outra coisa que preciso dizer, e essa vai ser muito mais tensa, por isso puxei o assunto do Golias primeiro. Sei que fui uma babaca a viagem inteira, desculpa. Em parte era apenas mau humor, mas também era... você e Peter. Vocês dois começaram esta viagem porque pensavam que suas famílias ainda estavam vivas em algum lugar. E no fim das contas os dois tinham razão, não é? Quer dizer, seu primeiro palpite estava errado, mas acabou que você tinha uma família que nem sabia que existia. — Ela respira, tentando se acalmar. — Mas nunca me senti assim. Nunca. Vim junto porque você pediu, porque não tinha mais nada para fazer. Mas eu sabia que minha família estava morta. Não havia nenhum instinto sussurrando em meu ouvido que eu os encontraria por aí. Vi o corpo do Raj. Eu o enterrei.

"E não me importei, sabe? Pensava que não ia ganhar nada com a caça aos pais perdidos, e foda-se. Mas quanto mais perto a gente chegava da Califórnia, mais eu sentia que você talvez conseguisse alguma coisa. E, se isso acontecesse, o que seria de mim? Não somos parentes, nem seríamos amigas se não fosse por Beaton Frick, já pensou nisso? Então talvez eu tenha pensado em me afastar antes de ficar sobrando. Mas me comportei como uma vaca durante o processo."

— Harp, você sabe que é como uma irmã pra mim.

Ela sorri.

— Você também é assim pra mim, Viv. Só que nenhuma de nós tinha como saber, não é? Porque nenhuma de nós teve irmã antes.

Não sei o que dizer a Harp. Parte porque tenho medo e suspeito de que o que ela está dizendo seja verdade. Se eu tivesse entrado no complexo Crente na noite passada e encontrado minha mãe e meu pai vivos, esperando por mim, o que teria acontecido com Harp? Provavelmente iria embora sozinha na direção oposta, e eu nunca mais ouviria falar dela. Eu teria retomado minha vida normal, calma e feliz, e, depois de um tempo, duvido até de que sentiria sua falta. Teria crescido, casado e tido filhos, e, de vez em quando, lembraria aquela época louca do Arrebatamento, quando fiquei amiga de uma menina maluca e extraordinária chamada Harp. Se eu tivesse encontrado meus pais vivos, talvez isso me bastasse.

Harp pigarreia. Ela ainda não terminou.

— O problema é que me dei conta de como isso é egoísta. Você tem a chance de sair e encontrar sua família. Que tipo horrível de amiga eu seria, se tentasse atrapalhar?

— Mas Harp, eu não encontrei minha família. Eles morreram.

— Nem todos — retruca ela. — Tem outra coisa que preciso contar. Lembra aquele dia em que liguei para Wambaugh? Eu também liguei para a Universidade de Berkeley. Eles estão fechados indefinidamente, é claro, mas tinha uma mulher atendendo aos telefonemas que era uma molenga. Improvisei um choro falso e disse a ela que antes do apocalipse precisava entrar em contato com minha prima querida, que era aluna de lá. E ela me deu o endereço de Winnie sem fazer nenhuma pergunta.

Mal registrei o que Harp está dizendo quando olho pelo para-brisa e vejo a Golden Gate Bridge à nossa frente: sólida, vermelha e imensa em contraste com o céu azul. Estamos indo para São Francisco.

— Já falei, Apple — diz Harp, sorrindo diante da minha expressão de puro choque e felicidade. — Eu sempre, *sempre* tenho um plano.

Nunca vi uma cidade como a que atravessamos apenas meia hora depois, com as ladeiras, as palmeiras e o sol brilhando forte no céu azul e lindo. É o primeiro lugar, em toda a viagem, que pude olhar direito — pela primeira vez, não estou ansiosa pensando no próximo destino ou no que faremos a seguir. Pela janela vejo restaurantes tailandeses, sex shops, casais gays andando de mãos dadas pela calçada. Harp ri histericamente de tudo. Ela está tão feliz.

— Queria que Raj visse isso! — guincha ela, e dou risada, porque estava pensando a mesma coisa. Estava pensando em Raj, Dylan, Molly e Edie. Estava pensando em Peter. Desejando que todos estivessem aqui.

Paramos em frente a um prédio cor de pêssego diante de um parque bem verde.

— É aqui — anuncia Harp, conferindo o pedaço de papel onde anotou o endereço da Winnie e olhando para o número acima da porta de entrada. — Quer que eu vá junto?

— Sim? — retruco, incerta. — Mas acho que devia fazer isso sozinha.

— Olha só como você está mais madura — comenta ela, sorrindo para mim. — É uma coisa linda de ver. Então, vou estacionar e depois te encontro do outro lado da rua, quando acabar, tá? Não precisa ter pressa.

Quero abraçá-la, dizer quanto a amo, que nenhuma irmã de sangue poderia chegar perto do que Harp significa para mim, mas fica bem claro que ela já atingiu a cota diária de emoções sinceras. Me expulsa do carro com um aceno, e tudo o que posso fazer é sorrir.

Winnie Conroy. Apartamento 3.

Sei que a minha mão direita está um pouco roxa e que tenho um corte na bochecha. Sei que o meu cabelo está todo bagunçado e sujo e que deve ter uma ou duas folhas presas nele. Tem um buraco no joelho da minha calça jeans, que rasgou ontem à noite enquanto corríamos. Parte de mim acha que, quando Winnie abrir a porta e eu vir o rosto dela, vou cair em um choro descontrolado. Mas ainda assim. Harp está certa. Agora que sei que ela existe, não posso fingir o contrário. Eu me preocupo com a logística de apertar o interfone — o que devo dizer quando ela atender? "Oi, sou eu, sua meio-irmã que talvez você não saiba que tem?" —, mas, enquanto estou ali, parada, outro morador sai do prédio, e consigo entrar antes que a porta bata. Depois disso, não tem sentido voltar atrás.

Oi, penso, ao subir as escadas. *Você pode não saber que eu existo, mas sou sua irmã. Pode não saber nada sobre mim, mas temos a mesma mãe, que, aliás, muito provavelmente foi envenenada três meses atrás e cremada de um jeito nada profissional. É, eu encontrei o assassino dela ontem à noite.* Em pouco tempo, estou parada na frente da porta do apartamento 3, e ainda não sei o que dizer à minha meio-irmã que não soe completamente doido. Mas não me importo —

essa é a nova Vivian Apple, a heroína da própria história. Vou improvisar.

Aperto a campainha e ouço um barulho agudo lá dentro. Escuto passos avançando pelo corredor. Meu coração fica acelerado.

Uma jovem abre a porta. Ela tem o cabelo loiro-acobreado da minha mãe, as mesmas sardas. A mulher linda e glamourosa à minha frente... essa é a minha irmã. Ela olha para mim com uma preocupação educada, mas quase posso ouvir o alarme soando em sua cabeça: devo estar parecendo uma maluca completa.

— Oi — digo. — Hã... Winnie?

— Posso ajudá-la? — pergunta ela.

— É... Ok. Não sei como dizer isso. Ok. Então, não sei se você sabe ou não sobre isso, mas...

— Winnie? — chama a voz de outra mulher, de dentro do apartamento. Ela se vira e, sem perceber, abre a porta um pouco mais, e consigo ver o longo corredor, até um quarto de onde acabou de sair alguém em um roupão de banho. A mulher tem uma toalha na cabeça e está secando o cabelo com ela de um jeito muito particular... Já a vi fazer isso, milhões de vezes, e nunca pensei que fosse partir meu coração como agora. — A campainha tocou? — pergunta, então joga o cabelo loiro-acobreado para trás e me vê parada na soleira da porta. Ela não grita, nem arqueja. Dá um sorriso meio triste. — Oi, querida — diz minha mãe, como se estivesse me esperando.

CAPÍTULO 21

— Cadê meu pai?

Nem entrei no apartamento quando faço a pergunta. Minha mãe — viva, com os cabelos molhados e morando com a primogênita em São Francisco — parece um fantasma, flutuando descalça até mim, pelo corredor. Mas a reunião ao vivo e em cores que imaginei por tantos meses é com eles dois, meu pai e minha mãe, de braços abertos, chorando e rindo. Esta cena está errada, distorcida — minha visão fica meio borrada nas bordas.

— Querida — diz minha mãe, com a voz gentil —, você sabe onde ele está. Recebeu a salvação.

— Não — respondo. — Isso não é verdade. — Não sei por que ela está mentindo para mim, mas está. Tem algo a ver com a Igreja, algo a ver com a Corporação. Ouço a voz de Frick ecoando em meus ouvidos: *Eles tiveram que viajar em segredo, para que os Descrentes não pudessem segui-los.* Passo por Winnie, a compreensão chegando a seus olhos castanho-claros, e pela minha mãe, então sigo pelo corredor e entro na pequena sala, dourada sob a luz do sol. — Pai?

Há um colchão de ar meio vazio no chão, os lençóis embolados. Tem quadros de pássaros nas paredes e uma enorme estante de livros bagunçada. Mas meu pai não está aqui. Minha mãe o escondeu por algum motivo, que nem escondeu Winnie. Eu a ouço vasculhar o armário atrás de mim e, quando reaparece, está carregando bolas de algodão, álcool para desinfetar machucados e gaze. Ela se senta no sofá e dá tapinhas no lugar ao seu lado.

— Deixa eu dar um jeito nessa bochecha, Vivian, querida.

— Primeiro me diz onde está o meu pai — retruco. Meu coração bate forte com minha ousadia, por dizer a minha mãe o que fazer, por impedi-la de cuidar de mim.

— Eu já falei, Vivian. — Minha mãe fica um pouco tensa, como se estivesse prestes a chorar. — Ele recebeu a salvação. A recompensa eterna.

— Como você consegue continuar mentindo depois de tudo o que aconteceu? Eles estão te obrigando a isso?

— *Quem* está me obrigando? — Minha mãe balança a cabeça para mim, confusa. — Do que você está falando? Estou dizendo o que sei, querida. Dizendo a verdade.

Acredito nela — sei que não tenho motivo para isso, mas acredito que ela não sabe onde meu pai está. Ele se foi. Minha mãe está aqui. Escuto o barulho dos passos de Winnie no chão de madeira atrás de mim. Ouço uma respiração pesada e entrecortada, e percebo que é a minha. Estou fazendo uma cena, eu sei, sangrando e descabelada no apartamento de uma estranha, encarando minha mãe, que parece muito pequena e assustada em seu roupão de banho. E é exatamente o que quero. Estou além da bondade, além do sofrimento. Fui destruída de um jeito que ainda não entendo, e vou fazê-las sentir minha dor.

— Vocês me abandonaram lá sozinha. Me abandonaram naquela casa, sem dinheiro e sem pais. Vocês abriram buracos no teto e os deixaram lá, para que eu encontrasse. Tem ideia de como foi? Vi aqueles buracos e foi como se toda a minha história e todo o meu futuro tivessem sido sugados por eles, e fui a única coisa que restou, sendo que eu não era nada. E você estava aqui? Estava aqui o tempo todo?

Os olhos da minha mãe estão marejados. Ela assente.

— Ah, que ótimo. — Minha voz soa fraca e cruel, e me viro para olhar Winnie. Ela está apoiada no umbral da porta, encarando o chão com uma expressão indecifrável. De repente sou tomada pelo ódio por seus quadros de passarinhos, pelo apartamento ensolarado e por ela estar ali parada, fria e desinteressada, tão irritantemente adulta. — Que bom para vocês duas que tiveram a chance de se conhecer melhor. Enquanto eu passava fome e exaustão, esperando as pragas tomarem o mundo. Enquanto meus amigos eram espancados e assassinados.

— Ei — diz Winnie. Ela está olhando para mim. — Não vá pensando que você foi a única que passou por poucas e boas nesses últimos meses. O apocalipse não está acontecendo só com você.

— Winnie — murmura minha mãe, repreensiva. O nome daquela garota saindo dos lábios dela faz meu corpo enrijecer de ciúmes.

— Eu sei — retruco. — Se você acha não sei...

— Acho que você está dando um chilique, e tem todo o direito de dar um — continua Winnie. — Mas talvez você devesse se acalmar um pouco para sua mãe conseguir se explicar. Não acha que ela merece pelo menos isso? Honrar pai e mãe, e coisa e tal?

Eu rio.

— É *claro* que você é Crente. Isso é perfeito. Você é o pacote completo, não é? A anti-Viv.

Winnie endireita a postura. Ela foi arrancada do estado de calma e seus olhos estão em brasa.

— Me chame de Crente outra vez, garota, vamos. Quero ver você me chamar disso outra vez.

— Meninas!

A voz da minha mãe reverbera, ríspida, no apartamento. Quando me viro, ela aponta para o lugar ao seu lado no sofá. Percebo que nem hesito: dou um passo à frente e me sento.

Ela se agacha ao meu lado e tenta pegar minha mão, mas gemo de dor quando a toca.

— Vivian — diz minha mãe, analisando-a. — Acho que sua mão está quebrada.

— É, acho que sim.

— Devíamos pedir para alguém examinar.

— Primeiro me conte a verdade. — Quero soar durona, mas ouço o tom de súplica na minha voz, um pedido insistente e desesperado. — Não me importo se for difícil. Eu vim de longe, e você me deve a verdade.

Vejo uma sombra passar pelo rosto da minha mãe, e, por um momento, acho que fui longe demais — ela está prestes a gritar, a se fechar para mim. Mas, tão rápido quanto surgiu, a sombra some, e ela respira fundo. Sorri para mim, com tristeza.

— Vivian, não sei por onde começar. Eu errei. Passei a vida inteira cometendo erros. Mas juro que, no que diz respeito a você, sempre tentei fazer o certo, o bem. Eu tinha mais ou menos a sua idade quando conheci seu pai. Você não sabe como isso é jovem, porque ainda está nessa fase. Viveu essa aventura agora, então talvez pense que já tem todas as respostas. Mas, quanto a mim, eu tinha dezessete anos. E ainda por cima estava grávida. Meus pais haviam me expulsado de casa. Pensei: *eu vou morrer*. Achava que era apenas uma questão de tempo. Então seu pai apareceu. Me disse que tudo ficaria bem, que ele ia fazer com que tudo ficasse bem. Ned falou que seria fácil ser uma boa pessoa, porque nos amávamos, porque estaríamos juntos. Viveríamos para os outros, não apenas para nós mesmos. E isso tudo fez sentido para mim, na época, e ainda faz. Então aceitei, mas a única condição que impus era que eu tinha que dar o bebê para adoção. Achava que não seria capaz de olhar para Winnie sem me sentir como antes do Ned, com aquela sensação mórbida, de querer morrer.

Minha mãe olha para Winnie, mas minha irmã continua impassível. Ela mexe na manga do casaco como se nem mesmo estivesse ouvindo.

— Mas não ficou mais fácil — continua minha mãe, depois de um tempo. — Eu amava seu pai, amava a vida tranquila que levávamos. Mas sempre senti que estava atuando. Tinha a impressão de que bastaria uma coisinha, uma briga com Ned, vinho demais, ou um telefonema desagradável com Grant e Clarissa, para me fazer voltar a ser aquela garota. Mas não foi uma coisinha que me levou a isso, foi você. Depois que você nasceu, fiquei pensando: o que foi que eu fiz? Quem era eu para me julgar capaz de trazer uma pessoinha para o mundo? Ned estava tão animado, mas eu só conseguia pensar em como estragaria tudo. Ou me importaria demais ou não me importaria o bastante. E se você acabasse como eu? Revoltada, infeliz, odiando a gente? Se alguém tivesse me mostrado um vislumbre do futuro, da nossa Vivian Apple logo no primeiro dia, uma boa menina, tão doce e calma... Eu teria relaxado. Mas, em vez disso, entrei em pânico. — Ela faz uma pausa e me olha com uma expressão de culpa, de agonia. — Acho que agora é uma boa hora para contar, tanto quanto qualquer outra... Fugi por um tempo, quando você tinha nove meses. Seu pai a criou sozinho até mais ou menos seu primeiro aniversário.

Ela espera minha reação, mas fico em silêncio — nada mais me choca, principalmente quando se trata das coisas que eu nunca esperaria da minha mãe.

— Fui para Nova York. Tentei virar uma nova pessoa, esperei ter aquela sensação de que tudo estava certo no mundo, algo que eu nunca sentia em casa. Sabia que não podia voltar. Seu pai já havia me salvado uma vez. Achei que não tinha chance de ele fazer isso de novo. É claro que eu estava errada, e devia ter imaginado. Ele me encontrou e me pediu para voltar para casa. E voltei, mas sabia que nunca mais seria a mesma coisa. Parecia que não importava quanto eu amasse você e Ned, não importava como vocês dois me faziam feliz. Eu sempre sentia como se tivesse alguma coisa faltando. Como uma peça de quebra-cabeça — aquilo que ligaria meu antigo eu ao novo. Eu podia bancar a boa esposa e boa mãe, mas ainda não entendia o que ganhava com isso.

"Então veio a Igreja. Acho que Ned gostou da ideia de fazer parte de uma igreja. Ele leu sobre ela na internet. Foi logo depois que o seu pai perdeu o emprego, lembra? Ele estava bem deprimido, sentia que não tinha serventia se não fosse o nosso provedor. Ele me implorou para ir aos cultos, e pensei: *Bem, por que não?* Pensei que era o mínimo que eu podia fazer, ir a esse lugar onde ele pensava que poderia se encontrar, pois passou toda a vida adulta tentando me ajudar a fazer o mesmo. E as pessoas de lá se mostraram tão amigáveis, Vivian. Sei o que você pensa delas, e algumas podem realmente exagerar um pouco, mas as que conhecemos nas primeiras semanas eram *tão* legais. Em particular as mulheres. Parecia que sabiam exatamente pelo que eu estava passando. Elas entendiam, sabe? Que era difícil descobrir como ser a mulher ideal, a mãe ideal. Elas entendiam, porque também estavam tentando enquanto ainda tinham tempo. E a melhor parte é que a Igreja dava diretrizes! Eles diziam: sabemos como é difícil, comece por aqui. E, pela primeira vez, senti que era uma boa pessoa. Alguém que contribuía com o planeta, que fazia feliz a pessoa que eu mais amava no mundo inteiro. A única coisa que me incomodava", continua ela, com cuidado, como se não quisesse me magoar, "é que você não queria fazer parte daquilo."

— Foi mal — respondo, sem emoção.

— Mas, Vivian, eu não entendo mesmo — retruca minha mãe, e posso dizer pela sua voz que ela gostaria de entender. — Sempre foi tão fácil para você. Parece que eu nunca tive que ensiná-la todas essas coisas que só aprendi depois da Igreja, como compartilhar, trabalhar duro, ser bondosa. Sabe que não me lembro de brigar com você por nada, até o ano passado? Qualquer Crente a conhecesse diria que você é uma santa. Então, por que nunca se tornou uma?

Para mim, a resposta é óbvia, mas minha mãe me encara com uma curiosidade sincera.

— Porque eu não Creio, mãe.

Ela faz um gesto de indiferença diante da explicação.

— Mas isso é só uma parte, Viv. É só uma história que você pode aceitar ou não. Para mim, o importante era me sentir parte de uma comunidade. Era tentar ser boa.

— Mas não é desse jeito que quero ser boa. — Penso nas estátuas ao redor do complexo Crente, mostrando os homens orgulhosos e distintos, comemorando com Lincoln, e as mulheres em um canto, ardendo em chamas. — A Igreja não queria que você fosse boa, e sim dócil. E sei disso porque fui assim por dezessete anos. Foi por isso que você me chamou de santa. É muito mais fácil ser desse jeito, ler as diretrizes, se submeter e obedecer, em vez de enfrentar o caos e o sofrimento... Mas isso não é ser bom. Quando vier o Arrebatamento, é com essa vida que você ficará satisfeita.

Falei algo errado. Na mesma hora, os olhos da minha mãe se enchem de lágrimas.

— Sinto muito, Vivian. É só que... Bem, você está esquecendo que o Arrebatamento *já aconteceu*. E ainda estou aqui. E não fico nada satisfeita com isso.

Sinto um leve frio na barriga, porque estamos na beira do precipício de algo que ainda não entendo. Como ela conseguiu escapar de Frick e Taggart? Quanto será que ela sabe sobre o que aconteceu no complexo Crente? E se ainda está viva, será que meu pai também está em algum lugar por aí, apesar do que minha mãe insiste em dizer? Não consigo imaginar como eles podem ter se separado. Em que mundo meus pais, que se amavam mais do que tudo, se separariam?

— Como você ainda está aqui, mãe? — É o modo mais gentil que consigo pensar em perguntar.

— Nunca fiz muito progresso em minha salvação — explica ela, a voz falhando. — Ainda tinha dúvidas. Às vezes me pegava pensando na Igreja como a religião de Ned, não minha. Mas... Vivian, a verdade é que fiz uma coisa terrível. Você está sentada aqui, tão brava comigo... posso sentir, sabe, você está emanando raiva... mas vai ficar muito mais furiosa quando eu contar a verdade.

— O que houve? — pergunto, tentando soar gentil, como se não fosse o caso. Mas a verdade é que minha mãe me irrita mais ainda do que imagina, lamentando-se em seu desespero misterioso, arrastando a história o máximo possível. Penso na garota de cabelo azul que ela foi um dia... Em como devia ser dramática.

— O Arrebatamento se aproximava — explica ela —, e estávamos contando os dias. Ned estava muito mais animado do que eu. Passei muito tempo me perguntando se ia doer ou não. Mais ou menos um mês antes da data prevista, recebemos uma carta assinada pelo Pastor Frick. Ele explicava que tinha interpretado mal a visão. Disse que não seríamos Arrebatados em nossas casas. Tínhamos que ser abençoados por ele próprio, em pessoa, durante um culto especial no seu complexo secreto. A Igreja tinha entrado em contato com os pastores de cada paróquia e pedido a eles que mandassem a carta para os membros mais devotos da congregação. — Ela não consegue deixar de soar um pouco convencida. — O único problema era que não tínhamos permissão de falar com ninguém sobre aquilo, nem com amigos ou familiares Descrentes, nem com outros Crentes. A carta explicava que mais gente pensava que seria salva do que os números reais. Se todos soubessem sobre o culto especial, poderia ser meio constrangedor. Então precisávamos ir até a Califórnia em segredo.

"Ned ficou muito animado. Significou muito para ele nosso pastor ter nos escolhido. Ele comprou as passagens com nossas últimas economias, uma hora depois de a carta chegar. E aquilo tornou tudo mais real, é claro, mais real do que parecia até então. Comecei a pensar: e se estivéssemos enganados? E se não fôssemos levados? E se Ned fosse levado, e eu, não? Teria que voltar para Pittsburgh sozinha? Criar você sem ajuda, sem dinheiro, sem a orientação do meu marido ou da Igreja?

"Mas Ned me disse para ter fé, e eu tentei. Ele lembrou que meu nome estava na carta, como se aquilo tivesse algum significado especial e não só que éramos casados. A parte difícil foi definir quando partir. Nós conseguimos perceber quais dos nossos amigos tinham sido contatados, porque começaram a sair da cidade nas semanas antes do Arrebatamento. Diziam que iam visitar a família uma última vez, ou que iriam a algum dos Sete Lugares Sagrados, mas dava para perceber. Os Janda simplesmente desapareceram no meio de março. Mas nós esperamos até o último momento, porque tínhamos você. Você não esteve muito presente naquele mês. Passava a maior parte do tempo com Harp. Quando saiu de casa naquela manhã, eu queria dizer adeus, mas sabia que não podia. Depois que você se foi, abrimos aqueles buracos no teto. Fazer aquilo foi terrível, Vivian, você precisa saber como aquilo nos deixou mal. Ned e eu nos sentimos horríveis. Mas ele disse, e eu acreditei, que você precisava de um trauma para entender como estava agindo errado, para se voltar para Deus. Depois disso, um táxi veio nos buscar e nos levar para o aeroporto. Voamos de Pittsburgh para San Jose. Lá, uma van iria nos pegar e nos levar para o complexo.

"Seu pai caiu no sono assim que o avião decolou. Mas eu não conseguia parar de pensar. Não sei como explicar. Era como se, quando estávamos lá, voando, me desprendi de todos os anos entre os meus dezessete e agora. Pensei em todas as coisas que não tinha feito, das quais tinha precisado abrir mão para ficar com Ned. Nunca havia viajado. Nunca tinha criado nada que me desse orgulho. Passei mais de vinte e cinco anos com apenas um homem. Eu podia ter vivido com isso, podia até ter ficado feliz, mas acreditava que estava passando minhas últimas horas na Terra. E eu só... Eu entrei em pânico, Vivian. Entrei em pânico."

"Quando acordou, seu pai perguntou se estava tudo bem e eu disse que sim. Saímos do avião juntos. Mas ele parou para ir ao banheiro logo ao lado do portão de desembarque. Ele pensou que eu estaria esperando quando saísse. Mas eu fugi." Minha mãe começa a chorar outra vez, e, por mais que eu esteja com raiva dela, sei que está de coração partido. "Eu fugi e o abandonei lá. Fiz isso com o homem que amava."

Não quero ouvir o restante da história, nem imaginar a versão do meu pai. Eu o visualizo saindo do banheiro, radiante de expectativa, pensando que está prestes a ir para o Reino dos Céus com a mulher que ama. Mas ela sumiu. Posso imaginar o que aconteceu em seguida. Minha mãe deu um jeito de vir até São Francisco e procurou Winnie, com quem sempre tinha mantido algum tipo de contato.

— Por que você não me ligou? — pergunto.

Nunca vi o rosto da minha mãe com uma aparência tão envelhecida.

— Eu estava com vergonha, Vivian.

Mas sei que é mais que isso. Sim, teria sido vergonhoso voltar a Pittsburgh sem marido, fugida, uma mulher caída em desgraça, Deixada Para Trás. E, embora ela não tivesse como saber na época, com certeza também teria sido perigoso. Mas ao fugir, primeiro de mim e depois do meu pai, conseguiu recriar sua fuga para Nova York que deu errado. Ela poderia viajar, conhecer novos homens, levar uma vida cheia de glamour com a outra filha, a adulta, a que não a enxergava como mãe. Consigo entender isso. Ela era um ano mais velha do que eu quando se casou. Acredita mesmo que o mundo vai acabar. Tudo o que ela queria era se divertir um pouco. Mas não consigo perdoar isso. Tento encontrar uma parte gentil de mim com a qual perdoá-la, mas não restou mais nada.

— E meu pai nunca entrou em contato? — pergunto.

Minha mãe se encolhe, sobressaltada.

— Como ele teria entrado em contato comigo, Viv? Foi uma questão de horas entre o último momento em que o vi e o momento em que ele recebeu a salvação.

Não digo nada. Quero contar uma história a mim mesma. Uma em que meu pai também tenha sobrevivido. Ele sai do banheiro do aeroporto e vê o lugar vazio em que minha mãe deveria estar, então recobra a razão, como eu imaginava que acabaria acontecendo. E parte para sua própria aventura. Mas qual seria? Apesar de todo esse tempo que passei esbarrando nos segredos dos meus pais, ainda assim não consigo imaginar uma boa alternativa. Meu pai seguia as regras, evitava riscos. Nunca pensei que ele poderia amar qualquer coisa mais do que a minha mãe, até que se juntou à Igreja. Não. Estou cansada de contar a mim mesma histórias sobre como as coisas não aconteceram. Meu pai foi para a van, bebeu o vinho. Talvez tenha acabado em algum lugar cheio de paz ou pode ser que não seja nada além de cinzas a essa altura. A verdade é que eu estava de luto por ele desde o momento em que se converteu, desde quando virou uma pessoa estranha e rígida, diferente do homem bondoso de óculos que não me obrigou a continuar jogando futebol depois daquela estreia desastrosa. Mas este é um novo tipo de luto. Ter certeza que ele está morto. É um horizonte que nunca vou alcançar. Por enquanto, manterei o sentimento enterrado lá no fundo. Se não fizer isso, vou desmoronar.

— Vivian — chama minha mãe, me olhando com atenção. — Você sabe de alguma coisa? Você ouviu... teve notícias do seu pai?

A história da noite passada está na ponta da minha língua. Eu poderia contar a ela sobre o fim do qual escapou sem saber, o destino que seu marido deve ter sofrido. Fazendo isso, eu poderia causar mais dor a ela do que já causei a qualquer outra pessoa. Poderia fazê-la sentir o que senti. Mas balanço a cabeça.

— Nada — respondo.

Há uma mudança no clima da sala. Posso sentir minha energia sendo sugada, minha vontade de brigar com qualquer uma das duas passou. Mantenho os olhos longe do colchão de ar, porque toda vez que o vejo sinto uma pontada de dor. Durante três meses, eu só queria a minha mãe. E em vez de mim, alguma outra filha a teve. Winnie pigarreia e avança na nossa direção.

— Sinto muito interromper — começa ela —, mas preciso ir trabalhar.

— É claro, é claro! — Minha mãe enxuga os olhos com as mangas do roupão, se levanta e passa o braço ao redor de Winnie. — Vivian, sua irmã trabalha para uma ONG que encontra lares temporários para bebês Deixados Para Trás. Não é maravilhoso?

Não é culpa dela minha mãe tê-la procurado, mas isso não quer dizer que tenho que gostar da Winnie.

— Uau, que santa — digo, sem emoção.

Minha meio-irmã olha para mim com uma expressão que não consigo bem decifrar — perspicaz e talvez um pouco ameaçadora — e diz:

— Você é bem-vinda aqui pelo tempo que quiser ficar, Viv. Mas só se prometer dar uma folga para Mara. Ela ama muito você, sabia disso? Não se esqueça de que você foi a filha que ela escolheu.

O rosto da minha mãe empalidece um pouco com esse comentário, e um sorriso fraco e desconfortável gruda em seu rosto até Winnie atravessar o corredor e ouvirmos a porta da frente bater. Então ela se vira para mim e o pequeno sorriso vira uma coisa enorme, brilhante e falsa.

— Acho que um café da manhã cairia bem, não é?

Na cozinha, minha mãe revira a geladeira e os armários de Winnie, pegando sal, pimenta, manteiga, leite e ovos. Eu me sinto fraca, menos por causa da fome do que por saber que vou provar sua comida outra vez.

— Sei que foi um começo difícil, mas acho que você e Winnie vão se dar muito bem — diz ela, enquanto cozinha. — Essa menina é um doce, e tão divertida. Bem direta e cheia de opiniões. Nada como suas velhas amigas lá de casa. Sem ofensa. Mas aquela Lara Cochran...

— Lara Cochran era a pior de todas, mãe. Sabia que ela foi Deixada Para Trás?

— Sério? — Minha mãe estica a palavra, lhe dando um tom delicioso de fofoca. Ela está colocando uma quantidade absurda de ovos na frigideira. — Não sabia. É um pecado horrível me sentir bem com isso, é claro, mas os Cochran exageravam um pouco. A Sra. Cochran era... Acho que a expressão certa seria "santinha do pau oco".

Dou uma risada, folheando o livro de receitas que Winnie deixa na mesa da cozinha.

— Acho que a expressão que eu usaria é "escrota pra cacete".

Um silêncio pesado paira no ar, a não ser pelo chiado dos ovos na frigideira. Minha mãe olha para mim horrorizada. A frase que acabei de dizer ecoa em meus ouvidos, como se em represália.

— Mãe, não sei por que pensei que você acharia isso engraçado. Foi sem noção, desculpa.

Minha mãe se recupera, dá um pequeno suspiro e sorri.

— Parece que você está pegando as manias da Harp Janda.

— Bem, acho que sim. Passei praticamente o último ano inteiro com ela.

— Quem sabe, agora que você está aqui, não esteja na hora de dar um tempinho? — Ela fala com certa naturalidade, como se fosse apenas uma sugestão, mas, mesmo de costas para mim, tenho certeza que ela está falando totalmente sério. — Eu não a conheço *muito bem*, é claro, mas acho que conheço o bastante. Ela é um pouco autodestrutiva, não? Um pouco exagerada.

Não quero começar uma briga. Não agora que ela está de volta, mais normal do que esteve em meses.

— Um pouco — concordo, a contragosto.

— De qualquer forma, você vai estar ocupada, não é? — Minha mãe coloca um prato de ovos mexidos na minha frente e tira do nada um ralador e um pedaço de cheddar, então passa a ralar uma quantidade absurda em cima do prato. — Vai estar ocupada comigo e com Winnie. Eu e minhas garotas, enfim, juntas. Não será muito divertido ficarmos juntas até o apocalipse chegar? Seremos boas influências umas para as outras, não é mesmo? Quem sabe, depois de dar uma olhada nessa sua mão, a gente não vai à rua Valencia e compra umas roupas novas bem legais de São Francisco? Winnie é muito estilosa, espere só para ver. E talvez a gente consiga encontrar uma boa cama para nós duas dividirmos. O colchão de ar é bom para uma pessoa, mas agora que você está aqui, teremos que encontrar algo mais confortável. Isso não é divertido?

Há uma pequena parte de mim querendo se manifestar, dizer a ela que não vou mais obedecer cegamente, que sou a Vivian 2.0. Mas ela está me oferecendo ovos mexidos, cuidados médicos, roupas novas e uma cama macia. Saboreio a onda de tranquilidade que se espalha pelo meu corpo enquanto balanço a cabeça fazendo que sim, sim, sim.

CAPÍTULO 22

— ENTÃO — COMEÇA MINHA mãe, quando acabo de comer —, não vamos esperar nem mais um segundo para cuidar dessa mão. Está bem? Vou só me vestir, aí vamos.

— Está bem.

Sigo minha mãe até a sala, onde ela revira uma pilha de roupas que não reconheço. Percebo que não tinha levado mala para San Jose — achava que não precisaria de mais do que a roupa do corpo. Ela pega uma blusa e uma saia preta longa. Noto que, apesar da influência estilosa de Winnie, ainda se veste como Crente. Minha mãe vai em direção ao banheiro, para trocar de roupa, mas dou um passo à frente.

— Mãe?

Ela se vira para mim. Seu cabelo maravilhoso começa a formar cachos nas costas enquanto seca. Ela está se vestindo para passarmos um tempo juntas, todo o tempo que ainda temos no mundo. Mas posso ver em seus olhos uma pequena centelha de apreensão, e sei que, mesmo que ela me ame — e não tenho dúvidas disso —, ainda está tentando assumir seu papel com muito afinco. Dou outro passo na direção dela, que se enrijece, mas então a abraço.

— Eu te amo muito — digo.

O corpo dela relaxa enquanto retribui o abraço.

— Também te amo, querida.

Saio do apartamento enquanto ela ainda está no banheiro e não penso muito no que vai pensar quando descobrir que não estou mais lá. Se ela for rápida, vai me ver atravessando a rua e entrando no parque banhado pelo sol, que está cheio de moradores de rua, cachorros, mulheres fazendo topless e caras se agarrando nos bancos. Subo a ladeira suave do parque e a vejo. Harp está deitada na grama com a calça jeans abaixada até os joelhos e a blusa dobrada para mostrar a barriga. Está de olhos fechados, mas os abre quando me ouve chegar perto.

— Enfiei aquele monte de tralha na mala — começa ela —, mas me esqueci de trazer um biquíni.

— Você sabe que já está bem bronzeada, né? Tipo, não sei se conseguiria se bronzear mais.

— Tenho a liberdade de participar de qualquer atividade cultural de embelezamento que eu quiser, Viv. Estamos na *América*.

Eu me sento ao lado dela e rio. Observo a porta do prédio de Winnie. Harp se senta e segue meu olhar, mas passa um bom tempo em silêncio.

— E aí? — pergunta ela, finalmente. — Como é a Winnie?

Dou de ombros.

— Bonita, meio hipster. Meio sabe-tudo. Talvez até um pouquinho Crentelha. Na verdade, não conversei muito com ela. Minha mãe está lá.

— Ah — comenta Harp. Então acrescenta: — *Aaaaaaaaah*. — E aí parece que não sabe mais o que dizer. — Então ela escapou?

— Ela nem chegou a ir ao complexo — explico. — Fugiu do meu pai no aeroporto.

— Ah, Sra. Apple. Tão punk. — Harp tenta soar impressionada, mas acaba parecendo mais triste. A porta do prédio ainda não se abriu. Pela primeira vez, noto que o céu está com um estranho tom de rosa, como se o sol estivesse prestes a nascer ou a se pôr. Mas estamos no meio da manhã, a poucas horas do meio-dia. De repente, Harp se levanta.

— Bem, acho que é isso, então — diz ela. — Vou voltar para a estrada.

Eu me levanto com ela.

— É?

— É. Quer dizer, é isso, né? Você pensou que talvez sua mãe pudesse estar viva, e aqui está ela. Encontrou o que estava procurando. Acho que isso é muito, muito bom, Viv. — Harp franze a testa enquanto fala, mas sei que ela está sendo sincera. — Só que não posso ficar. Não tenho nada que me prenda aqui. E, de qualquer forma, esta cidade é *cara pra cacete*.

— E o que você vai fazer? — pergunto.

O rosto de Harp está, de muitas formas, diferente de como era em julho passado, quando ficamos amigas. Está mais sério, muito cansado e bem mais maduro. Mas está surgindo resquício de um velho brilho travesso em seus olhos. Não percebi quanto sentia falta disso até vê-lo agora.

— Bem, ainda tem umas coisinhas que me incomodam. Golias, é claro. Mas também o número de desaparecidos. Frick disse que apenas centenas surgiram no complexo, não foi? Mas logo no começo o jornal dizia que havia três mil pessoas sumidas.

— Você vai encontrar esses milhares de Crentes desaparecidos?

Harp dá de ombros.

— Vou pelo menos *procurar*. Mas o *principal*, obviamente, é que todo mundo ainda pensa que o apocalipse está chegando, né? E acho que me sinto na obrigação moral de corrigi-los. É como se fosse meu dever. Como cidadã americana.

— Isso tudo — observo — será absurdamente perigoso.

— Mas é claro — concorda Harp. — E é o que torna tudo tão divertido. Você se importa se eu ficar com o carro?

Balanço a cabeça.

— Nem um pouco.

— Obrigada. — Harp sacode as chaves no bolso, nervosa. — Eu também estava pensando em tentar encontrar Peter. Acho que ele deve estar precisando de ajuda. Posso dar um jeito de avisar, quando souber como ele está. Seria esquisito?

Dou uma última olhada para a porta do prédio cor de pêssego. Ainda está fechada. A essa altura, minha mãe deve ter saído para o corredor e começado a procurar por mim. Sei que para ela não vai ser como foi comigo, encarando os buracos no teto. Sei que estou lhe oferecendo um presente. Harp me observa, aguardando uma resposta, esperando pelo segundo em que vai poder ir embora.

Balanço a cabeça.

— Não — respondo. — Não seria, não. Vamos lá.

Um sorriso ilumina seu rosto aos poucos, quando Harp começa a entender. Ela faz o melhor que pode para contê-lo.

— Viv, fala sério. Não brinca. Você devia ficar aqui, com sua família.

— Minha família não está aqui — respondo, dando de ombros. — Minha família está onde quer que você e Peter estejam.

Harp joga a cabeça para trás, com essa última frase, e resmunga para o céu.

— Meu Deus, Viv. Quanto dinheiro a gente teve que gastar com gasolina pra você chegar a *essa* conclusão?

O céu acima de nós está vermelho como o fogo, e uma neblina densa se aproxima devagar, de todas as direções. Me sinto cansada, confusa e com medo. Mas estou com Harp, e sei a verdade. A única certeza que tenho é que nunca me senti mais poderosa. Minha melhor amiga sorri para mim e segura a minha mão que não está quebrada. Ela me leva ladeira acima, para onde estacionou o carro, e saímos pelo mundo moribundo em busca de Peter.

AGRADECIMENTOS

Agradeço ao *Guardian*, à Hot Key Books e aos jurados do Young Writers Prize por acreditarem neste livro. Agradeço em particular a todos na Hot Key pela paixão e apoio, e especialmente a Emily Thomar pelos olhos de lince e pela orientação.

Obrigada aos amigos que leram versões anteriores da história e me deram feedbacks inteligentes e, às vezes, seu entusiasmo histérico — Salvatore Pane, Kimberly Townsend e Alice Yorke —, e aos professores que me ensinaram a colocar a escrita no centro da minha vida — Jack Shea, Cathy Day e especialmente Jerry Williams.

Agradeço à minha maravilhosa, engraçada, amorosa e compreensiva família, principalmente aos meus pais, que me ensinaram a gostar de histórias e que desde o início sempre trataram "imaginador profissional" como uma escolha profissional superlógica.

Mais do que tudo, devo a Kevin Tassini um artigo de jornal, uma *road trip* pelo país e cinco anos de sua incansável e incomparável fé em mim. Não sei se jamais serei capaz de pagar essa dívida, mas ficarei feliz passando a vida tentando.

Saiba mais sobre este livro e
outros lançamentos no nosso blog:
www.agirnow.com.br

Conte para a gente o que você achou de
Vivian contra o apocalipse!

É só usar #VivianXApocalipse nas suas redes sociais.

Publisher
Kaíke Nanne

Editora Executiva
Carolina Chagas

Editora de Aquisição
Renata Sturm

Editora Agir Now
Giuliana Alonso

Coordenação de produção
Thalita Aragão Ramalho

Produção
Zaira Mahmud

Tradução
Flora Pinheiro

Revisão de tradução
Marcela de Oliveira Ramos

Revisão
Carolina Vaz
Nina Lopes

Diagramação
Lúcio Nöthlich Pimentel

Imagem de miolo
Petr Kovar / sxc.hu

Adaptação de capa
Renata Vidal

Este livro foi composto em Impressum 11/13 e
impresso pela Edigráfica sobre avena 80g/m²
para a Agir em 2015.